特別法第001条DUST〈ダスト〉

山田悠介

幻冬舎文庫

特別法第001条

DUST

〈ダスト〉

目次

プロローグ

二〇三二年、三月二七日。

タカ派でならした小泉政権交代から二六年。この短い間に、日本は大きく変化していた。驚異的に失業率を低下させることに成功した政府は、巨大な労働力を確保。これによって社会は全ての分野で拡大・発展を遂げ、国民は豊かな生活に酔っていた。

ところが、その繁栄には秘密が隠されていた。日本国民はある法律を恐れ、必死に労働に励《はげ》んでいたのである……。


東京都新宿区。

駅前の大きな道路には、カプセル型の自動車が行き来している。数年前にガソリン車は全て廃止され、水素自動車に統一された。形は全て同じ。色も一〇色程度と少ないが、環境に無害なのと便利さが重視されている。使用者はナビに行き先を告げるだけで運転する必要はなく、あとは機械に任せるだけで良い。テレビを観《み》たり、本を読んだり、眠っている間に目的地に到着している。全てコンピューターが運転しているため、交通事故も皆無となった。

街の様子もずいぶんと変わった。いたる所に高層ビルが建ち並び、球体型や、スプーンのような形をした奇抜なオフィスもある。とある洋服店のショーウインドーには、有名モデルが3D映像によって、まるでその中にいるかのように軽快にステップを踏んでいる。美容室のガラスにもかわいらしい女の子の姿が映し出され、通り過ぎる女性に明るく声をかけていた。

道を歩く人の姿も大きく変わった。

昔と違い、誰も携帯電話本体を手にしてはいない。しかし、まるで独《ひと》り言《ごと》のように口を動かしている。

この数年で携帯電話も大きく変化していた。今は、小型のチップを耳に入れ、ライターほどの大きさのリモコンを持つだけ。見違えるほどコンパクトになった。とはいえ、皆が一人でしゃべっているようなので、奇妙な光景である。

物を買うときも、お札やコインでは直接購入できない。偽札、偽コインが多く出回ったためだ。まず本物の紙幣やコインと判別できる機械で金額分のカードを買い、品物を購入する。不便ではあるが、カード制にしたことにより偽札や偽コインが出回ることは一切なくなった。

しかし、最も目につくのは、そこら中に設置されている監視カメラだ。理由はただ一つ、犯罪を抑止するため。実際、監視カメラを設置したことにより犯罪は大幅に減少したが、国民は〝見張られている〟という気持ちを常に持ちながら生活している。

確かに、この数年で日本は様々な分野で大きな発展を遂げたが、窮屈《きゅうくつ》になったのも事実だった……。

突然、街のど真ん中にそびえ立つ大型スクリーンが切り替わった。

画面に映っているのは女性キャスター。深刻な面もちで、原稿を読み上げている。

『ただ今入ってきたニュースです。昨日の午後六時ごろ、東京都葛飾区の路上で、石本達二《いしもとたつじ》さん・四一歳がナイフのようなもので刺され、救急車で近くの病院に運ばれましたが間もなく死亡しました。石本さんを刺したのは、同じ職場で働く広瀬章弘《ひろせあきひろ》容疑者・三八歳。広瀬容疑者は、二一年前に施行されたダスト法で……』

スクリーンの映像が、作業服を着た章弘の顔写真に変わった。

白髪交じりの頭に、澱《よど》んだ瞳。目尻には目立った皺《しわ》があり、頬《ほお》はゲッソリと痩《や》せこけている。顎《あご》のあたりには大きな古傷。表情はなく、物憂《ものう》げに沈んでいる。

その画面を、道端に立ちつくして見ていた章弘は、周りの目を気にしながら黒い帽子をさらに深くかぶり、足早にその場を去った……。

駅から遠く離れたところまでやってきた章弘は、明かりのないトンネルに足を踏み入れた。一六、七のころからこのトンネルは知っているが、今は〝ホームレス〟など誰一人としていない。昔は段ボールで造られた寝場所がズラリと並び、多くのホームレスが生活していたのに。いや、ここだけではない。日本中どこを探しても、ホームレスなどいない……。

章弘は後ろを振り返りながらオドオドと歩く。静まり返ったトンネルに章弘の足音だけが響く。

そのときだ。前方から、二人の警官がやってきた。

章弘は、まさかと立ち止まる。

自分を追ってきたのか!?

違う。単なるパトロールか。二人の警官は仕事そっちのけで世間話に盛り上がっている。

全身黒ずくめのおかげか、まだこちらには気がついてはいないが、章弘の緊張はピークに達する。心臓の鼓動が、外にまで洩《も》れそうだ。

息を呑《の》んだ章弘は、気づかれないように警官に背を向け、一歩踏み出した。

その瞬間、警官らの会話がピタリと止まった。章弘はヒヤリと汗をかくが、かまわずトンネルをあとにする。

無意識のうちに歩調が早まっていたのか、それとも怪しげな空気を悟《さと》ったのか。警官らが突然走り出した。それと同時に章弘も走り出す。

「そこのお前！　止まれ！」

警官の叫び声。章弘は振り返ることなく、全力で歩道を駆け抜ける。

こんなときになぜだろう。今も鮮明に残っているあの過去が蘇《よみがえ》ってきた。

時間が、一気に巻き戻されていく。さかのぼること二〇年。章弘がまだ、一八歳のときだった。全ては、あの日から始まった……。

流刑

1

二〇一一年、九月。

あのころ、日本は財政難に悩まされていた。その原因の一つが、〝ニート〟である。

ただでさえ高齢化社会に拍車がかかり労働力不足が深刻化していたが、さらに、働けるのに働く意欲がない〝ニート〟が急増。

そのため、高齢者への年金給付額は下がり、税金は膨《ふく》れ上がる一方だった。その事態に、国民は悲鳴を上げ続けた。

未就労者、未納税者で溢《あふ》れ返った日本は財政破綻《はたん》の一歩手前まで陥《おちい》った。〝ニート〟の存在が、想像以上の危機をもたらしたのだ。

そこで政府は打開策として、ある法案を国会に提出した。

それが〝棄民政策〟であった。

棄民。言葉どおり、国家に棄てられた国民のことである。

一八歳以上の未就労者、未納税者に対し、〝流刑《るけい》〟を言い渡す。要するに、封建時代に実際行われていた〝島流しの刑〟だ。ただ、〝流刑〟といっても国が生活の面倒を見てくれるわけではない。

流刑に処せられた者は、指定された無人島で五〇〇日間生活させられる。そして自然と死ぬのを待つのだ。実質的には〝棄民政策〟と同じだった。そんな、人間を人間とも思わない過酷で悲惨な法・特別法第〇〇一条、通称〝ダスト法〟を国は可決したのだ。

ただし、親族・保護者からの〝免罪金〟があれば、その者の流刑は免除される。しかし、警告から一ヶ月が過ぎても金を払えない者は、島に強制投棄されるのだ……。

事実、国民への〝見せしめ〟のようなこの政策が開始されてからは、未就労者、未納税者はほぼ消え、日本は新たな国に生まれ変わった。しかし、自由を奪われた国民は、縛《しば》りつけられたような生活を送ることになる……。

二〇一二年、三月一五日。午前八時三〇分。

東京都江戸川区。

章弘は、パチスロ店にできた行列の中にいた。開店前に配られる整理券を取るためである。

そこで良い番号を引けば、狙っている台に座ることができる。昨夜、店で取ったデータは完璧だ。きっと自分が狙っている台に『設定6』が入っている。6を引けば、一〇万円は堅い。今月は負け気味なので、今日のイベントで逆転したいところだ。

八時三五分を回ったと同時に、人々の視線が店の入り口に集まった。赤い制服を着た店員が整理券を持ってやってきたのだ。

店員は笑顔で券を配っていく。列の一〇番目にいた章弘は、胸をドキドキさせながら自分の番号が回ってくるのを待った。

作業は流れるように進んでいく。

「どうぞ」

ついに自分の番だ。章弘は念を込めて整理券を強く引いた。

書かれていた番号は『5』番。

これはかなり良い数字だ。自分が狙っている台には座れそうだ。あとは、その台が『設定6』であることを祈るだけ……。

だが、結果は散々であった。一二時を回る前には章弘は席を立っていた。目星を付けていた台が『設定6』ではなかったからだ。良くても『設定4』。これでは一日中リールを回していてもあまり価値はない。今日のところはいったん引いて、明日のイベント最終日に備える。むやみに金をつぎ込まず、待つのも〝プロ〟の仕事だ。

店から出た章弘は、愚痴《ぐち》をこぼしながら財布《さいふ》の中身を確認する。約三時間で五万円負け。財布の中にはもう六万円しかない。もう三月の中旬だというのに、妙に心が寒い。

結局、『設定6』を勝ち取ったのは顔見知りのプロであった。皮肉にも自分が座った隣の台。今日は彼の一人勝ちだろう。どう見てもその他の台は『設定1』か『2』。そんな設定で勝てるはずがない。自分のすった五万円もあのプロの懐《ふところ》に入るのかと思うと腹が立つが、自分も同じことをしているのだ。適当にパチスロをやっている素人《しろうと》から金を巻き上げているのだから。

「それにしてもムカツクな」

残り一本となったタバコを口にくわえ、一〇〇円ライターで火をつけようとする。が、ガスが切れてしまっているのか、なかなかついてくれない。ツイてないときはとことんうまくいかないもんだ。

「何だよクソ！」

章弘は使えなくなったライターを道端に放り投げ、タバコを箱の中に戻し、アパートへと歩みを進めたのだった……。

一八のころの自分は、何もかもが腐《くさ》っていた。

高校中退と同時に、章弘は両親の元から離れた。世間体ばかり気にして子供のことなど本当は何も考えていない両親が大嫌いだった。何かにつけて、良い学校に入れ、良い会社に就職しろ。毎日のようにそう聞かされ、章弘は育った。しかし、その言葉が逆に章弘を壊《こわ》していった。そしてある日を境に、章弘は堕《お》ちていったのだ……。

中学二年のときに行われた全国模試。両親は、全国でトップ10に入ると確信していたようだが、結果は一〇〇位にも入らず、期待を裏切った。そのことに腹を立てた両親から、章弘は散々きつい言葉を浴びせられた。いよいよ我慢の限界に達した章弘は、爆発してしまったのだ。

父親が愛用していたゴルフクラブを手に取り、家にある物全てを破壊していった。そんな自分の姿に放心する両親の顔が、今でも忘れられない。もしあのときキレていなければ、自分は親に決められたレールの上を走り、エリートコースを進んでいたかもしれない。それに、あんな地獄のような日々を過ごすことなんてなかったはずだ……。

爆発した翌日から、章弘は徐々に道をはずしていった。

髪を長くし、金色のメッシュを入れ、耳にピアスを開けた。万引き、喫煙は当たり前。しかし、喧嘩《けんか》はできなかった。人を殴る勇気などなかった。それに、薬にも手は出せなかった。

両親に申しわけない気持ちが、心のどこかにあったからだ。

そんな腐った日々を送っているうちに中学を卒業。一応勉強はできたので高校へは入れたが、一年で中退。すぐに家を飛び出した。

今は、パチプロの先輩のアパートで二人暮らしをしているが、ずっと世話になるわけにもいかない。とはいえ、保証人がいないので、アパートを借りることもできない。章弘は、明日の寝る場所にも不安を抱く生活を送っていた。しかし、結局、章弘には〝平凡な明日〟など訪れなかった……。

遠くからでも気づいていた。アパートの前に、茶色い、まるで軍服のような制服を着た三人の男がいるのを。その横には、黒塗りのベンツ。

何だアイツら、と首を傾《かし》げながら章弘は歩を進めていく。気味が悪いので、顔を伏せながら通り過ぎると、突然声をかけられた。

「広瀬章弘だな」

自分の名を呼ばれ、章弘はビクリと立ち止まった。顔を上げると、色白の男たちがこちらに冷たい視線を送っている。三人とも表情はなく、まるで機械のようだ。

章弘は思わず後ずさった。三人のうち二人が拳銃を持っていたからだ。

「な、何だよ、あんたら」

怯える章弘に、一人が手帳を見せてきた。そこには『Dust-Law Executive Organization（ダスト法執行機関）』と書かれていた。しかしその文字を読んでも、章弘にはさっぱり理解できない。

実は、政府はダスト法を執行するために、警察庁の中に通称〝DEO《ディイーオー》〟という特殊機関を設けたのだった。

「DEOの者だ。広瀬章弘。黙ってついてこい」

「DEO？　な、何だよそれ！　どういうことだよ！」

いきなりそう命じられた章弘は二人に両腕を摑《つか》まれ、強引に車に乗せられた。

「ちょ、ちょっとおい！　降ろせよ！　いったい何だっていうんだよ！」

運転席の男は、抑揚《よくよう》のない声で言った。

「これから流刑地に移動する。大人しくしていろ」

「流刑地……？」

そのとき、章弘は六ヶ月ほど前のニュースを思い出した。

『未就労者、未納税者は〝流刑〟に処す……』

そこから先はあまり憶《おぼ》えてはいないが、アナウンサーの言葉の端々《はしばし》が脳に入り込んでくる。

島、五〇〇日……。

サーッと血の気が引いた。

まだ一八だぞ？　自分も、その対象者なのか。国から〝用無し〟と認定されたということか。

「ふ、ふざけんな！　俺は関係ねえ！」

急に恐くなった章弘は車内で暴れ出す。しかし、その抵抗も虚《むな》しく終わった。左隣に座る男から白いハンカチが伸びてきたのだ。そのハンカチを口に当てられた瞬間、章弘は深い眠りに就いたのだった……。


どれだけの間眠っていたのか。目が覚めたときには、すでに船に乗せられていた。

男たちに拉致《らち》され、眠らされる直前の映像がフラッシュ・バックする。

薄暗い室内、上半身は拘束衣をかぶせられており、ほとんど身動きできない状態。口もガムテープが貼《は》られているため、声を出すことができない。ただ、小さな窓から外の景色だけはわずかに確認できた。見渡すかぎり海だ。猛スピードで海の上を走っている。陸はどこにも見当たらなかった。

今、自分はどのあたりにいるのか。本当に島に連れていかれるのか。船のエンジン音と波の音以外何も聞こえず、誰かがやってくる気配もない。それが余計不安と恐怖をかき立てる。

まずは冷静になれと自分に言い聞かせても、パニック状態から抜け出せない。

この先、死が待っているのではないか。

悪い予感ばかりが先行する。いやそれは予感ではなく、現実になるのではないか。

そんなことを繰り返しているうちに数時間がたち、章弘の目に大きな島が飛び込んできた……。

鬼哭島《きこくとう》――。

島の名前は、後の調べで分かったことだ。

古代から流刑地として名をはせ、戦後も凶悪犯罪者用の特別監獄のある島として栄えた。その成り立ちからか、人体実験が行われているという噂《うわさ》まで流れていた。そんな島で暮らす二〇〇人の島民全てを追い出し、国は再び流刑地としてこの島を指定した。その他にも三つの島が流刑地として使われていたそうだ。

『鬼哭』とは、多くの浮かばれない死者の霊魂が哭《な》く島……。

章弘は、ここで〝服役〟することになる。その行く手には、様々な地獄と悲しみが待っていた……。

2

島に近づくにつれてエンジンの音は小さくなっていき、船はゆっくりと港に停止した。波の音が妙に穏やかで、それが逆に不気味だった。外に出るのが恐ろしかった。

一瞬、暗闇の船内に静寂が訪れる。しかし、すぐに慌《あわただ》しい足音が近づいてきた。その足音に章弘は硬直する。

部屋の扉が乱暴に開かれた。逆光で相手の顔は見えないが、恐らく、自分をここまで連れてきた男の一人。

黒い影から、感情のない声が聞こえてきた。

「広瀬章弘。立て」

命令に逆らえば何をされるか分からないと怯えていた章弘は、すぐに男の言うとおりにした。

「来い」

男はそれだけ言って、こちらに背中を向けた。このとき一瞬、足で相手の背中を蹴り飛ばして逃げようかと考えたが、それは無謀《むぼう》だと判断した。相手は銃を所持しているし、仲間だって大勢いるはず。しかも、どことも分からないこの島で逃げきれるはずがない。

章弘は男の指示どおり、大人しく後ろについた。部屋から出たとたん、強烈《きょうれつ》な太陽の光が章弘を襲う。

呆然《ぼうぜん》とする章弘は、港で待機していたシルバーのセダンに強引に乗せられた。

「出せ」

隣に座る男の指示が出ると、車はゆっくりと発進した。

どこへ行くのか。口がふさがれているため、訊《き》くことはできない。

船や小さな倉庫、そして港の目印である灯台が離れていくばかりだ。

この先に何が待ち受けているのか。想像すらできなかった……。

港を離れてから約一〇分。車は舗装されていない道を走っていく。周りには枯れた草や腐った木ばかり。その他にも、ツルの巻きついた軽自動車やタイヤのない自転車と、がらくたばかり。唯一《ゆいいつ》綺麗な色を発していたのは、黄色いタンポポだけだった。そんな、朽ち果てた風景を見ているうちに、章弘は思った。

俺は棄てられたんだ。五〇〇日という条件があるが、そんなのは〝一応の数字〟だ。国は、俺を棄てた……。

さらに五分ほど走ると、今度は工場が見えてきた。ただ、ここで人が働いていたのは事実だろうが、いったい何年前の話だ。恐竜にでも踏み潰《つぶ》されたかのように屋根は崩れ落ち、工場全体が茶色く錆《さ》びきっている。敷地中央に置かれている資材も、完全に腐ってしまっていた。

そのすぐ近くには、脱線した一両のトロッコが横倒しになっている。鉱山用のものだろうか。これもまた老朽化が激しく、赤黒く変色してしまっている。相当前からこの場所に放置されていると思われた。

ここは、今は無人島？

街での暮らしが当たり前だった章弘は、タイム・スリップしてきたような感覚に陥っていた。

これまでの風景を見ると無人島と考えるのが妥当だが、その先の風景は微妙に違った。今度は耕された畑が目に映ったのだ。離れた所には生活感の漂う一軒の民家。さらに数分走ると、小さな交番や郵便局も見えてきた。その二つも、ついこの間まで使われていたような雰囲気。

しかし、いまだ人の姿はない。

この島は……？

だが、いくら考えても答えが出るはずもなく、車はひたすら一直線に走っていった。

しばらくすると、前方に手を振る人影が見えてきた。

草むらからこちらに合図を送っている。隣に座る男と同じ茶色い帽子と制服。

しかし章弘が注目したのは、手を振っている男のすぐ近くにいる四人の人影。

自分と同じく私服で、横一列に立たされている。ガムテープも、拘束衣も外されているが、微動だにしていない。全員が、不安そうな表情を浮かべている。

彼らも、自分と同じ〝棄民〟?

車は砂利道から草むらに入り、やがて、彼らの前で停止した。そこでようやく章弘はガムテープを取られ、拘束衣を外された。

私服の四人の視線は、章弘ただ一人に向けられている。同じ境遇のはずなのに、その視線は冷ややかで、突き刺さるようであった。

「降りろ」

章弘はうつむきながら車のドアを開け、一歩外に出た。すぐに制服の男の指示が飛ぶ。

「横に並べ」

声も出ないくらい章弘は怯えていた。言われたとおりに、私服の四人の横につく。

DEOの人間も同じく五人。制服をよく見ると、胸のあたりにそれぞれ違うバッジがついているが、それで階級の違いを表しているのか。

金のバッジをつけた、冷酷な目つきの男が章弘たちに言った。

「もうじき最後の一人が到着する。それまで大人しく立っていろ」

誰も返事はしない。

「何だその目は」

男のその言葉に章弘はビクリと顔を上げる。男の瞳に映っているのは、真ん中に立つ、短髪の青年だった。つり上がった目とおでこのほくろが特徴で、かなり体格が良い。

その彼が金バッジの男をにらみ上げているのだ。

腕っ節には自信があるのかもしれないが、銃を持っている彼らに刃向かうのは無謀にもほどがある。しかし、狐目《きつねめ》の彼を止めるほどの勇気もないし、そんな義理もない。

二人のジリジリとしたにらみ合いが続く。次に金バッジの男が発したのは、恐ろしい言葉だった。

「この場で処刑してもいいんだぞ」

〝処刑〟という言葉に、章弘たちは敏感に反応するが、制服の男たちはヘラヘラと笑っている。狐目の彼も、さすがにそれ以上は反抗しようとはしなかった。彼が目をそらすと、金バッジの男は満足そうにニヤリと笑った。

そのときだ。

章弘が来た道とは逆の方向から、車の走ってくる音が聞こえてきた。全員の視線がその一台に集まる。制服の男の一人が、再び手を振った。それに気づいた車はこちらに向かってやってくる。

最後の一人……。

金バッジの男の言った言葉が妙に気になる。

六人になった時点で、何か厳しい条件でも突きつけられるのか。それとも、拷問にでも遭うのか。

しかし、そんな考えなど吹き飛んでしまうほど、車から降りてきた人物は衝撃的だった。

少し離れた場所で車は停止した。

ドアが開いたとたん、章弘は自分の目を疑った。中から出てきたのは、自分と同い年くらいの女の子。白いブラウスの上にピンクのカーディガンを羽織り、下は花柄のロングスカート。髪は、今時珍しいお下げで、顔のどの部分にも化粧はしていない。しかし目はパッチリとしていて鼻は高く、口は少々小さめだが、かわいらしい顔立ちをしている。

上品な人形でも見ているようだった。

そんな清楚な彼女がどうして？

自分を含め、ここにいる連中の格好は薄汚れたジャージやスウェットと、綺麗な印象は少しもない。顔立ちも雰囲気も、〝ニート〟と言われれば納得できる。

しかし彼女は違う。自分らとは生きてきた環境が正反対のように思える。

実家は金持ちで、何不自由なく生活してきたお嬢様のような雰囲気を感じるが、違うのか？　ここに連れてこられたということは、よほどの事情でもあったのか……。

「来い」

女の子は青ざめた表情でこちらにやってくる。手先がかすかに震えていた。無理もない。こんな、どことも分からない島に強引に連れてこられたのだから。不安だし、恐ろしいに決まってる。

「横に並べ」

女の子は小さくうなずき、章弘の横についた。

風が吹くと、石鹸《せっけん》の良い香りがした。そのとき、ほんの一瞬だけ心が落ち着いた。母親の匂いとよく似ていたからだ。しかし、すぐに現実に引き戻されてしまう。

金バッジをつけた男は、横一列に並んだ六人を確認し、トランシーバーに向かって言った。

「グループB、全員揃いました」

それだけを伝え、トランシーバーを腰にしまった男は、今度は章弘たちに向かって言った。

「なぜここに集められたか……分かっているな？　半年前に制定されたダスト法。君たちが、その第一回目というわけだ。そう、君たちは国に棄てられたのだよ。国の役に立たない用無しなんだ。いやそれだけじゃない。身内にも棄てられたんだ。免罪金を払ってもらえれば、流刑は免除されたのにな……可哀想な奴らだ」

怒りよりもまず、男の言葉が胸に突き刺さり、心の痛みを感じる。

そう言われても仕方のない生き方をしてきたのは事実だ。俺は、自分自身を棄ててきたのだ。

でもこんなことが許されるのか。日本という国は、どうなってしまったんだ。

「今日から君たちにはこの島で暮らしてもらう。君たちにとって幸いなのは、この島には一ヶ月前まで人間が暮らしていたということだ。そうでなければ、長くは生きられないだろう……」

男はフッと鼻で笑い、言葉を続けた。

「寝る所も、食糧も自分たちで探してせいぜい生き延びろ。まあ死んでも誰も悲しまないけどな」

後ろにいる男たちがヘラヘラしているのが無性に腹が立った。

「島から出られるのは五〇〇日後。約一年四ヶ月後だ。それまでに何人が生きていられるか、楽しみだな。それでは五〇〇日後にまた会おう」

たった一分程度の説明を終え、男たちはこちらに背中を向けた。と思いきや、すぐに金バッジの男が振り返り、最後にこう言い残した。

「言い忘れたが、ここでは何をしても法には触れん。たとえ人を殺してもな。食糧が尽きて食うに困ったら……人間を喰ってもいいんだぞ」

章弘は、その言葉に寒気を感じた。思わず六人はお互いの顔を見てしまった。

人間を喰う……。そんなのありえるか！

しかしいずれ、そこまで自分たちは追い込まれるのかと思うと、さらなる恐怖が襲ってきた。

車のドアが閉まる音で我に返った章弘は、走り去っていく三台の車が見えなくなるまで立ちつくしていた。

引き返してきてくれと願ったが、期待した自分が甘かった。三台の車は、そんな気配もない。

いまだに信じられない。いきなりこんな島に連れてこられて、五〇〇日間生活しろなんて。

だがこれはマジだ。国は〝用無し〟となった俺たちを本当に排除しようとしている。

夢なんかじゃない。紛れもない現実……。

法のない島。ここはもう、日本ではない。

奴らは俺たちを、人間だとは思っていない……。

やがて、静寂が訪れた。広い自然の中にポツリと残された六人に、冷たい風が吹きつける。

ここに来て初めて感じた。もしかしたら、この島は東京よりもずっと北に位置しているのかもしれない。東京よりも、かなり寒いのだ。今は春だからまだいいが、冬になれば想像以上の寒さが襲ってくるのではないか……。

だが、はたして冬まで生きていられるか。

いや、今はそんな先のことよりも、今日・明日のことを考えなければならない。しかし、あまりにも突然すぎて、頭の整理がつかない。

初めに怒りを露《あら》わにしたのは、先ほど金バッジの男をにらみつけた彼だった。地面に生える草を思いきり踏みつけ、

「ふざけんなよ！　何なんだよ！」

と怒りをまき散らす。

「勝手にこんな所に連れてきやがって！」

彼の怒りをおさめようとする者はおらず、皆困惑している。章弘は、先ほどからずっと震えている彼女に声をかけた。

「大丈夫？」

彼女はか細い声で答えた。

「……はい」

本当は他人のことを心配する余裕などない。何か言葉を発さないと不安に押し潰されそうになっていたのだ。

とにかく、今考えなければならないのは〝生きる〟こと。

しかし、狐目の彼はこの現状を受け入れようとはしなかった。

「皆こんなの納得できるのかよ！　何がダスト法だよ！　なめやがって！　こんな所に五〇日もいられるかよ！」

その気持ちは皆同じだ。しかし、いくら吠えたところで解決するわけでもない。

何か〝解決策〟でもあれば、話は別だが……。

「そうだ！　携帯！」

章弘は肝心なことに気づき、ズボンのポケットに手を突っ込む。しかし、確かにポケットに入れていたはずの携帯電話がなくなっている。

「ない……」

「俺もだ」

「俺も……」

と皆、携帯電話が見当たらないようだ。考えられるのはただ一つ。

「奴らだ。持っていかれたんだ」

「なめやがって！」

そう舌打ちした狐目の彼が、突然こう提案した。

「だったらこっちにも考えがある。逃げようぜ！　この島から脱出するんだ！」

しかし、章弘は賛成はできなかった。

「でも、奴らは銃を持ってるよ」

遠慮がちにそう返すと、彼は分かっているというようにうなずいた。

「今すぐじゃない。逃げる準備をするんだ。まずは六人が乗れる船を造る。出来上がったその日に脱出だ」

「でも、もし見つかったら……」

いやそれ以前に、そんな簡単に船など造れるのか。造れたとしても、本土にたどり着ける保証なんてない。

「大丈夫！　奴らは脱出できるなんて思ってないさ」

本当にそうだろうかと疑問を感じたが、これから一緒に生活していかなければならない〝仲間〟に、強くは言えなかった。

「とりあえず、海のほうへ行ってみよう。俺たち三人が降りた港からここまで、車で一〇分もかからなかった。あんたたちはどうだった？」

『俺たち』の中に含まれている二人も、章弘と同い年くらいだ。二人とも背が小さく、どちらもジャージにロンTを着ている。一人は金色の長髪に鼻ピアス。顎《あご》が少し出ているのが特徴で、ゴリラのような顔つきだ。もう一人は、髪をツンツンに立てており、おでこが極端に狭い。目がかなりつり上がっており、それだけで気が強そうな印象を受ける。

「こっちは……港までかなりの距離です」

そう答えたのは、アニメのキャラクターがプリントされたロンTを着たメガネの彼だ。無造作に伸びた髪の毛が汚らしく、少し近寄りがたい存在だ。章弘があまり好まないオタク風ではあるが、優しそうな目が特徴で、性格はかなり穏やかそうだ。

「俺も、かなり遠いよ」

と章弘は答え、彼女に尋ねた。

「君が着いた港も、遠い？」

彼女は首を縦に動かした。

「よし。じゃあ俺たちが降りた港へ行こう」

無意味なのではないか。

誰からも賛成する言葉はなかったが、一人になるよりはマシだと、狐目の彼に全員がついていった……。

しかし、彼女の身体《からだ》の異変に気づいたのは、それから数十分後のことだった。まだ一キロ程度しか歩いていないのに、他の五人よりもかなり息が切れている。顔色だって、先ほどより相当悪い。

特別、酸素が薄いわけでもない。男女の体力の差だろうか。

「大丈夫？」

心配する章弘に、彼女は小刻みにうなずく。声を発するのも辛そうだ。

「少し休んだほうが」

と章弘はうながすが、彼女は手を横に振り、足を止めようとはしない。皆に迷惑はかけられない、とでもいうように。

だが、その我慢も長くは続かなかった。歩き始めてから約三〇分。彼女は道端に倒れてしまったのだ。

五人は急いで彼女の元に駆け寄る。まるで呼吸困難に陥ってしまっているかのように、彼女の息づかいは尋常ではなかった。皆それぞれが心配そうに声をかけるが、彼女は反応することもできない。ただただ、激しく呼吸を繰り返している。

「熱でもあるんじゃないか」

と、狐目の彼が彼女のおでこに手をやるが、

「そうでもなさそうだな」

と首を傾げる。

どこか、身体が悪いのだろうか。

章弘はそう思ったが、口には出せなかった。

そう章弘が提案すると、ようやく彼女が口を開いた。

「少し休もう」

「……お願いします」

章弘たちは、彼女の体力が回復するまで休憩を取り、再び舗装されていない道をただひたすらに歩いた。しかし、やはり彼女の体力はそう長くは続かず、また休憩を取り、歩き出す。それを何度も何度も繰り返しているうちに、いつしか二時間半が経過していた。陽が傾き始めたころ、六人はようやく港付近に到着することができた。

狐目の彼の指示で、章弘たちはいったん草の中に隠れて港の様子をうかがった。

「誰も……いないですね」

と、オタク風の彼が緊張交じりにつぶやく。

彼の言うとおり、あたりには誰一人としておらず、奴らの車や船がやってくる気配もない。

狐目の彼は、この光景に手応えを感じたようだ。

「やっぱり見張りなんていねえ。よし、この近くにある民家を探して、そこを俺たちの住処《すみか》にして、気づかれないように船を造ろう。出来上がったら脱出だ！　こんな所に何日もいられるかっつうの」

彼の頭の中では脱出までの段取りは完璧だったのだろう。章弘も、このときは期待を持つことができた。しかし……。

背後に人の気配を感じた章弘はとっさに振り返った。そこには、茶色い制服を着た二人の男が立っていた。手には、拳銃ではなくライフル。

男たちの冷ややかな視線に、六人は金縛りに遭う。

「脱出の計画でも練っていたのか？」

その瞬間、章弘の全身に心地悪い汗がドッとにじんだ。

殺されるのではないか。章弘は、自分で自分を追い込んでいく。

そのときだ。もう一人の男が、大空に向かってライフルを発砲した。

その音に女の子はヒッと悲鳴を上げ、章弘は尻もちをついた。

少し遅れて、火薬の臭いが鼻をつく。

心臓が止まる思いだった。

脱出しようとした人間は殺す、という警告なのだろう。

「いいか？　脱出を試みた奴は容赦なく撃つ。もう二度とここには近づかないことだ」

恐ろしさのあまり声も出なかった。

「分かったら、さっさと行け」

ハッと我に返った章弘は全員に、

「い、行こう」

と声をかけ、地面を這《は》って立ち上がった。他の五人も何とか立ち上がり、章弘たちは男たちから逃げるようにしてその場を去った……。

わずかな希望を失った六人に、赤い夕陽が照りつける。綺麗な空のはずが、章弘には血に染まっているように見えた。

混乱しているせいで、誰も来た道を憶《おぼ》えてはおらず、六人は道なき道を歩いていく。

途中、苦しそうにしている彼女のために何度かの休憩を取ったので、かなり時間がかかってしまった。すっかり暗くなった午後八時一五分。章弘たちは、ようやく小さくボロい木造の民家を発見することができた。

「あそこに入ろう」

暗闇から、狐目の彼の疲れきった声が聞こえてきた。皆、クタクタで返事をする者はいなかったが、わずかな月明かりを頼りに、全員よろけながら民家に足を進めたのだった……。

自由に使えということか、民家のドアの鍵はご丁寧《ていねい》に開いていた。土間には男性用と女性用の靴が散らばっており、その中にはサンダルも交じっていた。

六人は靴を脱ぎ捨て、警戒心を抱くことなく部屋の中に入っていく。あまりの疲労に加え、人の気配がなかったので、すでに、ここは自分たちの住処、と思い込んでいた。

「電気は……通ってないんですかね」

オタク風の彼はそう言いながら、寝室として使われていたと思われる、一〇畳ほどの畳部屋の明かりのスイッチに触れた。しかし、天井の明かりはついてはくれなかった。

「水も出ない」

と、台所にいるのであろう狐目の彼の声がした。

「電気も通ってない。水も出ない。食糧もない。そんなんで生活できるのか……？」

畳部屋の隣にある、六畳ほどの居間から聞こえた仲間の声。

その絶望的な言葉が心に重くのしかかり、章弘は畳に尻もちをついた。それにつられてオタク風の彼も、女の子も、腰を下ろした。

「僕たち……どうなっちゃうんでしょうかね」

オタク風の彼の言葉に、章弘は何も返せなかった。暗闇であまりよく見えないが、彼女も辛そうな表情を浮かべている。もしかしたら涙を流しているかもしれない。

この島で野垂れ死ぬことになるのか……。

そんな不安を一瞬消してくれたのが、狐目の彼だった。台所から足早に戻ってきた彼は言った。

「皆喜べ。米びつにけっこう米が残ってる」

米？　そうか。一ヶ月前まで島民が暮らしていたと、あの金バッジの男は言っていた。あの男の言うとおり、ここがもっと前から無人島だったら、どうなっていたことか……。

「それと、台所に多少の食い物と、菓子も残ってる。あと、ほら」

彼は、小さな何かをこちらに見せた。

「ライターだ。使っていないのがまだいくつもある。とりあえず外に出て、火をおこさないか？」

その意見には賛成だった。暗い所では気分も暗くなる。それに、お互いのことを知ることも必要だ。まだ名前すら教え合っていないのだ。

狐目の彼の提案で、六人は外に出て小枝を集め、小さな火をおこした。明かりが灯《とも》ると、六人の疲れきった顔が暗闇に浮かび上がった。全員、汗や土で汚れ、髪の毛は乱れきっている。シャワーを浴びたい気分だが、そんなことを言っている場合ではない。それ以上に、腹が空いていた。

しかし、それぞれの手には少量のお菓子しかなかった。

こんな菓子、昨日まではいくらでも食えたのにと、章弘はチビチビとかじる。が、すぐになくなってしまった。こんなのでは当然満足できなかった。でも不満をぶちまけて和を乱すわけにもいかない。水がないので米が炊けないのだ。今日はこれで我慢するしかない。

初めに口を開いたのは狐目の彼だった。

「皆、まずは自己紹介しないか」

五人は弱々しくうなずく。

「俺の名前は石本達二。今年で二一になる。高校を卒業してからはずっとプータローで……そしたらこのざまだよ。怒りなんてもう通りこしちまった。もう笑うしかねえよ」

狐目の彼が年上だと知ったとたん、章弘は敬語になる。

「石本さんは、どこから連れてこられたんですか？」

石本はフッと笑い、

「敬語なんて使わなくていいよ。俺は、新潟からだよ」

と答えた。

「そ、そうなんだ」

「あんたの名前は？」

石本に顎で指され、章弘はかしこまる。

「ええっと、広瀬章弘です。一八歳です。高校中退してからは、パチプロとして食ってました」

「パチプロ？　すげえな」

褒められたのかどうなのか、石本にそう言われ、章弘は首を振った。

「全然大したことじゃないです。普通のサラリーマンより稼いでいたかもしれないけど、結果がこれじゃ……」

章弘は両親を思い出していた。二人はこの事実を知っているのか。今は申しわけない気持ちでいっぱいだった。

「僕は本木《もとき》光彦《みつひこ》って言います。広瀬くんと同じで一八歳です。趣味はパソコンで、ずっと引きこもりの生活してました。パソコンに関しては誰にも負けないけど……ここじゃ意味ないですよね」

オタク風の彼の名は本木。想像どおり、パソコンが趣味か……。

次に自己紹介したのは、ゴリラ顔の彼だった。

「猪原栄介《いのはらえいすけ》です。一九歳で、彼と一緒でパチプロで食ってました」

パチプロというだけで、章弘は猪原に親近感を抱いていた。

「どこで食ってたんです？」

「俺は長野かな」

「長野か……長野もけっこう食えました？」

「ああ。プロが少ないからな。余裕だったよ」

「そうなんだ」

五番目に自己紹介したのは、おでこの狭い彼だった。

「中井健太《なかいけんた》っす。一九っす。俺は先輩に誘われて、振り込め詐欺をしてました。よろしくっす」

皆、空腹で元気がないはずなのに、振り込め詐欺と聞いて無視はできなかった。

「マジで？」

中井は当たり前のようにうなずく。

「はい。でもやってたのはちょっとだけっすよ。けっこう儲かったんすけどね……」

「おいおい、どのくらいだよ」

「本当に引っかかる奴いるの？」

石本や猪原はさらに深く突っ込んでいるが、章弘は呆《あき》れて何も言えなかった。

世の中には本当にいろんな奴がいるもんだ。

中井の話題が終わると、最後に彼女が口を開いた。

「桜井真由《さくらいまゆ》です……一九歳です」

彼女の自己紹介はそれで終わった。が、石本たちがそれを許さなかった。

「ずっと気になってたんだけど、どうして君のようなかわいい子が捕まるわけ？　何かあったの？」

「ねえ、どうして？」

何も言いたくないというように、彼女はうつむいてしまった。

それでもしつこく質問する無神経な石本に、章弘は少し腹を立てた。しかし表情には出さず、遠慮がちに止めた。

「石本さん。たぶん、彼女ショック受けているから、そっとしといてあげましょう」

石本は桜井の顔をじっと覗《のぞ》き込むと、仕方なく納得したようにうなずいた。そして皆にこう告げた。

「とりあえず、明日から食糧の確保や、生活に必要な道具を探しに行こう。誰もいない民家から持ってくればいい。それと、一番大事なのは水だ。水がなきゃ米だって炊けないしな。どこかに川があればいいんだけど……」

最年長ということもあり、自然と石本がリーダー役になっていた。

「そうですね」

と猪原が返す。

「まあ今日は皆疲れているだろうから、部屋に戻って寝よう。いいか？　国がその気なら、俺たちも絶対に生き延びて、奴らに復讐しようぜ」

復讐……。一度もそんなことは考えなかった。それ以上に、この先が不安だったからだ。だが皆、この島での生活を受け入れ、覚悟を決めた。自分も、恐れている場合ではない。この現実に立ち向かっていく。

石本の言うように、明日から食糧や水を確保する毎日が続きそうだ。辛い日々の連続だろうが、六人で力を合わせれば、生き延びられる。絶対に……。

こうして、鬼哭島に閉じこめられた章弘たちの生活が、始まったのだった……。

3

翌日、窓から差し込む太陽の光で目を覚ました章弘は、隣で眠る本木光彦の姿を見てハッとした。

そうだ。ここは先輩のアパートじゃない。なのに、疲れていたからだろうか、不思議なほどよく眠れた。それとも、仲間がいるという安心感からだろうか。一人だったら、恐怖で眠れなかったかもしれない。

腕時計の針は午前九時を示している。

昨夜、部屋に戻ったのが午後九時半だった。

押入れには四つの布団しかなかったが、幸いにも毛布はいくつもあったので、寒さを感じずに眠ることができた。が、寝相の悪い者は布団からはみ出て、畳の上で眠っている。自分もその一人なのだが……。

そのとき、章弘はふと気づいた。

桜井真由の姿がない。どこかへ行ってしまったのではないかと、章弘は胸騒ぎを感じた。

しかし、心配には及ばなかった。

彼女は、寝室の隣の部屋に置いてある仏壇の前に、ポツリと立っていたのだ。

どうしたのだろうかと、章弘は起き上がり彼女の元に歩み寄る。

「おはよう」

後ろから声をかけると、桜井はゆっくりと振り返り、小さく頭を下げた。

「おはようございます」

「どうしたの？」

桜井は、黙ったまま仏壇のほうに向き直った。章弘も仏壇に注目する。

気づいたことが一つあった。お線香やお供え物はあるのに、位牌や遺影がない。これがどういう意味なのか、章弘はすぐに理解した。

「きっとこの家に住んでいた人は、ＤＥＯに慌しく追い出されたんだろうな。他の島民だってそうだろう。住み慣れた島を追い出された人たちは、どういう気持ちなんだろうな」

「……ひどいですね」

「ああ」

章弘は壁にも注目する。ある箇所だけ四角く汚れていないのだが、そこにはきっと大事な人の写真が飾られていたのだろう。

「本当にどうなっちまったんだよ。日本は」

章弘は残念そうにつぶやいて、居間に移動する。

六畳くらいの小さな居間には、二〇インチほどのテレビと古びたコタツが置かれている。

コタツの上にある缶箱の中には、一口サイズのチョコレートがいくつか入っていた。が、手を伸ばすわけにはいかない。タバコもあるが、一人だけ吸うのはルール違反だ。章弘は、次に台所に移動した。

台所は極端に狭く、目立つものはテーブルと冷蔵庫だけ。テーブルの上にはラップされた梅干しがあるが、章弘は梅干しが大嫌いなので何の興味もそそられなかった。コンロは飛び散った油で非常に汚れていた。換気扇も埃《ほこり》だらけだ。

そういえば顔を洗っていなかったと、章弘は水道の蛇口を捻《ひね》ってみた。が、水が出ないことを思い出し蛇口を元に戻す。

ふと、砂糖や塩といった調味料が視線に飛び込んできた。章弘は無意識のうちに、ひとつまみの砂糖を口にしていた。塩も欲しくなり、少量を舐《な》めた。

こんなにも調味料をおいしく感じたのは初めてだったが、たかが砂糖や塩にありがたみを感じている自分に気づきゾッとした。

台所にはもう一つ扉があった。気になり開けてみると、そこは風呂場になっていた。ステンレス製の小さな浴槽とシャワー。脇には、石鹸やシャンプーが置かれている。

突然、寝室から石本の声がしたので、章弘は急いで寝室に戻った。

ようやく石本も目覚めたようだ。

「おはよう」

章弘は軽く頭を下げた。

「おはようございます」

しかし桜井は彼には挨拶しなかった。

「早いな二人とも。何時に起きた？」

「今……さっき」

「そうか」

その会話で、他の三人も目を覚ました。とはいえ、まだボーッとしている。完全に脳が起きるまで、まだしばらくかかるだろう。

腹減った、とつぶやいたのは猪原だった。無理もない。昨夜口にしたのはお菓子だけなのだから。

それを聞き、石本がパンと手を叩いた。

「よし。もう少ししたら、食糧と水を探しに行こう。その他に、布団や衣服も調達したほうが良さそうだな」

一日中かかりそうだが、これも生き抜いていくため。満足のいく食糧と水が確保できればいいのだが。そんな不安を胸に、章弘は住処をあとにした……。

六人全員が外に出たところで、章弘はある提案をした。効率良く作業を進めるため、二手に分かれないかと言った。その案には全員が納得で、話し合いの結果、石本・猪原・中井班、章弘・本木・桜井班で行動することが決まった。

「じゃあ、頼んだぞ。陽が落ちる、五時くらいまでには帰ってこいよ」

石本にそう指示され、章弘は了解した。

「気をつけろよ」

「はい」

こうして、章弘たちの食糧探しが始まったのだった……。


石本たちと逆の方向に進む章弘たちは、周りの風景に目を凝らす。今、瞳に映っているのは広い草原。といっても、そこは鮮やかな緑ではない。枯れ草ばかりの、茶色い草原。食えそうなものや使えそうなものはないと分かってはいるが、ついつい探してしまっている。

「ねえ、広瀬くん」

本木から話しかけられたのはこれが初めてか。

「どうした？」

「あまり、こんなことは言いたくないけど、ここだけの話、石本さんたち、大丈夫かな？」

「どういう意味？」

「彼らのほうが年上じゃん？　食糧とか、均等に分けてくれるかな」

確かにまだ知り合ったばかりなので、信用しきっていると言えば嘘になるが、石本がちゃんと指揮をとってくれるだろう。振り込め詐欺をしていた中井は特にずる賢いところがありそうだが、猪原を含め、まずは他人を信用することが大事だと思う。

「心配ないだろ。初めから疑ってたら、うまくいくものもいかなくなるしな」

「そう……だよね」

口ではそう言うが、まだどこか心配な部分があるようだ。本木は見た目どおり、小心者のようだ。

「ねえ、真由ちゃん。大丈夫だよね？」

ずっと元気のない桜井に、章弘は明るく声をかけた。しかし、彼女は一切表情を変えない。

ただ、

「……うん」

とうなずくだけ。

「ま、まあとにかく、皆仲良くやっていけるよ。大丈夫」

本木はメガネの位置を直し、

「だね」

と自然な笑みを見せた。

「まずは食糧だ、食糧。はっきり言って、マジ腹減ってるんだから」

しかし章弘の急ぐ気持ちとは裏腹に、桜井の体力がついてきてはくれなかった。

二キロも歩くと、彼女は道端に手をついてしまった。章弘と本木は驚き、慌てて駆け寄る。

「大丈夫？　無理しなくていいから。ゆっくり休んで」

章弘は桜井に肩を貸し、倒れかかった木の電柱のそばに静かに座らせた。

「ありがとう……」

「水でもあればいいんだけど……」

と本木はあたりを確認する。が、川や湖はない。桜井だけでなく、章弘たちも喉《のど》がカラカラで、そろそろ水分を摂《と》らなければ危険であった。

「この先に川でもあればいいけどね」

だが三人の願いは叶《かな》わなかった。いくら歩いても川は流れてはおらず、その代わりに、木造の古い民家を発見することができた。自分たちの住処と同じで、広い敷地にポツリと建っている。その真横には、軽トラック。鍵があればいいのだが……。

「とりあえず、あの中を調べてみよう」

三人は、他の流刑者がいないかを確かめ、静かに中に入った。床は古びたフローリングで、歩くたびにミシミシと音がする。段になっている敷居をまたぎ、居間に入った。と同時に、本木が慌てた声を発した。

「やっぱ我慢できない。外でしょんべんしてくるね」

そう言って、本木は外に飛び出していった。章弘が笑うと、桜井もクスクスと小さく笑った。彼女が初めて笑った瞬間だった。それを見て、章弘はホッとした。この先も心を開いてくれないのではないかと心配していたのだ。

「私……足手まといだよね。ゴメンね」

突然そう言われ、章弘は戸惑う。

「そんなことないよ。気にしなくていいから」

「それと、昨夜はありがとう」

「え？」

「私がいろいろと訊かれてたとき……」

石本のことか。

「ああ、あれね。まあ、人には言いたくない過去とかあるからさ」

「あなたもそうなの？」

「まあ、自分からは語りたくないかな。訊かれれば、話すけどね」

「そう」

「真由ちゃんもいろいろあったのかもしれないけど、こんなときだからこそ、明るくいよう。そうしないと、精神がまいっちゃうよ」

章弘の言葉に、真由は少し晴れた表情を見せた。

「そうだよね」

桜井の純粋な瞳が、しばらく章弘に向けられる。章弘は照れくさくて視線を外した。

二人の間に、妙な沈黙が流れた。彼女を意識すればするほど、何を話していいのか分からなくなる。

「どうしたの、二人とも？」

いつの間にか戻ってきていた本木に、ハッとした章弘は必死に取りつくろう。

「い、いや……何でもない」

「それより広瀬くん。ラッキーだよ。裏に畑があるんだけど、なんかの豆ができてるよ！」

それを聞き、章弘はまずは一安心する。

「じゃあ、本木くんは豆を集めてくれ。俺は、部屋の中を探すから」

本木は、

「オッケー」

と親指を立て、嬉しそうに部屋を出ていった。その姿を見て、桜井が口を開いた。

「彼……かわいいね」

「だね」

と返し、章弘は部屋での食糧探しを始めた。

章弘は台所から、居間にいる桜井に声をかける。

「真由ちゃんはまだ休んでていいから。俺たちに任せて」

「え？　でも」

「いいからいいから。無理するなって」

数秒の間が空き、声が返ってきた。

「……ありがとう」

章弘は、まるで空き巣のように台所の隅々まで探す。

するとすぐに米びつを発見することができた。肝心の米も、かなり残っている。これは収穫であった。しかしそれだけではない。章弘たちが一番求めていたモノが冷蔵庫の中に入っていたのだ。

一・五リットルボトルのミネラルウォーター。冷蔵庫の電源が切れているので冷えてはいないが、命の水に変わりはない。章弘は早速フタを開け、台所にあったコップを手に取り、水を注いだ。それを、まずは桜井に持っていった。

「真由ちゃん。さあ飲んで」

「……でも」

自分だけ飲むことに抵抗を感じている桜井に、章弘はコップを押しつけた。

「飲まなきゃダメだよ」

強く言うと、桜井は分かったとうなずき、大事そうに喉を潤していった。

「もう一杯飲む？」

「ううん、大丈夫。ありがとう」

桜井からコップを受け取った章弘も、我慢できずに一杯だけ飲んだ。その一杯で喉の乾きは満たされ、生き返った気分になった。

「彼にもあとで飲ませてあげないとな」

「そうね」

ペットボトルを桜井に渡した章弘は、食糧探しを再開させた。

その後も作業は順調に進んでいき、菓子類や缶詰、干物などを発見することができた。もちろんそれだけではなく、章弘は、砂糖や塩、醬油《しょうゆ》などの調味料も居間に運び出した。ただ、全部を持ち帰ることができるだろうかと心配していると、桜井が小さな鍵を持ってきた。

「玄関に置いてあったんだけど、これ、車のキーじゃない？」

間違いなくそうだった。キーの中央に、車会社のマークが彫られているのだ。

「ナイスだよ真由ちゃん！　車があれば、家中の物を運び出せるよ！」

章弘は早速外に出て車に乗り込み、キーを差し込んだ。古めかしいマニュアル車だ。エンジンがかかるかどうか少し心配したが、すぐにかかってくれた。

ガソリンはもう半分しか残っていないが十分だ。エンジンの音に気づき、本木もやってきた。

「車のキーあったんだ！　やったね！」

車から降りた章弘は、本木と桜井に指示を出した。

「よし、二人とも、荷台に食糧を運ぼう。ついでに布団や衣服も。それと……もう使えそうな物は全部！」

「了解！」

桜井の長い髪が大きく揺れる。

「うん、分かった」

三人は意気揚々と、軽トラックの荷台に食糧や荷物を運んでいった。その光景はまるで引っ越しだ。使えるもの全てを運んだのでかなりの時間を要したが、満足のいく収穫だった。

「よし、乗って」

運転席に章弘が座り、助手席には桜井が着いた。となると、当然荷台に乗るのは本木である。

「僕だけ荷台って……何かやだな。安全運転で頼むよ」

後ろから本木の文句が飛んでくる。

「ツベコベ言うなって。さあ行くぞ！」

章弘はエンジンをかけると、半クラから、徐々にクラッチ・ペダルをゆるめていった。

動いた、と思った矢先、車のエンジンはストップしてしまった。その振動で本木は頭を車にぶつけてしまったようだ。

「痛っ！　ちょっと大丈夫？　故障？」

違う。故障じゃない。

章弘は笑ってごまかし、再びエンジンをかけ、ぎこちない動作で車を発進させた。

「まさか……無免許？」

本木に見抜かれた章弘は開き直った。

「おう、そうだよ。だから何だっつうの」

「ええ〜広瀬くん、頼むよ〜」

「いいから黙って乗ってろっつうの！」

そのやりとりにクスクスと笑う桜井を見て、章弘は恥ずかしくなった。

「うるさい奴は放っておいて、さあ、次の場所へ行こう」

このときだけは、自分が棄民だということを忘れられた。それくらい、事は順調に進んでいた……。

その後も、軽トラックは大活躍だった。二件目の民家でも同じように大量の食糧や衣服を調達することができた。それだけではない。偶然通った資材置き場で、火をおこすための薪も入手することができたのだ。

この日の作業はそこで終了した。時間の流れは速く、陽はすでに大きく傾いていた。

「よし。今日はこれで十分だろ」

薪を運び終えた章弘は、手の汚れをはたきながら二人に言った。

「だね。帰ろうか」

「道は憶えてる？」

「大丈夫。任せて」

車に乗った章弘は再びエンジンをかけ、晴れやかな表情でハンドルを握ったのだった……。

石本たち三人は、住処の外で章弘たちの帰りを待っていてくれた。車に乗っていたので最初は気づかなかったようだが、乗っているのが章弘たちだと知り、安心したようだ。石本は大声を上げながらこちらに手を振る。章弘も、仲間の元に帰ってきたのだと安心感に満たされた。

「章弘！　どうしたんだよ、この車！」

石本にいきなり名前で呼ばれ、章弘は少し戸惑うが、悪い気はしなかった。

「一軒目の民家にあってね。これがあれば便利でしょ」

「よくやった！　食糧も大量じゃねえか！　それに生活道具も！」

「そっちはどうでした？」

本木が尋ねると、猪原が玄関のほうを指さした。

「こっちは食い物はあまり見つけられなかったけど、川を見つけたんだ。だからいったんこっちに戻ってきて、空っぽだったポリタンクに入れて運んできた」

「川はどこにあったんです？」

章弘が肝心の場所について聞くと、中井が答えた。

「東に一キロちょっと行ったところかな」

この島での生活で一番重要と言ってもいい水が近くにあると知り、章弘は安堵した。

「明日はお前たちが川に行け。身体も汚れてるだろ。服も洗えるしな」

そう言えば石本たちの顔や髪はさっぱりとしている。自分も今すぐにでも水を浴びたい。明日が待ち遠しかった。

「それより腹減ったよ。飯にしようよ」

猪原が腹を押さえながら空腹を訴えた。

「よし！　火をおこして米を炊くぞ」

石本のシキリで、六人は夕飯の準備に取りかかった。

ステンレス製のボウルに六人分の米を入れ、丁寧に研いだあと、薪でおこした火に直接ボウルが当たらないよう工夫して、米を炊いた。ご飯が出来上がるまで、章弘たちは生唾を飲み込みながらひたすら待った。

数十分後、もうそろそろだと石本がフタを開けると、米が程良い艶《つや》を放っていた。湯気とともに、ご飯の良い香りが鼻をくすぐる。それだけで章弘は倒れそうになった。

「もう食べれますかね」

本木はギラギラとした目でご飯を見つめる。

「大丈夫だろう」

石本はそう言って、一つひとつの茶碗に米を均等に盛っていった。それぞれに飯が配られ、最後に石本が自分の茶碗を持ったところで、皆一斉にご飯を口に頬張った。

ほんの少し芯が残っているが十分だ。おかずも何もない、ただの白いご飯にこんなにも感謝したのは生まれて初めてのことだった。

章弘たちはわずか数十秒で平らげてしまった。が、まだまだ腹は満たされない。そこで六人は、魚の干物を焼いて食うことにしたのだ。

これがまた絶品だった。恐らく安物だろうが、今の章弘たちには高級料理に匹敵するほどの味に思えた。

ようやく腹が満たされ、桜井以外の五人は地面に寝転がった。

「あ〜食った食った」

猪原が腹を叩きながらそう言った。

「明日もいっぱい食糧が見つかるといいけどな」

と中井がつぶやく。

「大丈夫ですよ。きっと」

空腹地獄から抜け、章弘もこのときは本木と同じように楽観的に考えていた。

夜空に浮かぶ明るい満月を見ていると、ものすごく心が落ち着く。静かに時が流れていく。

「そう言えば皆さん、やりたいこととかなかったんですか？　夢というか目標というか」

突然、本木から出たその質問に、章弘は深く考え込んでしまった。

思えば、夢なんてなかった。両親の縛りがきつかったせいで、子供のときもそういうことはあまり考えなかった。自由になったらなったで、その生活が新鮮すぎて、抜け出せなくなっていた。今はパチプロで食えるからいいか、くらいにしか思っていなかった。

この島から出たあと、自分は何をしよう。こんな目に遭わされてもなお、目標は見つからない……。

「そういう光彦はどうなんだ?」

石本に訊き返され、本木は自信満々に答えた。

「僕はやっぱりパソコンやゲームを扱う仕事に就きたいですね。もう遅いかもしれないけど」

「そんなことないわよ」

そう言ったのは桜井だった。彼女は、つい口に出してしまったというように、ハッとして顔を伏せてしまった。

「そういう桜井さんは将来の夢とかあったの?」

石本に訊かれた桜井は短く返した。

「私は別に……」

そんな答えじゃ納得がいかないというふうに、石本はしつこく迫る。

「またまた、嘘つかなくていいよ。夢くらい教えてよ」

そんな石本に腹を立てたのか、桜井は立ち上がり、

「花屋です」

と無愛想に言って明かりのない住処に戻ってしまった。

五人の間に、気まずい空気が流れる。石本が小声で言った。

「何かさ、あの子変じゃない？」

猪原と中井は無理にうなずいている。

章弘は彼女の元に向かおうとしたが、そっとしておくことにした。

昼間は笑顔を見せてくれたのに……。

その後も彼女は皆の前に姿を現すことはなかった。章弘はそんな彼女が非常に心配だった。

気のせいか、この場を立ち去る際、桜井は涙を浮かべていた……。


翌日も、章弘たちは二手に分かれることになった。この日は石本たちが軽トラックを使い、食糧を探しに出かけていった。

章弘は食糧よりも桜井のことが心配だったのだが、彼女は何事もなかったかのように、自

分と本木には笑顔を見せてくれた。一キロほど離れた川に向かう途中、昨日のことが嘘のように、他愛のない話題だが、桜井は自分から話しかけてくれたのだ。このとき章弘は思った。

自分たちには心を許してくれている。石本たちにも心を開いてくれれば、六人はもっとうまくいくのだが。それにはもう少し時間が必要かもしれない。石本を見る桜井の目は、なぜか嫌悪に満ちている。最初の印象が悪すぎたのかもしれない。石本も彼女にもう少し気をつかってほしいのだが……。

和やかなムードで林道を歩く三人の目に、太陽の光を反射した大きな川が映った。その瞬間、あまりの嬉しさに章弘と本木は駆け足になった。無数に立ち並ぶ木々を抜けた二人は、透き通った川に服のまま飛び込んだ。そのときに大きな岩に足をぶつけ痛みを感じたが、それ以上に快感を得た。

少し寒さを感じたが、髪や身体を洗うことができて、心身ともにスッキリすることができた。桜井も、濡らしたタオルで顔をぬぐっている。

「マジ気持ち良いな」

「これがお湯だったらもっといいんだけどな」

「おいおい贅沢言うなよ」

それからしばらく、二人は川ではしゃいでいた。全てを忘れ、幼少のころに戻って。

だがいい加減寒くなってきたので、章弘は川から上がり、びしょ濡れになった身体をタオルで拭《ふ》き取る。

ふとそのとき、桜井の姿が視線に映った。

章弘は血相を変え、彼女の元に駆け寄った。

「真由ちゃん！」

桜井は岩に寄りかかり、胸に手を当て苦しそうにしていたのだ。

「大丈夫？」

声をかけると、桜井は無理に微笑《ほほえ》んだ。

「ゴメン……大丈夫だから」

そう言ったあと、桜井は顔をしかめた。章弘はどうしたらよいのか分からず、ただ心配そうに見つめているだけだった。

章弘はこのとき思った。

もしかしたら彼女、心臓が悪いのではないか。頻繁《ひんぱん》に苦しそうにしていたのはそのせいだ。

しかし、それは訊けなかった。きっと、話したくないだろうから……。

桜井は、心配をかけたくないという思いからか、無理に微笑んだ。章弘は、無意識のうちに彼女の手を握りしめていた。

この日からだ。章弘が彼女に特別な想いを抱き、意識的に目で追うようになったのは。

彼女を守ってやりたい。

その想いが伝わり、この島で二人は愛し合うことになる。だが二人の前に、幾たびの障害が立ちはだかるのだった。

*

閑静《かんせい》な住宅街で繰り広げられた逃走劇は、わずか数分で決着がついた。見るからに高級そうな住宅の裏庭に逃げ込んだ章弘は、壁を乗り越え、隣の庭に入り込み、また壁をよじ登った。それを繰り返し、攪乱《かくらん》を図った。章弘の術中にはまった警官は身動きが取れなくなったのだろう。後ろを振り返っても、追ってくる気配は感じられなかった。

もう大丈夫だろうと走るのをやめた章弘は、息を荒らげながら小さな公園に足を踏み入れた。そして、カラカラになった喉を水で潤す。水分を摂ったとたん、さらに汗がジワッと噴き出た。

水分補給を終えた章弘は、水道の蛇口を元に戻し、グッタリと木に寄りかかった。

額から流れる汗が無精ヒゲの生えた顎にまで垂れる。汗を拭《ぬぐ》った章弘は、

「ちくしょう」

とつぶやいた。

しばらく休んでも、息の乱れはおさまらない。昔はこれくらい走ったってどうってことなかったのに……。

俺も気づけば三八だ。

もし、まだ警官に追いかけられていたとしたら、自分はとっくに捕まっていただろう。

棄民である自分がもし捕まれば、再び流罪か、死刑だろう。

ただ、これからどうしたらいいのか正直分からない。このままでは、いずれ捕まる……。

何とか体力を取り戻した章弘は、涼しくて気持ちの良い風を感じた。

章弘は、砂場付近で遊ぶ子供たちに注目した。全員がプラスチックでできた玩具の剣を持ち、昔で言う〝ちゃんばらごっこ〟をしている。それを見ているうちに、章弘は再び過去を思い出す。

島での恐さ、そして極限状態に陥った人間の恐ろしさを知ったのは、一ヶ月半がたったころだった。

あの日に起きた事件によって、章弘も人間の心を徐々に失っていった……。

襲撃

1

名前も、場所も分からない島に投棄され、およそ一ヶ月半がたとうとしていた。章弘たちは、すっかり島の環境に染まっていた。

残り四五〇日以上。ものすごく時間の流れが遅く感じられた。

とはいえ、章弘たち六人は何事もなく平和に共同生活を送っていた。桜井はまだ石本や猪原、中井に心を開いてはいないが、自ら話しかけたり、普通に応対するようにはなっていた。

平和に暮らしている理由の一つが、食べ物である。

もちろん一日一食と、満足な量は口にしていないが、毎日食糧探しに出かけていたおかげで、主食である米を食べられている。米は残りわずかでいずれ底をついてしまうだろうが、そのときのための準備も整えている。

人間、生命の危機に立たされると、何とか生き延びようと知恵が働くものだ。

章弘たちは、近くの畑で簡単な農作業を行ったり、そこで穫《と》れた大豆《だいず》を水で湿らせてモヤシを栽培したり、森で集めた果実を煮てジャムを作ったりと、食いつないでいくために必死の努力をしていた。

何とか、人間らしい食べ物を食い続けて島を出たいと、皆、苦しみながらも頑張っていたのだ。


四月三〇日。日付が分かるのも、腕時計をつけていたおかげだ。

この日も、章弘たち六人はそれぞれの分担をこなしていた。今日に限っては、班を三つに分けることにした。

なぜなら、昨夜の雨で住処《すみか》の天井から雨漏《も》りが発生したからである。

その修理に本木と中井が、食糧探しに石本と猪原、そして残りの章弘と桜井が、皆の洗濯と畑の手入れをすることに決まった。

あの川での出来事以来、桜井を意識するようになっていた章弘は、彼女に対する接し方も不自然だった。毎日一緒に生活しているうちに、完全に心を奪われてしまっていたのだ。

こんなひどい状況のなかでも、二人でいると妙にドキドキする。何を話したらいいのか、頭が回らない。こんな熱い気持ちになるのは久々だ。

川で皆の衣服を洗う桜井の姿はまた特別にかわいらしく、少しくらい顔や服や髪の毛が汚れていても、章弘には彼女の全てが愛《いと》おしく思えた。島での生活を忘れてしまうくらい、二人でいる時間が嬉しい。近ごろ、彼女の体調も良さそうなので、章弘は安心していた。

ヒゲを剃《そ》り終えた章弘は、少し緊張しながら彼女の元に歩み寄る。

「水、冷たいだろ？　少し休んだら？」

桜井の瞳を直視することができず、章弘はすぐに目をそらす。

「じゃあ、ちょっと交代」

章弘は桜井の隣に屈《かが》んで、ゴシゴシと衣服を洗う。しかし水の冷たさに堪《こら》えきれず、章弘はすぐに両手を水の中から出してしまった。それを隣で見ていた桜井は呆れる。

「もう、だらしないんだから。ほら、貸して」

年下だからって子供扱いされるのが嫌で、章弘は無理に手を水に突っ込んだ。

「ほら、大丈夫だよこれくらい」

「顔が引きつってるよ？」

桜井にクスクスと笑われ、章弘はさらにムキになる。手の感覚が麻痺するくらい、章弘は我慢し続けた。

「そういえば広瀬くん」

「うん？」

「ここに来る前は、彼女とか好きな人いた？」

突然の質問に章弘はドキリとする。

「な、何で？　いないけど」

「そっか。そうなんだ」

自分から訊《き》いてきたくせに、桜井は興味なさそうだ。

「な、何だよ。気になるじゃん」

桜井は地面に転がっている石を投げて、ただ答えた。

「別に」

「じゃあ……真由ちゃんはどうだったんだよ」

緊張しながらそう尋ねると、なぜか桜井は暗い顔になり、立ち上がってしまった。

「私には、そんな資格ないから……」

どういう意味？　とは訊けなかった。

彼女が、何か重いモノを背負って生きているのは確かだと思うから。

章弘は、何とか違う話題に切り替えようと頭を働かせる。

「そういえば、ここへ来て一ヶ月半になるね」

いずれにせよ暗い話題だが、そう言うと桜井はそばに戻ってきてくれた。

「そうね。最初はすごく恐かったけど、今は広瀬くんたちがいるから平気。でも、そろそろお米が尽きちゃうでしょ？　大丈夫かな」

章弘も同じ不安を抱いているが、彼女に心配はかけたくないし、弱気な自分を見せたくなかった。

「大丈夫。畑だってあるし、また石本さんたちが食糧を調達してきてくれるよ」

「そうだといいね」

彼女のホッとした顔を見るだけで心が落ち着く。たとえ食糧が尽きても、桜井がそばにいてくれるだけで生きていける気がした。


洗濯を終えた二人はポリタンクに水を入れ、畑に水をやり、住処へと戻った。

住処に着くと、ジャージ姿の本木と中井が玄関の前で待っていた。

「もう修理終わったの？」

と本木に訊くと、

「あまり自信はないけどね」

とボリボリと鼻をかきながら彼は答えた。

「でもしばらくは大丈夫だろ」

中井は自信満々だ。

「それより、僕たちの洋服洗ってきてくれました？」

章弘は本木に、

「ほれ！」

と洋服を投げ渡した。

「ビチャビチャじゃないか」

「バカか。当たり前だろ。洗ってきたばかりなんだから。ほら、皆で干そう」

四人は庭にある竿に全員分の洋服をかけていった。作業を終えたころ、タイミング良く軽トラックの停まる音がした。

四人は期待しながら石本たちの元に向かう。車から降りた石本と猪原は上機嫌であった。

「皆喜べ！　ほんの少しだけど、民家に米が残ってたんだよ！」

石本が掲げた米袋を見て、

「よっしゃ！」

と歓喜の声を上げたのは中井だった。章弘も心底嬉しく思った。

「これでまた何日かはしのげるぜ」

桜井をあまりよく思っていない石本に少し不信感を覚えていた章弘だが、何だかんだ言ってやはり彼は頼もしい。これからもついていって正解だと思った。

夕闇が迫ると、いつものように六人は食事の準備に取りかかり、外で火をおこして、輪になって少量のご飯を食した。本音を言えば、もっとたくさんのご飯をかき込みたいが、大切に食べていかなければならない。日々の我慢が、明日の平和へとつながる。

しかしこの日の夜、章弘たちの運命を狂わせる事件が起こる。このときはまだ、章弘は予測もしていなかった……。


明確な時間は憶《おぼ》えていない。桜井に起こされたのは、真夜中だった。

「広瀬くん、広瀬くん」

身体を強く揺すられ眠りから覚めた章弘は、まだ寝惚《ねぼ》けていた。

「分かったよ光彦。もうオタクなんて言わないから……」

「広瀬くん、起きて！」

頬《ほお》をビンタされてようやく章弘はハッとする。桜井がただならぬ表情でこちらに呼びかけているのだ。そんな桜井とは対照的に、他の四人は深い眠りについている。

「真由ちゃん……どうしたのいったい。まだまっ暗じゃないか」

「今、車のドアが閉まる音がしたの！」

「え？　本当に？　気のせいじゃない？」

目をこすりながら章弘は眠そうに返す。

耳を澄ましてもあたりは静かだ。

「夢だったんじゃないの？」

そうだ、きっと真由の勘違い……。

そのときだ。いくつもの足音を、耳がとらえた。

それに気づき、章弘は警戒心を研ぎ澄ます。全身の毛がゾワゾワと逆立った。

間違いない。ジリジリと土を踏む足音はこちらに向かっている。

胸騒ぎを感じた章弘は、寝ている四人を急いで起こした。

「石本さん！　起きて！　皆も！」

身体を強く揺すられた四人が目を覚ます。

「どうしたんだよ章弘。まだ真夜中だぞ」

完全に目覚めきっていない石本に、章弘は耳元で囁《ささや》いた。

「誰か来ます！　やばいですよ！」

「何だと！」

ようやく意識がしっかりしてきた石本は、まだ横になっている三人を叩き起こした。

しかし時すでに遅し。

懐中電灯か、一筋の光が住処に当てられた。それが合図だったのだ。

玄関が蹴破られたと同時に、五、六人の男たちが一斉になだれ込んできた。

桜井の悲鳴が、部屋中に響き渡る。

「何だお前ら……」

章弘は顔面を強く殴られ障子に吹っ飛ぶ。石本も、猪原も中井も本木も、抵抗する前にめった打ちにされた。

桜井は何者かに強く突き飛ばされ、床に倒れてしまった。

「真由ちゃん！」

カッとなった章弘は影に飛びかかる。しかしナイフのようなもので腕を切りつけられたうえに再び顔面を殴られ、壁に頭をぶつけてグッタリとしてしまった。石本たちも、全員倒れてしまっている。

激しい足音が、部屋中を荒らしていく。

相手が発した言葉は、一言だけだった。

「食えそうな物は全部奪え！」

自分たちが必死で集めた食糧が奪われていく……。

頭では分かっていても、立ち上がる体力と気力が残ってはいなかった。章弘はただ、好き放題暴れる男たちを見ていることしかできなかった。

数分後、騒動はおさまった。柱時計の針の音が、虚《むな》しく響く。

六人に残されたのは、荒らされた住処。それ以外は、全て失った……。

まさか、こんなことになるなんて。

同じ流刑者《るけいしゃ》に襲われるなど、予測すらしていなかった。だが、争いが起こって当たり前の環境なのだ。最近になって、食糧を手に入れられる日が極端に減ったのだ。それは他のグループも同じこと。食うに困った人間たちがどのような行動に出るか。

自分たちが甘かった。限られた空間に、限られた食糧しかない以上、平和な生活が続くわけがなかったのだ。

グッタリと壁に寄りかかる章弘の腕から、生温かい血が流れる。

桜井が苦しんでいることにハッとなった章弘は、痛みを堪《こら》えて彼女の元に駆け寄った。

「真由ちゃん……大丈夫？」

そっと抱きしめてやると、桜井は苦しみと怯えで激しく痙攣《けいれん》していた。

そのとき、襖《ふすま》を蹴り倒す音が部屋中に響いた。

「クソッタレ！」

石本の声に、桜井がビクつく。章弘は思わず叫んでいた。

「やめてください！　彼女が……怖がってます」

「じゃあ、お前は悔しくねえのか！」

「悔しいに決まってるだろ！」

強く言い放ったあと、章弘は静かに言った。

「悔しいですよ……許せないです」

章弘は堪えきれず涙を流した。泣くなと自分に言い聞かせても、涙は止まらなかった。

大事な食糧を奪い、彼女をこんな目に遭わせた奴らが許せない。殺してやりたいくらいだ！

しかし奴らの顔はまったく分からない。どうすることもできないだけに余計腹が立つ。

事件後の時間の流れは異様に速く感じられた。

やがて陽が昇り、一筋の光が住処に射し込む。徐々に部屋の様子が見えてきた。

ひどい荒らされようだった。まるで大地震が起きたあとのように、部屋中がメチャクチャだ。

平和な暮らしが続いていたのに、全てが崩壊した。

石本たちもひどい有様だった。

全員顔はボコボコに腫《は》れ上がり、中井にいたっては頭から血を流している。本木のジャージはズタズタに裂かれていた。

ただただ、虚しい時間が過ぎ去っていく。

すると、石本が静かに口を開いた。

「おい。俺たちもやるぞ。食糧を奪いに行くんだ」

放心状態の章弘は、ためらうことなくうなずいていた。

「……そうですね」

ここは無法地帯。相手がその気ならこっちだってやってやる。

人間、誰しもが持つ狂気が目を覚ました瞬間であり、人間の心を失った瞬間でもあった……。

＊

辛い過去から抜け出した章弘は、公園をあとにして再び街中に出てさまよう。昨晩から何も口にしていないため、時折足がよろける。金はあるが、食い物を買うにはカードを購入しなければならない。しかしそんなことをしたら、設置されているカメラに顔が映り、居場所を特定されてしまう。それは決して許されない。

しかし、生きようと強い意思を抱いていても、食わなければ死ぬ。

逆に言えばあのころ、生きるために手段を選ばなかったからこそ、今こうして生きている。

あの夜、他のグループに食糧を奪われていなければ、自分たちは争うことを考えず、飢え死にしていただろうか。恐らく先々に立ちはだかる危機から脱することができず、自分は死んでいただろう……。

章弘は、虚ろな目でコンビニエンスストアを見据える。

空腹はピークに達していた。

章弘は周りの目を気にしながら、コンビニに入った。

「いらっしゃいませ」

店員の顔は一切見ず、章弘はおにぎりやサンドイッチが置かれている棚に進む。そして、何のためらいもなくおにぎりをポケットの中に入れ、出口に向かった。堂々と万引きをしたのでカメラはとらえているだろうが、店員には気づかれていない。

一切の動揺もなく店を出た章弘は、足早にコンビニから去った。そして少し離れた場所でおにぎりにかぶりつく。

これは窃盗罪。

あのころは強奪。

生きるためにしょうがないとはいえ、今も昔もやってることは変わらない。

唯一《ゆいいつ》違うのは、島では一切の罪には問われなかったということだ……。

2

一雨降るだろうか。あれだけ晴れていたのに、急に雲行きが怪しくなった。まるで、章弘たちの今の気持ちを表しているようだった。

ほとんど全ての食糧を奪われたこの日、章弘たちは食糧探しには出かけなかった。今までやってきたことがバカバカしくて、動く気を一切失っていた。

章弘たちは一日中、誰とも会話することなく、全ての感情を失ってしまったかのように、壁にボーッと寄りかかり、陽が沈むのをひたすら待った。

その間、本木と桜井は部屋の片づけをしていた。重い空気に、二人ともまったく口を開かなかったが、彼らのおかげで少しずつ家の中が元に戻っていく。しかし、一生懸命働く本木と桜井を見ても、章弘は手伝う気持ちにはなれなかった。今は彼女にどう思われてもいい。

章弘の心は冷えきっていた……。

その後も〝無の時〟は流れていった。

章弘の頭にあるのはただ一つ。強奪。多少の怯《おび》えはあるが、覚悟は決まっていた。

そして、陽がかげり始めた午後三時半。柱時計の鐘が一つ鳴り響くと、石本の目が光を放った。

「そろそろ行くぞ」

その瞬間、章弘、猪原、中井の表情が鋭く変化した。

「本当に行くんですか？」

怖《お》じけづいている本木に、章弘は背中を向けたまま言った。

「どこを探したって米はもう残ってねえんだよ。だったら奪ったほうが早い。俺たちがやられたようにな」

「でも……僕は」

「ならお前はいいよ。彼女のそばにいてやってくれ」

「う、うん……」

居間に集まった四人は、お互いの顔を見比べる。全員、迷いはない。

「どのグループでもいい。見つけたら即襲うぞ」

石本の言葉に、三人はうなずく。そして、章弘たちは台所へ向かい、包丁やナイフを手に取り、腰にしまった。

「行くぞ」

住処を出た四人は、軽トラに乗り込んでいく。

荷台に足をかけようとすると、後ろから声をかけられた。

「広瀬くん！」

章弘はゆっくりと振り向く。章弘はこちらを見つめる桜井に、無表情のまま言った。

「大丈夫。心配ないから。もしどこかの民家に米が残ってれば、争いは起こさないから」

嘘だった。初めから、襲うことが目的なのだ。

章弘が荷台に乗ると、軽トラックは動き出した。章弘は、一度だけ彼女を振り返る。

桜井は心配というよりも、悲しそうな顔をしていた。

だが彼女にも分かってほしい。やらなければやられる。それが今日、身にしみて分かった。

正義も悪も関係ない。食えなくなれば、自分たちは死ぬのだ……。

石本が運転する車は、草地を一直線に走っていく。荷台に乗る章弘は、彼女の悲しそうな表情を思い出していた。

争うことなく生きることは無理なんだ。遅かれ早かれ、こうなっていた。そう、彼女のためでもあるんだ……。

長いこと考え事に没頭していた章弘は、車の大きな揺れで我に返った。

いったいどれくらい走ってきたのか。島へ来て一ヶ月半だが、初めて見る風景が目の前には広がっていた。

向かって左側には木造の小さな学校。造りはかなり古いが、二ヶ月半前までは子供たちがここに通っていたのだろう。グラウンドも狭いが、鉄棒やタイヤの跳び箱があり、懐かしい気分になった。

勉強のことしか頭にない両親のせいであまり学校に通うのは好きではなかったが、友達と遊ぶときは楽しかった。鉄棒で逆上がりしたり、ブランコに乗ってどこまで大きくこげるか友達と競争したり。

あのころは夢にも思っていなかった。まさか、自分がこんな状況に置かれるなんて……。

学校を通り過ぎてから間もなく、今度はバス停が見えてきた。

その隣には『たばこ』の看板が掲げられた小さな店がポツリと建っていた。

昭和の映画に出てきそうな造りの店の前で、石本はいったん車を停めた。

食い物がないか調べるためだろう。が、荷台から降りた章弘は店に入る前に足を止めた。

一瞬、荒らされた住処が脳裏をよぎった。まったく同じ光景だった。入り口のガラスは粉々に割られ、中も派手に荒らされている。しかし、レジだけはいじられていない。金などあっても、今は何の役にも立たないからだ。

店の中は食い物の宝庫だったのだろう。米だってたくさんあったかもしれない。

ただこの荒らされ方を見ると、もしかしたらここに流刑者が住んでいて、他のグループに襲われた可能性だってある。

どちらにせよ、流刑者は暴徒と化している。これからますますそうなっていくだろう。

「行くぞ」

中に入る前に諦めた石本に従い、章弘たちは再び車に乗り込み、先に進んでいった。

その後も、使われていない民家をいくつか見つけることはできたが、予想どおり、いずれも食糧はなかった。そして肝心の他のグループも、発見することはできなかった。

しかし、さらに走ること五分。突然、車が急停止した。

「どうしたんです？」

章弘は運転席の石本に尋ねた。すると石本は前方を指さした。

「見てみろ」

遠くに煙が上がっている。

人間がいる……。

煙を見たとたん、章弘の顔つきが鋭く変化した。

米を炊いているのか。そう考えると空腹感が募る。苛立ちは身体にまで表れ始めた。右腕がプルプルと痙攣《けいれん》している。抑えられないほどの苛立《いらだ》ちを感じたのは生まれて初めてだった。

「行きますか？」

石本は、中井の問いに首を振った。

「まだだ。ここでしばらく様子をうかがう。夜になってから行動する」

あたりはずいぶんと暗くなり始めている。章弘は腰にしまっているナイフを確認した。体温の伝わった刃に触れると、さらなる緊張が襲ってきた。やらなければ死ぬんだ。章弘は動き出すまでずっと、自分にそう言い続けた……。

時計の針が、七時四〇分を示したころ、遠くに見えていた火が消された。長い間車で待っていた章弘は、それに気づいた瞬間荷台から立ち上がった。幸い、空には大きな月が浮かび、ぼんやりとあたりを見渡せる。

「よし。そろそろ行くか」

石本のその言葉に、身体が過敏に反応した。章弘は大きな息を吐き、生唾を飲み込んだ。

車から降りた四人は、気配を消しながら火のあった方向に進んでいく。すると、月明かりの中、茶色い二階建ての家が見えてきた。大量の藁《わら》が積まれている横には、赤いセダンが停まっている。

「あそこだ」

と猪原がつぶやく。四人は足音を立てないように暗闇の中を歩いていく。

そのとき、家の中からパッと小さな光が灯った。驚いた四人はとっさに道端に屈む。

懐中電灯だろうか、光は一向に消えない。

「どうします？」

中井の問いに、石本は冷静に答えた。

「消えるまで待つ」

四人は息を殺し、そのときをひたすら待った……。

一五分後、ようやく光が消え、部屋の中がまっ暗になった。それでもまだ石本は動こうとはしない。

「行きましょう」

猪原は焦る。中井も身体が疼《うず》いている様子だ。しかし石本は何も言わず、ただ家を見据えている。

床に就いたと確信したのか、ずっと黙っていた石本が立ち上がった。

「準備はいいか」

章弘は胸に手を当てる。心臓はかなり暴れているが、やるしかない。

「……はい」

四人はそっと家に近づいていく。そして、玄関の前で一度足を止めた。

章弘は、扉に顔を近づけ耳を澄ます。

部屋の中は静まり返っている。章弘がうなずくと、石本もうなずき返した。

暗闇に四人の眼光が放たれた。玄関の鍵は閉まっている。章弘たちは庭のほうに移動した。

「有無を言わさず殴り倒せ。いいな？」

相手が何人いるかは分からないが、ためらえば返り討ちに遭う。一気にかたをつけなければならない。

「行くぞ」

石本の合図が放たれた瞬間、四人は窓ガラスを割り、部屋の中に侵入した。

このグループにも女がいたようだ。甲高い悲鳴が部屋中に響く。

「誰だお前ら！」

布団に横になっていた男たちが立ち上がった。が、石本や中井、猪原は抵抗する間を与えず殴り倒す。そして気絶する寸前まで殴りまくる。暗闇に、男たちの呻《うめ》き声が洩れる。

「殺しちまってもいいぞ！」

石本の興奮に満ちた声が広がる。

章弘も一瞬ためらいを見せたが、相手を思いきり殴りつけた。その瞬間、章弘は我を失っていた。狂ったように殴り続ける。気づけば、相手は失神していた。

我に返ったとたん、拳《こぶし》に痛みが走る。歯が当たったのか、所々が切れていた。

失神してしまった相手の顔は血に染まっていた。鼻は折れ曲がり、目は大きく腫れている。

それを見て、章弘は震えてしまった。ここまでしてしまった自分が急に恐くなったのだ。

「章弘！　後ろ！」

突然、後ろから頭を殴られた章弘は、壁に頭をぶつけ力を失う。

違う場所で寝ていたのか、残っていた相手が攻撃してきたのだ。そのまま首根っこを摑《つか》まれたが、石本が助けてくれた。どこかにあった重いモノで相手を殴ったのか、鈍い音がしたあと、相手は倒れ、頭を抱えてうずくまる。石本は馬乗りになり、その相手に包丁を突きつけて言った。

「食い物はどこだ。どこにもねえぞ」

怯える相手は首を振る。

「食糧は……どこにもねえよ」

「殺すぞ！」

声を荒らげた石本は、相手の首にスーッと切り込みを入れた。

男の悲鳴が部屋中に響く。

「こ、殺さないでくれ……」

「どこだ！」

たまらず男は口を割った。

「台所の……床の下」

「車の鍵はどこだ？」

「靴箱の中……」

石本は猪原と中井に指示を出したあと、こちらに手を差し出してくれた。

「大丈夫か」

「……何とか」

立ち上がった章弘は、グッタリとなった男たちを見下ろした。昨晩の自分たちとまるで同じだ。暗闇に、いくつもの弱々しい息づかいが重なる。部屋の隅っこで泣く女の子の姿が目の端に映り、章弘は顔を伏せた。

台所に向かっていた二人が寝室に戻ってきた。猪原の右手には、ズシリと重そうなビニール袋。中井はいくつかの野菜を抱えている。

「米か？」

猪原は石本にうなずく。

「よし。行くぞ」

石本は淡々とそう言って玄関のほうに進んでいき、靴箱の中から鍵を取って外に出た。章弘たちもそのあとに続いた。

侵入してからたった一〇分。相手グループから食糧を奪った四人は二手に分かれた。章弘は石本が運転する赤いセダンに乗り込む。

車内に血の臭いが漂う。ハンドルを握る石本の手はまっ赤だった。

部屋から聞こえる女の子の泣き声。

エンジンがかかると、泣き声はかき消された。

「うまくいったな」

石本はそう言って、アクセルを踏んだ。

女の子まで苦しめたくないが、章弘は心を鬼にして、自分たちのことだけを考えることにした。

「……はい」

この現実から逃げるな。章弘は自分にそう言い聞かせ、前を見据える。章弘の瞳はだんだんと凍りついていった……。

車のエンジン音を聞いた本木と桜井が住処から飛び出すようにして出てきた。赤い車に警戒心を抱いているようだが、こちらの顔を見てホッとしたようだ。

二台の車のライトとエンジンが消え、あたりはシンと静まり返る。

章弘が車から降りると、本木が心配そうに駆け寄ってきた。

「章弘くん！　大丈夫？　ケガはない？」

「ああ」

章弘の声には、感情も何もなかった。人が変わったような章弘に、本木はそれ以上声をかけられなかった。

章弘の瞳には、住処の前に立つ桜井の姿が映っていた。彼女もこちらを見つめている。しかし、歩み寄ってはこない。章弘も、あえて背を向けた。

自分は今どんな顔をしているのだろう。鬼か、悪魔か。

そんな顔を彼女には見せたくなかった。いやそれ以前に、彼女はもう自分に嫌悪感を抱いているかもしれない。

「二人とも喜べ！　米を奪ってきたぞ！」

石本が米の入ったビニール袋を空に掲げた。しかし、本木も桜井も複雑な表情だ。

「どうした？　嬉しくないのか？」

石本に気をつかう本木は作り笑いを見せたが、桜井の表情は変わらない。そんな彼女に石本は歩み寄り、言った。

「真由ちゃん、いいか？　俺たちがやられたように、食糧を奪わないと生きられないんだよ。分かるだろ」

桜井は葛藤しているようだった。

「……はい」

うなずきはしたが、納得はしていないようだった。

「分かればいいんだ」

石本はそう言ったあと、全員に指示を出した。

「さあ、少し遅くなったが飯にするぞ！」

猪原と中井は意気揚々と作業を進めるが、章弘、本木、桜井の三人は重い気持ちのままだった。

輪になってご飯を食べるときもそうだった。

章弘と桜井は口を開くことはなく、結局この夜、二人は一度も口を利くことはなかった。せっかく自分には心を開いてくれていたのに。彼女の心は遠ざかっている。そんな気がした……。


しかし、桜井の気持ちを優先するわけにもいかない。痛みと引き替えに強奪の味を覚えた章弘たちは、石本の誘いに導かれ、その後も強奪を繰り返した。

真夜中に響く叫び声や悲鳴。

荒れ果てた住処。

血まみれになった人間たち。

抵抗する者は容赦なく叩きのめし、恐怖を植えつけさせた。

日に日に章弘たちの行動はエスカレートし、初めのころはあった罪の意識は徐々に薄れ、人を傷つけることにためらいはなくなり、相手の痛みなど一切感じなくなっていた。

他人から物を奪っているからこそ、食うことができている。だから平和に暮らしていける。

二週間を過ぎたころには、かなりの食糧を確保するまでになっていた。

ただ、悪魔に魂を売り渡した代償も大きかった。あの日から桜井はほとんど口を利かなくなり、章弘との間にはギクシャクとした空気が続くようになった。

桜井の暗い顔を見るたびに、章弘は彼女を守るためだと自分の行動を正当化する。完全に彼女の心が自分から離れていると思うとたまらない気持ちでいっぱいになるが、やるしかなかったのだ。

そんな苦痛の日々が、気づけば一ヶ月半以上も続いていた。六月の後半、島には梅雨が訪れていた。シトシトと降る雨は、これまで食糧を奪われた人間たちの涙か。そう思うくらい、雨はほとんど途切れることなく降り続いていた。そんなある日のことだった……。

この日も、本木と桜井を住処に残し、章弘たちは赤いセダンで夜道を走る。雨で道も視界も悪いが、石本は慎重に運転を続けた。

実は、この日の目的地はすでに決まっていた。昨夜、襲撃の帰りに気になる場所を遠くから見つけたのだ。そこに、他のグループがいる可能性がある……。

右側に薄汚れた白い病院が見えてきた。よほど古くからある病院なのか、所々にヒビがあり、多くのツルが巻きついている。なぜか病室の窓には鉄格子がつけられているが、その鉄格子も錆《さび》だらけではないか。

二階建てのこの病院が、章弘たちが目指していた場所である。

少し離れた所で車を停めた章弘たちは、雨に濡れながら病院に歩を進めていく。暗闇に、ピチャピチャと不気味な足音が響く。入り口手前で、四人は足を止めた。

『鬼哭島監獄附属精神科病院』

それを見て、鉄格子の理由が分かった。

「精神科病院……」

章弘は想像する。ここに、精神を病んだ多くの受刑者が入れられていた。はたして、平穏な日々は続いていたのだろうか。

病院という響きだけで薄気味悪いが、調べないわけにはいかない。

「行くぞ」

石本の合図で、四人は病院の中に足を踏み入れた。足音を立てないよう、そっと歩を進めていく。が、どうしても床からは、コツコツと音が出てしまう。

受付を通り過ぎた四人は、さらに奥に進んでいく。廊下に沿って並ぶ鍵穴のついた木の扉には、どれも鍵がかかっており開かないが、そのうちの一つを石本が強く蹴ると、扉は簡単に開いた。

月明かりに照らされた部屋は埃《ほこり》だらけで、四人は入った瞬間に咳き込んだ。

部屋の中には、ベルトつきの白いベッドとトイレが置かれているだけ。それが逆に不気味だった。

部屋から出た四人は、次々と病室を通り過ごし、細い廊下を進んでいく。この先、左に折れる所があるが、階段があるのだろうか。四人は前後を確認しながら進んでいく。

左に折れたそのときだった。

鉄パイプを持った二人の男たちが、いきなり階段の上から飛びかかってきたのだ。

警戒心を強めていた章弘たちはとっさに攻撃をかわす。しかし、隠れていたのは二人だけではなかった。病室からさらに二人の男がやってきたのだ。その二人も鉄パイプを握りしめている。

囲まれた章弘たちは前後を見比べる。四人とも顔は青白く、ゲッソリとしている。

「お、お前ら……何しに来た！」

相手の一人が口を開いたその瞬間、石本は男の顔面を殴りつけた。男は派手に吹っ飛び、頭を強打する。仲間がやられ、残りの三人が怯《ひる》んだその隙を章弘たちは見逃さなかった。

口が利けなくなるくらい、殴って殴って殴りまくった。いつものように、相手の顔面は血に染まる。

一瞬のうちに敵グループをやっつけた四人は、息を荒らげながら男たちを見据える。石本が、まだしゃべれそうな一人の髪を摑み、

「食い物はどこだ？」

と尋ねる。しかし男は首を振った。

「ねえよ。本当だ、信じてくれ」

いつものように首をナイフで切りつけると、狂ったような悲鳴が廊下に響いた。男は泣きながら懇願《こんがん》した。

「本当だよ！　俺たちもここに来たばかりなんだから！　食糧を探しに来たんだ！」

食糧を持っていないのは本当かもしれない。痩《や》せこけた頬がそれを証明している。

石本は男の髪を放し、三人に指示を出す。

「おい。探すぞ」

章弘はうなずき、階段を上ろうと一歩を踏み出す。すると、うずくまっている一人に右足首を摑まれた。章弘は冷ややかな目で男を見下ろし、

「放せ」

と頭を思いきり踏みつけた。その一撃で相手は気絶してしまった。

「俺は医局を探す。章弘は他をあたってくれ」

猪原にそう指示され、章弘は了解する。

二階に上り医局を通り過ぎた章弘は、五つほど並んでいるロッカーに目をつけた。

あの中に食べられる物があるかもしれない。そう思い、ロッカーに歩み寄る。そして、一つ目を開けてみた。中には白衣だけで、その他には何もない。四つ目まで結果は同じだった。

最後のロッカーに手を伸ばした章弘は、扉を開けようと力を入れる。しかし、なぜか最後のロッカーだけ鍵がかかっていて開かない。

この中に何かある。章弘はそう確信し、乱暴に押したり引いたりを繰り返す。すると、扉が派手な音を立てながら開いたのだ。

中には、黒いセカンドバッグが入っていた。

何だ、とガッカリした章弘はバッグの中に手を入れた。すると、硬くて重いモノに触れたのだ。何だろうと取り出したその瞬間、あまりの驚きに章弘の動きが止まった。

章弘は啞然《あぜん》と、埃をかぶった〝それ〟を見つめる。

なぜだ。なぜこんな所に拳銃が入っているのだ。やけに古めかしいリボルバー式の小さな拳銃で、中には五発の弾が入っていた。

待て。本物かどうか分からないじゃないか。しかし、引き金を引く勇気はなかった。

「おい？　どうした？」

激しい物音を聞き、心配した猪原が医局から出てきた。章弘はとっさに銃を懐に隠し、

「いえ、何でもないです。こっちも食糧はありません」

と、ごまかして立ち上がった。

「こっちもないよ。石本さんの所に戻るか」

「え、ええ……」

猪原の後ろを歩く章弘は、懐にある銃の感触を改めて確かめる。

やはり本物だろうか？　だが、なぜこんな場所に。ここは精神科病院ではなかったのか？

章弘は、このことを誰にも伝えなかった。大きな事件が起こりそうでならなかったから……。

3

翌日の朝、章弘は約一ヶ月半ぶりに洗濯係を任された。いつもは本木の仕事なのだが、本木はこの日体調を崩してしまい、仕方なく章弘が川に行くことになったのだ。

章弘が運転する隣には、もう一人の洗濯係である桜井の姿があった。

この日、空は久々に晴れ渡っていた。六月に太陽を見たのはこれで何回目だろうか。しかし気持ちの良い天気とは裏腹に、彼女の心は沈んでいるように思えた。車に乗って、一度も口を開くことはなく、ただうつむいている。

二人きりになるのはあの日以来だ。そう、初めて襲われた日だ。確かあのときも、洗濯をしに行った……。

殺伐《さつばつ》とした日々が続き、久しく二人きりになる時間なんてなかったから、どう接したらいいか分からないし、話しかけたときの彼女の反応が恐かった。

とはいえ、章弘の頭にあるのは彼女のことだけではない。昨夜、精神科病院で見つけた拳銃だ。結局、本物かどうか試すこともできず、今も懐に隠し持っている。いや、所々に錆が浮いており、本物だとしても撃てないかもしれない。何十年も前のシロモノに見える。ここに入れられていた受刑者の監視に使っていたのだろうか。常に銃の感触があるため、頭から離れることは一度もない。

本当に本物なのか？　それが気になって、昨夜は一睡もできなかった。こんな物、見つけなければよかったと、後悔している。

一度の会話もないまま、軽トラックは川のそばに到着した。車から降りた二人は、皆の洗濯物を持って川に向かう。その途中も、彼女は口を開いてはくれなかった。

林道を抜けるといつもの川に着くのだが、川が目の前に広がった瞬間、急に桜井が走り出した。

「真由ちゃん？　どうしたの？」

章弘の呼びかけにも応えず、桜井は夢中になって走っていく。すると彼女は、菊に似た赤い花がいくつも咲いている場所で足を止め、小さく屈んだ。

緑ばかりが広がっている中に、一ヶ所だけ目の覚めるような赤い花が咲いている。異様な光景でもあり、ロマンチックでもあった。

桜井の隣に立った章弘は、彼女の顔と赤い花を見比べる。

桜井は、怪訝《けげん》そうに赤い花を見つめていた。そしてようやく口を開いたのだ。

「どうして？　どうしてこんな時期に彼岸花《ひがんばな》が咲いてるの？」

不思議がる彼女は、少し嬉しそうでもあった。

「彼岸花？」

そう訊くと、桜井はうなずいた。

「本当はね、九月ごろに咲く花なの。ちょうどお彼岸のころだから彼岸花っていう名前なの」

ずいぶん詳しいなと思ったが、それもそのはずだった。章弘はいつの日だったか、彼女が洩らした言葉を思い出した。

石本が将来のことについて桜井に訊いたとき、彼女は花屋になりたいと言った。

「彼岸花か……初めて聞いたな」

「いつから咲いてたんだろう」

雨が続いていたから、桜井もここに来るのは五日ぶりだった。

「綺麗……だね」

そう言うと、桜井は急に悲しげな顔を浮かべた。

「……ええ」

どうしたのだろうと、桜井をじっと見つめていると、彼女が再び口を開いた。

「ねえ、広瀬くん？」

名を呼ばれただけで、緊張が走る。

「……何？」

「いつまで……こんな日々が続くの？」

章弘は答えられず、黙ってしまう。

「あなたには、もう人を傷つけてほしくない」

初めてそう言われ、章弘は胸に痛みを感じた。彼女は、ずっと自分を見てくれていたんだ。心配してくれていた……。

「でも真由ちゃん。仕方ないんだよ。生きるためなんだ」

それは彼女も分かっている。だから、それ以上は引き止めてはこない。

その代わりに、彼女は彼岸花を一輪摘み、その花をこちらに差し出して言った。

「この花の花言葉……知らないでしょ？」

彼岸花という名前も知らなかったのだ。もちろん知るはずがない。

「ああ。何なの？」

彼女は花を見つめながら言った。

「悲しい想い出」

艶《あで》やかで綺麗な花にしては暗い花言葉である。

「悲しい……想い出」

「それと、もう一つあるの」

「何？」

しかし彼女は考え込んだあと、首を振り、教えてはくれなかった。

悲しい想い出……。

今が、そうだということか。

だが、それでも争いをやめるわけにはいかなかった。彼女だってそれは承知している。

ただ、章弘は一つだけ、胸の中で彼女に誓った。

争いは起こしても、もう人を傷つけることはしない。心を傷つけることにはなるので、今までとあまり変わりはないが、暴力を振るうことは決してしない。

章弘はそっとその場から離れ、懐から拳銃を取り出し、ビニール袋に入れて土の中に埋めた。

これがもし本物だとして、仲間に見つかり奪われでもしたら……。

それこそ争いが起こる。災いが起こる前に捨てたほうがいい。

これ以上、彼女に心配をかけてはならない。悲しませてはいけない……。

*

あの日のことは、二〇年たった今も特に印象に残っている。彼女が初めて、密かにだが、俺に自分の気持ちを伝えたときだったから……。

過去を振り返る章弘は、無意識のうちに花屋で足を止めていた。こんな街中で花屋があるのは珍しい。昔は、当たり前のように見かけていたのに。

店先に並ぶ色とりどりの花。あれから多くの時が流れ、物や環境は大きく変化したが、花の形や色や香りは変わらない。見ているだけで心が落ち着く。

しかし、そこに彼岸花はない。

どうしても見たかったのだが、ないのは当たり前か。彼岸花は九月ごろに咲く花なのだから。

いろいろな花を見ていると、だんだんと胸が熱くなり、涙が溢《あふ》れた。

彼岸花のもう一つの花言葉。

島から解放されたあと、章弘はそれを調べた。

その答えを知ったとき、今のように涙を抑えることができなかった。

しかしたとえ、あのときそれを知ったとしても、当たり前だがグループの運命が変わることはなかった。それだけで良い方向に進んでいくなんて、ありえなかった。

今思えば考えすぎかもしれないが、グループの生活の流れが変わったのは、拳銃を見つけてからだったような気がする。

いや、流れが変わっただけではない。

最悪の事態は、突然起こった……。

別　離

1

七月二日。

ジメジメとした蒸し暑い真夜中に、男の金切り声が響き渡った。

「食い物を出せ！　出さないと殺すぞ！」

壁や障子に飛び散った血。布団に転がる数本の歯。赤く染まった包丁。

民家の中は、いつも以上に残酷な雰囲気に満ちていた。ここ数日間のストレスがいよいよ爆発した石本が、狂ったように暴れ回ったのだ。

石本に髪を摑《つか》まれている男が、不敵な笑みを浮かべた。

「もうどこにも食い物はねえよ。土や草でも食ってな」

石本は男の頭を布団の上に叩きつけ、唾を吐いた。

「クソが！」

石本の右手には、ごっそりと髪の毛がまとわりついていた。

石本だけではない。猪原と中井も苛立っている。

その理由はただ一つ。食糧不足だ。

この七日間、どのグループを襲っても、食糧がまったくない日々が続いていた。そのため、住処《すみか》に確保している食糧も減るばかりで、あと何日間もつか分からない状況だった。

章弘も焦りを隠せないが、あの日以来、一度も暴力は振るっていない。殴られても、そのたびに桜井の笑顔を思い出している。しかしこんな状態が続けば、約束なんて言っていられなくなるかもしれない。本当にどこにも、食糧がないのだ。

石本に頭を叩きつけられた男が、最後にこう吐き捨てた。

「俺たちは結局、飢え死にするんだ。それが俺たちの運命なんだよ。国だってそれを望んでる。俺たちはただのゴミなんだからな」

石本は舌打ちし、男を冷たい視線で見下ろしたあと、渾身の力で相手の頭を踏んづけた。男は呻き声を洩らしたあと、ピクリとも動かなくなってしまった。

「行くぞお前ら」

仲間の面倒見も良く、信頼できるリーダーの石本であったが、ここ数日、章弘たちに対しても荒々しい言葉と態度で接するようになっていた。それに対して、章弘は気にはしていなかったが、猪原と中井はあまり気分が良さそうではなかった。どこか、険悪な空気が漂っている……。

車に乗り込んでも、その空気は変わらなかった。

「これで今日、三軒目だぞ！　どこにも食糧がねえってどういうことだ！」

怒りを露《あら》わにする石本に、猪原と中井は言葉を発さない。

だからどうしたというように、どちらも後部座席で外を眺めている。

「おい。何とか言ったらどうだ」

章弘はハッとして、

「そ、そうですね」

と気づかって返した。

結局、その後は一切会話はなく、重い空気のまま住処に着くことになった……。

車のエンジン音が聞こえると、まるでご主人様の帰りを出迎えるように、急いで本木と桜井が外に出てきた。

石本は車から降りると二人に命令した。機嫌の悪い石本を気づかっての行動だった。

「メシだ。早くしろよ」

本木と桜井は不満そうな態度は見せず、

「はい」

と返事をし、そそくさと食事の準備に取りかかった。章弘も、本木と桜井を手伝う。中井と猪原は、声がかかるまでずっと車の中にいた。

数十分後、米が炊き上がると、住処から石本が残っているタバコをくわえながら出てきた。彼が姿を現すだけで緊張が走る。本木はテキパキと動き、石本に茶碗と箸《はし》を渡した。彼は、全員が揃う前にすでに食べ始めていた。

六人は輪になり、少量のご飯と自分たちで栽培しているモヤシを口に運ぶ。

しばらく、無言の時が続いていたが、石本が沈黙を破った。

「おい、光彦」

名を呼ばれた本木は、肩をビクリと強《こわ》ばらせる。

「は、はい!」

「あと米はどのくらいだ?」

本木は言葉を震わせながら答えた。

「このペースでいくと、あと三日か、四日か」

その答えにますます機嫌が悪くなると思ったが、このとき、石本は桜井に対し不自然な態度を取った。

「なあ、真由ちゃん。君はたくさん食べなよ。女の子なんだから」

妙に優しい口調が逆に不気味だった。

「あ、ありがとうございます」

「食糧はよ、またすぐに見つかるから安心しな」

桜井は笑みを作ろうとするが、表情はガチガチだ。

「は、はい」

ニンマリと笑顔を見せた石本は、今度は眉間に皺《しわ》を寄せて声を発した。

「おい、中井」

何か考え事でもしていたのか、中井は過敏に反応する。

「はい」

石本は、何か様子のおかしい中井をしばらく見据えた。

「な、何すか？」

「てめえ、何考えてんだ？　早く食べろ」

一瞬、露骨に嫌な顔を見せた中井であったが、すぐに感情を押し殺す。そんな中井が、章弘は気になって仕方なかった……。

午前〇時。章弘たちは床に就いた。外には、猪原と中井の二人が見張りで立っている。敵グループに襲われて以来、章弘たちは眠るときに交代で見張りを立てていた。そのおかげで、あれから一度も襲われてはいない。眠っている人間も、腰には武器を忍ばせている。異様な光景だった……。

この日の夜も章弘は疲れていたので、すぐに深い眠りに就くことができた。

しかし、事件は二時間後に起きた……。

誰かの大声が聞こえ、章弘たちは一気に目覚めた。

襲撃か！　しかし次の瞬間、章弘は胸騒ぎを感じた。

「待て、中井！　待て！」

猪原の声だ。それと、かすかに聞こえるエンジン音。

何があったんだと、章弘は慌てて住処を飛び出した。すると、玄関前に猪原が倒れていたのだ。顔をひどく殴られている。

遠くには、車のテール・ライトが見える。

まさか……。

「おい、どうした！」

石本が猪原の胸ぐらを摑んだ。猪原は弱々しく言った。

「中井が……食糧を持って逃げました」

「何だと！　あの野郎!!」

「あいつ、いきなり襲いかかってきて。俺は一人で行動するって……」

石本はものすごい剣幕で猪原を責め立てる。

「何やってんだお前は！　どう責任取るつもりだ！　ええ！」

「すみません……」

「すみませんですむか！」

石本はとうとう猪原の顔面を殴ってしまった。吹っ飛んだ猪原は、抵抗はしないものの、石本をにらみつける。

「何だその目は！」

「二人とも、やめてください！」

本木が割って入るが、石本を止めることはできなかった。

「てめえはすっこんでろ！」

「広瀬くん……」

桜井に声をかけられるが、章弘は反応できなかった。

章弘は、中井が消え去った方向を呆然と眺める。

まさか、こんな裏切りが待っているなんて……。

そう、中井はおかしかった。彼は夕飯のときから、計画を立てていたんだ。

三ヶ月あまり一緒にいた仲間も、信用できないというのか。

とにかくこれで、米は全てなくなった。大事な車も一台奪われた。

章弘は今にも崩れ落ちそうだった。

先ほど、相手グループの一人に言われた言葉が蘇《よみがえ》る。

『俺たちは結局、飢え死にするんだ』

もうどこにも、まともな食糧はない。車の燃料も残りわずか。こんな状態で、生きられるはずがない。

明日から、どう生きていけばいいんだ……。

しかし章弘はまだ知る由もなかった。

この事件が、グループ崩壊のきっかけとなるなんて……。

2

中井に食糧を奪われた翌日、住処は険悪な空気に包まれていた。朝から一切会話はなく、全員が背を向け合って、今後の生活を考える。しかし、八方ふさがりとなった今、どうすることもできない。ただただ、無駄に時間が過ぎていく。

こんな重い空気の中にいたら頭が狂うと、住処から逃げるようにして出てきた章弘は、気づけばいつもの川にいた。

川の流れを聞いていると、少し心が落ち着く。後ろを振り返ると、桜井が珍しがっていた彼岸花が咲いている。その近くには……。

章弘は顔を洗おうと、冷たい水に手を伸ばす。そのとき、川に映る自分の顔を真剣に見つめた。

何てひどい顔だ。三ヶ月前と比べると、えらく頰《ほお》がゲッソリとしてしまっていて、目の下は黒くくすんでいる。首の肉もなくなり、ずいぶんと細くなってしまっている。

鏡で見たら、余計ひどいのだろう。

それもそのはずだ。ここへ来てずっと、一日一食の生活。その一食も、微々たるものだった。こんなガイコツのような顔になっても仕方ない。

章弘は自分の顔を見つめながら、ポツリとつぶやいた。

「もう三ヶ月か……」

いや、もうそろそろ四ヶ月がたつ。

最初のころは平和で、不安は多かったが、何とか生き抜けると思っていたのだが……。

振り返れば思い出したくないことばかり。他のグループを傷つけ、自分たちは生き抜いてきた。

残り一年と一ヶ月ほど。

本当にここから出られるのか。彼女を守っていけるのか。今のグループのままでは無理な気がする。空気が殺気立ちすぎている。特に石本だ。中井が逃げたのだって、少なからず石本の振る舞いが影響しているはずだ。前みたいに、信頼できるリーダーに戻ってくれればいいのだが。こういうときこそ、まとまらなきゃならないのに……。

嫌なこと全てを忘れるように顔を洗った章弘は、その場で裸になって身体全体を冷たい水で洗った。ここ数日、汚れたままだったので気持ちが良い。脂《あぶら》っぽかった髪の毛もさっぱりさせることができた。

川から出た章弘は、服を着て、髪を乾かそうと川辺に座る。いつの間にこんなに時間がたったのか、西の空の雲間から夕陽が覗《のぞ》いている。雨が降るのか晴れてくるのか、微妙な天気だ。

ボーッとしていると、やはりまた嫌なことを考えてしまう。

大丈夫と、自分に繰り返し言い聞かせていた、そのときだった。

「広瀬くん！」

後ろから、桜井の混乱に満ちた声が聞こえてきた。どうしたというのか、桜井は泣きながら、苦しそうに胸に手を当て、こちらに走ってくる。髪はボサボサに乱れ、転んだのか、腕や脚は土だらけ。しかし洋服が所々切れているのはどうしてだ。

妙な胸騒ぎを感じた章弘はとっさに立ち上がり、彼女に駆け寄る。

「真由ちゃん！」

桜井は章弘の胸に顔を埋め泣き叫んだ。章弘は戸惑いながらも彼女を優しく包み込む。

「いったい……どうしたんだ？」

彼女の身体は震えていた。心臓の激しい鼓動も伝わってくる。

「もう嫌！　もう嫌よ！　あんな所には帰りたくない！」

取り乱す彼女を強く抱きしめ、

「真由ちゃん、落ち着いて。大丈夫だから」

と耳元で囁《ささや》く。

「とりあえず座ろう」

桜井の身体を心配する章弘は、彼女を地面に座らせた。しばらく混乱はおさまらなかったが、徐々に震えはおさまり、呼吸も、ようやく落ち着きを取り戻した。

「どうした？　何があった？」

優しく尋ねると、彼女は涙を浮かべながら、信じられないことを口にした。

「石本が……私に……乱暴してきて……」

その瞬間、章弘は怒りに震えた。

汚れた身体や所々切れた服から、そのときの光景が脳裏に浮かび上がる。

「本当か！」

桜井は小さくうなずく。

章弘は唇を嚙《か》みしめ、拳を力強く握りしめる。

あの男、そんなことまで！

「大人しくしてれば、死なずにすむって……私、恐くて……」

彼女の話を聞けば聞くほど、章弘の視界はまっ赤に染まっていく。血管が破裂するかと思うほど、怒りを抑えきれなかった。

だからか。昨夜、彼女に優しく接していたのは。それが目的だったのか！　彼女は、苛立ちを抑えるための道具だったんだ。

「ふざけやがって！」

章弘は思いきり地面を殴りつけた。小石に、章弘の血がにじむ。

殺してやりたい。しかし、彼女がいる前では決して言ってはならない言葉だった。

もう我慢の限界だ。これ以上、石本のグループにはいられない。それこそ、殺し合いになる……。

章弘は、迷うことなく決心した。

「真由ちゃん。俺と逃げよう。これからは、二人で生きていこう」

桜井は涙に濡れた顔をそっと上げる。

「本当に？」

「ああ。二人で助け合って生きていくんだ。俺たちなら大丈夫。だから……」

しかし、なぜか彼女は目をそらし、不安そうな表情を浮かべた。

「どうしたの？」

すると彼女は、うつむきながらこう言ったのだ。

「私ね……心臓が悪いの。小さいころから」

もちろん驚きはしなかった。

「何となく分かってたよ。もう、四ヶ月も一緒にいるんだからね」

「そっか。そうだよね」

「それが、どうしたの？」

桜井は何かを思い出しているのか、遠くを見ながら語り出した。

「私ね、親に棄《す》てられたの。たぶん心臓に障害があるからだと思う。だからずっと施設で育った」

「そうだったのか……だからこの島に」

桜井は辛そうにうなずいた。

「心臓に障害があるから、働くこともできなくて」

彼女が哀れで、章弘は何も返せない。

「今までずっと、人の本当の優しさに触れたことなんてなかった。施設の人たちや周りの子たちは、優しくはしてくれたけど、それはただの同情で。だから、信頼できる人なんて誰もいなかった。でもここに来て、広瀬くんは違った。いつも私を心配してくれて、本当に私のことを考えてくれてるんだなって感じたの」

自分の気持ちはちゃんと伝わっていたのだと、章弘の胸は熱くなった。

「私はもう、あそこに帰るつもりはない。でも、広瀬くんは私といたら、きっと苦しむ。足手まといだって、いつか思うようになる」

「どうしてそんなことを言うんだ。俺は……俺は、真由ちゃんが……」

その先が、なかなか言葉には出せなかった。

「とにかく、障害のことなんて気にしなくていい。俺と、一緒にいてほしい」

そのときだ。遠くから、本木の声が聞こえてきた。

「章弘くん！　大変だ！」

林道から、本木が猛然《もうぜん》とやってくる。右手には、なぜか包丁が握られていた。本木ですら信用できず、章弘と桜井は警戒し後ずさる。川にたどり着いた本木は、息を切らしながら言った。

「大変だよ！　石本さんが、真由ちゃんを殺すって！」

章弘は自分の耳を疑った。なぜ彼女を殺す必要があるのだ。まさか、もう必要ないと判断したのか。章弘は足元の小石を思いっきり蹴飛ばした。

「クソ野郎！」

本木は、誤解を解くように自分の持っている包丁をこちらに見せ、

「石本さんに命令されたんだ。お前も行って、見つけたら殺せって。そこでは逆らえなくて
……ゴメン」

と深く頭を下げてきた。

「光彦が謝ることじゃないよ」

本木は慌てて二人にうながした。

「たぶんここにも来るよ！　その前に逃げたほうがいい！」

章弘と桜井は見つめ合い、うなずいた。

「なあ、光彦。お前も来ないか。なあ、真由ちゃん。彼ならいいだろ？」

桜井は、迷うことなく首を縦に振った。

「でも……石本さんに見つかったら」

「あんな奴もういいじゃないか。大丈夫。遠くに逃げよう」

本木はしばらく悩んだ末、答えを出した。

「分かった。僕も二人と行くよ」

しかし、決断するのが遅かった。

「桜井！」

林道から石本の声が聞こえてきたのだ。石本の後ろには猪原もついている。二人とも包丁とナイフを手にしている。

石本の姿を見たとたん、桜井は章弘の背中に隠れる。章弘は後ろに手を回し、彼女の服をしっかりと摑んだ。

「おい、章弘！　その女は裏切り者だ。始末する。こっちによこせ」

一歩一歩迫ってくる石本に、章弘と桜井は後ずさる。

「それに……光彦。見つけたら即殺せと言ったろ。どういうことだ、これは？」

本木は包丁を握りしめ、ガタガタと震える。

「僕は……僕は……」

石本はフッと鼻で笑い、大声を放った。

「おい、真由。俺がどれだけお前をかわいがってやったと思ってるんだ？　ただの置き物みたいなお前に、メシを食わせてやってきたんだぞ俺は。それなのに……」

「ふざけるな！　彼女はお前の道具じゃない！」

逆らう章弘に、石本は一瞬驚いた表情を見せたが、ようやく理解したようだ。

「そうか。章弘、お前、真由に惚れてるのか」

答える前に、石本と猪原の歩調が早まる。

「だったら話は早い。お前も始末するしかねえな！」

石本と猪原は包丁とナイフを振り下ろしてきた。章弘は攻撃をかわし、猪原の顔面を殴る。

猪原は吹っ飛んだが、すぐに立ち上がってくる。

章弘の全身には脂汗がジットリとにじむ。二つの刃に、完全に震え上がっていた。

「おい、章弘。何ビビってんだ？　女を守るんだろ？」

そう言いながら、石本は再び包丁を突いてきた。間一髪のところでかわすが、後ろに真由がいるため、うまく身動きが取れなかった。

こいつらマジだ。本気で俺たちを殺そうとしている。

どう逃げればいいんだ……。

何か良い方法はないかと考える章弘は、一瞬の隙を見せてしまった。猪原の包丁を避けきれず、腕に傷を負ってしまったのだ。周囲に、桜井の悲鳴が響き渡る。

「広瀬くん！」

指先に流れる赤い血を見て、章弘は興奮する。鬼のような顔つきに変わった章弘は、猪原の鼻を殴り、倒れた彼の顔を踏みつけた。グシャリと骨の折れたような鈍い音が伝わってきた。

「調子に乗るなよ、章弘！」

仲間をやられ、完全にキレた石本は、こちらに包丁を向けて振り回してきた。興奮しているとはいえ、章弘も刃物を突きつけられて多少の怯みはあった。その恐怖心が足をもつれさせ、章弘は地面に倒れてしまったのだ。

いよいよ追いつめられた章弘は、倒れたままジリジリと後ずさる。石本はついにとらえたと、目を光らせる。

「死ね！」

包丁が、縦に振り下ろされた。

その瞬間、桜井の金切り声が林道にまで響き渡った。

一瞬、何が起こったのか理解できなかった章弘は、彼女の姿を見て叫び声を上げた。

「真由ちゃん！」

彼女が、とっさにかばってくれたのだ。

犠牲になった桜井は目のあたりを押さえ、呻き声を上げながらうずくまる。

彼女の顔や手から、大量の血がポタポタと垂れる。しばらく、放心状態となってしまった章弘の表情が、だんだんと怒りに染まっていく。

「てめえ！」

石本は不敵な笑みを見せる。

「どうせここで死ぬんだ。順番が変わっただけだろ。すぐ楽にしてやるよ」

その瞬間、章弘の脳の中でプツリと糸が切れた。理性の利かなくなった章弘は彼岸花の咲いている場所に行き、そばに埋めてあった拳銃を取り出した。それを見た石本と猪原は、顔を引きつらせながら後ろに下がる。

「お、おい、章弘。それ……どうした。本物か、おい」

章弘の耳には石本の声など入ってはいない。

「消えろ」

そうつぶやき、章弘は引き金を引いた。

周囲に、パンッと乾いた音が響き渡った。林にいた多くの鳥が大空に羽ばたく。

章弘の放った弾は猪原の腹部に命中した。撃たれた猪原は腹を押さえ倒れる。その姿を見ても、章弘はうろたえなかった。

「あ、章弘くん！」

本木の声も届かない。章弘は続けて二発目を放った。弾は石本の足をとらえ、石本は派手に吹っ飛んだ。

「おい、章弘！　頼むよ。殺さないでくれ！」

凍りついた表情の章弘は、倒れた二人に歩み寄る。

そのときだ。

「広瀬くん！　やめて！」

地面にひざまずいている桜井の声を聞いたとたん、章弘は我に返った。

章弘は桜井の元に急ぎ、強く抱きしめた。

「ゴメン、真由ちゃん。ゴメン……」

血は、いまだ止まらない。

冷静な判断ができない章弘は、桜井の手を引き、走り出した。

「待て……章弘！」

章弘と桜井は川を越え、その先の森の中に消えたのだった……。

初めて入った森の中を、章弘と桜井は懸命に走る。後ろから石本たちが追ってきているような気がしてならなかったのだ。

しきりに後ろを確かめていた章弘も、かなりの距離を走ったあと、ようやくいったん足を止めた。

二人が追ってきている様子はない。銃を恐れ、追うのをやめたのか。それとも、追うことすらしていないか。どちらにせよ、あの二人からは逃げることはできた。しかし、彼女が大ケガを負ってしまった。

ずっと目を押さえているが……。

まさか、と章弘は恐くなる。足が震え崩れ落ちそうになるが、自分がしっかりしなくてはならない。

「行こう、真由ちゃん。手当てしないと」

陽も沈もうとしている。その前に森から出なければ危険だ。

そうだ、光彦……。

光彦は大丈夫だろうか。心配だが、引き返すことはできなかった。彼には申しわけないが、無事を祈るしかない。もう会うことはないかもしれないが、光彦のことは決して忘れない。最初のころはいつも一緒に行動していたし、あいつだけは、他のメンバーと違って信頼できる優しい男だったから。

「さあ、真由ちゃん。もう少し頑張ろう。民家を探すんだ」

二人は、出口の見えない大きな森をただひたすらに歩き続けた。

数十分後、ようやく森の出口にたどり着き、かすかな明かりが見えた。章弘はホッと息を吐く。だが、まだ安心はしきれない。彼女のケガも気になるし、民家を見つけなければならない。それでも、章弘は彼女に不安な姿を見せなかった。

「大丈夫。大丈夫だから」

しかし、ようやく森を出たと思った矢先、章弘は思わず足を止めてしまった。

二人が立っているその先には、急斜面が広がっていた。むき出しの岩の合間にまばらに木々が植わっている。そこから、章弘たちが生活していた場所の反対側が見下ろせる。空はもう薄暗いのではっきりとは確認できないが、チラホラと民家も建っている。

迷っている場合ではなかった。

なんとか下まで下りる足場はある。この斜面を下りて、近くの民家に向かわなければならない。

「行こう」

章弘は再び彼女の手を取り、慎重に、ゆっくりと下りていった……。


「大丈夫か、真由ちゃん。しっかりと摑まって」

何度か転びそうになり危ない場面もあったが、何とか二人は斜面を下りることができた。泥だらけになった二人は、休憩しながら民家を目指す。しかし、飲まず食わずの二人の体力は限界に近づいていた。よろけながら、それでも、林道を歩き続けた。

章弘の目に、ようやく一軒の民家が飛び込んできた。伸びきった草の中にポツリと建っている。もしかしたら、流刑者がここに投棄される前も、人は住んでいなかったかもしれない。

すでにあたりは闇が濃くなって、人がいるかどうか分からないが、誰も使っていないことを祈った。

「さあ、真由ちゃん。もう少しだ。頑張ってくれ」

心臓は辛いし、傷は痛むはずなのに、桜井は一切弱音を吐かなかった。そんな彼女を見ていて、章弘のほうが涙を浮かべてしまった。彼女のほうがよほど強い。桜井の手を握りしめると、彼女も握り返してくれた……。

章弘が見つけた民家は小さな小さな平屋だった。木は腐りかけていて、嵐が来れば崩れ落ちそうなほどボロいが、贅沢は言ってられない。汚れきった木の扉のノブに手を伸ばし、ゆっくりと引いてみる。錆《さ》びついたような音を立てながら、扉は開いた。

「真由ちゃん、靴脱いで」

土間で靴を脱いだ二人は、暗闇の通路を歩く。通路はゴミだらけで歩きづらいが、そんなことは気にしてはいられなかった。薄いガラスの貼《は》りついた引き戸を開けた。

そこは、六畳ほどの畳部屋。

その瞬間、章弘は悲鳴を上げそうになった。畳部屋の隅に、丸刈りの、六〇代前半と思われる瘦《や》せ細った男性が膝を抱えて寄りかかっていたのだ。

その男性は、何も言わずこちらをじっと見据えている。

二人はしばらく固まってしまったが、桜井に強く手を引っぱられ、ようやく章弘の金縛りが解けた。

「すみません」

と小さく謝って、章弘は家を出ようとした。すると、男性が口を開いた。

「待て」

何かされるかもしれないと章弘は身がまえたが、逃げ出せなかった。硬直する二人に、男性はこう言ってきたのだ。

「その子……ケガをしてるんじゃないのか」

少し荒っぽい口調だが、心配してくれているのか。少なくとも、危害を加えてくることはなさそうだ。章弘は困っているというふうに、

「はい、そうなんです」

とうなずいた。すると男性は立ち上がり、

「ちょっと待ってろ」

と言い残して、部屋から出ていってしまった。

この家を出ても、彼女を手当てする場所などない。章弘は、あの男性を頼ることにした。

奥でゴソゴソと物を動かしていた男性は、木の箱を手に持って部屋に戻ってきた。おそらく、救急箱か。

「こっちへ来い」

章弘は言われたとおり、桜井を連れて窓際に行く。男性は窓を開けて、部屋の中にかすかな月明かりを入れる。

「そこに寝かせて」

「はい」

章弘は、桜井の肩を抱き、

「大丈夫？　ゆっくりでいいから」

と桜井を窓際に寝かせた。男性は章弘をのけて、桜井の前に座り、目に手を当てている彼女に言った。

「見せてみろ」

最初、桜井は拒んだが、

「いつまでたっても手当てができんぞ。まあ俺は素人《しろうと》だがな。でも何もしないよりはいいだろ」

という男性の言葉に、ようやく押さえていた手を外した。

章弘は傷口を見た瞬間、思わず目をそらしてしまった。目をつぶっているので眼球まで傷ついているかどうかは分からないが、頬にまで到達している傷は深く、固まった血と、今もかすかに出ている血が混じり合っている。

こんな目に遭わせた石本に再び怒りが湧いてきた。殺してやればよかった！

「こりゃひでえ」

と、男性はつぶやく。

「やられたのか？」

章弘は、

「はい」

と、小さくつぶやいた。

「ひでえことしやがる……とりあえず消毒だ」

男性は救急箱から消毒液を取り出し、それを桜井の閉じられた目に大量にかけた。

傷がしみるのか、桜井は痛そうに声を洩《も》らす。

「ガーゼ出してくれ」

章弘は慌てて救急箱の中からガーゼを取り、男性に渡した。男性はガーゼで優しく血を拭《ふ》いていく。

「どうだ？　ちょっと目開けてみろ」

男性に言われたとおり、桜井は瞼《まぶた》を震わせながらかすかに目を開けた。暗いのでよくは見えないが、白目《しろめ》はまっ赤に染まってしまっている。

「大丈夫か？　見えるか？」

男性の問いに、桜井は悲しそうに首を振った。

「ぼやけて……ほとんど見えません」

その事実に、章弘は胸を痛め、罪の意識でいっぱいになった。

「ゴメン……真由ちゃん。俺のせいだ」

悔やんでも悔やみきれない。涙が止まらなかった。泣きたいのは彼女のほうなのに。

「医者でもいれば別だがな……」

そう言って、男性は救急箱から眼帯を取り、それを彼女の目につけてくれた。

「とりあえず俺にできることはこれくらいだ」

「……ありがとうございます」

魂の抜けたような声で桜井はお礼を言った。章弘は、ただ泣いているばかりだった。

「いつまでも泣いている場合か。お前が彼女を守ってやらないでどうする。他の奴が助けてくれるほど甘くないぞ、この島は」

そのとおりだ。彼女のほうが一〇倍も一〇〇倍も辛いのに、自分が泣き顔を見せてどうする。

章弘は桜井のそばに寄って、力強く手を握りしめた。

「ゴメン……真由ちゃん」

ショックが大きいのだろう。桜井は呆然と夜空を眺めているだけだ。章弘は、男性に深く頭を下げた。

「ありがとうございます。あの……僕は広瀬章弘と言います。こちらは桜井真由さん。お名前を教えていただけますか？」

「別に名前なんていいだろ」

「お願いします。教えてください」

しつこい章弘に、男性は面倒くさそうに口を開いた。

「小渕義一《おぶちよしかず》」

「小渕さん」

章弘は、彼にもう一度頭を下げた。

「お願いです。僕たちを一晩、ここに泊めてください」

すると小渕は立ち上がり、

「勝手にしろ」

と言い残して、部屋から去っていった……。

二人の息づかいと、草むらから聞こえる虫の声が重なる。静まり返った部屋は、悲しみの空気で満ちていた。章弘は、後ろから彼女をそっと抱きしめる。しかし彼女は微動だにしない。ただ、片方の目で夜空を見つめているだけだ。

章弘は、怒りと悔しさと悲しみで今にも爆発しそうだった。

どうして彼女がこんな目に遭わなければならないのだ。彼女は心臓だって悪いのだ。光まで奪われなければならないのか……。

章弘は恐かった。彼女がまた、心をふさいでしまうのではないかと。

「ゴメン、真由ちゃん」

今は謝ることしかできない。しかし彼女から言葉は返ってこなかった。

章弘の気持ちとは裏腹に、この日の夜は風もなく、ものすごく静かだった。

「……ゴメン」

章弘は一晩中、彼女の目が良くなることを祈り続けた。

結局二人は、寄り添ったまま朝を迎えたのだった……。

朝の日射しを受け、章弘と桜井は目を覚ました。まるで恋人同士のようにくっついて眠っていたことに気づき、章弘は慌てて離れる。

「ゴメン、真由ちゃん」

桜井は表情こそ変わらなかったが、首を横に振った。

「やっと起きたか」

どこで寝ていたのだろうか、小渕が部屋にやってきた。

「おはようございます」

ない。


「おはよう」

昨日は暗かったのでよく見えなかったが、小渕の髪の毛はほとんどまっ白で、顔は皺だらけだ。肉もほとんどないし、今にも倒れそうな身体ではないか。しかし、そのわりには元気そうだ。顔つきも、口調とは裏腹に穏やかだ。昨日のこともあるし、きっと優しい人に違いない。


「どうだいお嬢ちゃん。傷は痛むか？」

桜井は背を向けたまま、気の抜けた声を発した。

「はい……まだ」

「そうか。しばらく安静にしてな」

章弘は小渕に改めてお礼を言った。

「あの……昨夜はありがとうございました。それに、泊めていただいて」

「別にいいよそんなの。そもそも俺の家じゃない。グループで何かあったんだろ？」

昨日の惨劇がフラッシュ・バックする。桜井の悲鳴が脳に響きハッとなる。

小渕はこう忠告してきた。

「いいか？　ここでは人を信用するな。全員が敵だと思え。俺のこともな」

「そんな……小渕さんは」

小渕は急に真剣な顔つきに変わり、章弘を指さした。

「その甘さが命取りになる。生き延びたければ、他人は信用するな。彼女を守りたいなら、なおさらだ」

章弘は考えさせられてしまった。確かに小渕の言うとおりかもしれない。自分は石本たちを信用しすぎた。だから、こんなことになったのかもしれない。石本の本性にもっと早く気づいていれば……。

「これから、この島はもっと地獄と化していく。お前たちだって肌で感じているだろう」

「……はい」

「まったく日本はどうなっちまったんだ。必要ない人間は排除するなんて、狂ってる。俺たちだってまともな人間じゃないか。それを……」

憤《いきどお》りを口にした小渕は、このあとに意味深な言葉を洩らした。

「まあ、どちらにせよ俺は……」

「何です？」

その先を訊《き》いても、小渕は首を振るだけだった。

「……小渕さんは、ここに一人で住んでるんですよね？」

「見れば分かるだろ」

「他のメンバーは？」

「最初はいたよ。でも俺だけ抜けたんだ」

「どうして？」

「一緒にいたくなかったからさ。争いが起こるのも目に見えている。だったら一人のほうが気楽だ。誰にも迷惑はかけんしな」

「そうだったんですか」

「一人のほうが正解だよ」

章弘は窓際に座る桜井を一瞥《いちべつ》し、

「小渕さん、食糧は？」

と訊くと、小渕はまたも首を横に振った。

「もう尽きたよ。最近は、何も口にしていない」

「ダメじゃないですか、食べないと」

小渕は両手を広げ、語気を強めて言った。

「どこに食いもんがある？　もうどこにもないだろ。だから俺は飢え死にするのを待ってんだ」

これが、年老いた人間の考えなのだろうか？　死を冷静に待つ人間なんて、自分のグループにはいなかった。生きるために必死だった。凶暴化するほどに、生への執念で溢《あふ》れていた。

「諦めちゃダメですよ。小渕さんが死んだら、悲しむ人がいっぱいいますよ」

小渕は鼻でフッと笑った。

「知ったようなことを」

「いないんですか？　家族とか」

小渕はあっさりと言った。

「いるよ」

「だったら！」

「でも逃げられた。数年前にね。工場で働いていた俺はリストラをくらって、それからはずっと廃人生活さ。働く気も起こらなくて、ホント死んだほうがマシだよな。生きてたって意味がねえ」

小渕の話を聞いていると何だか悲しくなってきた。なぜそんなにすんなりと死を受け入れるのだろう。どうして生きている価値などないなんて言うのだろう。

出会ってまだ数時間しかたっていないが、小渕には恩がある。死んでもらいたくはなかった。

「分かりました。昨日のお礼に、僕が食糧を探してきます」

「おいおい、余計なことはするな。もういいんだよ俺は」

「勘違いしないでください。別に小渕さんのためだけじゃありません。自分たちが生きるために。僕たちは絶対に生き延びますから」

真剣に言うと、小渕は愉快そうに笑った。

「行ってきます。真由ちゃんのこと、よろしくお願いします」

家を出た章弘は、胸の苦しみを一気に吐き出した。小渕は妙に明るいが、彼を見ていると辛くなる。早くも自分の死を予測しているからだろうか。

でも俺は死なない。何がなんでも彼女と一緒に生き延びて、この島から出る。そう誓ったんだ。そのためには食わなきゃならない。彼女だって、食べなきゃ元気も出ないだろう。

体力はないが、気を引きしめた章弘は、遠くに見える森を目指したのだった……。


砂利だらけの道をしばらく歩いていると、小渕が住んでいる家と似た造りの平屋を見つけた。そのとたん、章弘は道からそれ、大きな木の陰に身を隠した。他のグループ四人が、家の中から斧《おの》や鎌を持って出てきたのだ。見たところ、全員二〇代後半か？　男ばかりで女はいない。食糧を探しにでも行くのだろうか。何かしゃべっているが聞こえない。

最後までこちらの気配には気づかず、男たちは章弘が目指す森とは逆の方向に歩いていった。ひとまずホッとした章弘は、砂利道には戻らず、枯れ草ばかりの道を一直線に歩いていった。

再び歩き出してから数分後のことだった。章弘の足に、コツンと硬い何かが当たった。何だろうと足元を見ても、最初は草に隠れていて分からなかったのだが、錆びついた細い線路が敷かれていたのだ。

電車が走っていたのだろうか。しかし、数ヶ月前に走っていた雰囲気はない。それに、こんな細い線路の上を電車が走れるだろうか？　もしかしたら鉱山か何かのためのトロッコかもしれない。

章弘はなんとはなしにその線路をたどっていった。すると不思議なことに、その線路が、目指していた森に導いてくれたのだ。

しかしそこは、およそ食糧があるとは思えない、荒れ果てた森であった。まだ七月初旬だというのに、地面は枯れ葉で敷き詰められ、木も細々としていて弱々しい。緑色はほとんどなく、この森だけ冬が訪れているような、寒々しい光景だった。

どこかに死体でも埋められているのではないかと思わせる雰囲気。

入ってはいけなかったか……。

しかし章弘は前進していた。こんな不気味な光景でも、季節は梅雨。湿気でどこかにキノコでも生えているかもしれない。木の実だってあるかもしれない。そう期待して歩いていくが、最初の予測どおり、どこにも食い物らしきものはない。あるのは枯れ葉やゴミやがらくたばかり。そんな無駄な探索を、気づけば一時間も行っていた。

違う場所を探しに行こう。ようやくそう決断し、帰り道を歩いていた章弘は、突然ある気配を感じた。

どこからか、カサカサと音がする。

ハッと振り返った章弘は、思わず後ずさっていた。人間の臭いをかぎ取ってやってきたのか、目の前に、イノシシが現れたのだ。

イノシシはこちらを恐れることなく、一歩、また一歩近づいてくる。

襲ってくるつもりか。それとも、森から出ていけという警告か。

イノシシに臆する章弘は、無意識のうちに腰に隠してある拳銃に触れていた。

その瞬間、章弘は罪の意識に襲われる。

この手で、人を撃った……。

猪原は、もしかしたら死んだかもしれない。

そう考えると、次に尋常ではない震えがこみ上げてきた。

いや、あいつらが悪い。彼女をあんな目に遭わせたあいつらが！

章弘は、獣のような顔つきに変わっていた。拳銃を取り出した章弘は咆哮《ほうこう》する。それに驚いたイノシシが突進してきた。

章弘は銃を両手でしっかりと持ち、引き金を引いた。

銃声が森に大きく響いた。頭を撃たれたイノシシは目をむいたまま横倒しとなり、一発でピクリとも動かなくなった。

息を荒らげながらイノシシの死体を見つめる章弘は、突然の出来事にしばらく呆然としていた。が、このまま放置していたらもったいない。抵抗はあるが、食えそうなものは食わなきゃ。

銃をしまった章弘は、イノシシのしっぽを持ち、ズルズルと引きずっていく。その姿は食い物に飢えた、まさに獣であった……。

何十キロもある巨大イノシシを、汗だくになりながら一人で引っぱる章弘は、ようやく小渕と桜井がいる平屋に着いた。

物音に気づき、小渕が外にやってくる。予測もしていなかったのだろう。イノシシの姿に、さすがの小渕も驚きを隠せない様子だった。

「おいおい、どうしたんだこれ」

章弘は息を切らしながら、

「あの森で捕まえました」

と答えた。

「捕まえたって、こんな……どうやって」

珍しそうにイノシシを見る小渕の表情が突然曇る。彼の瞳に映っているのは、イノシシの頭部。銃弾が撃ち込まれている場所だ。

「お前……これ、まさか」

章弘は小渕には隠すことはしなかった。腰から拳銃を取り出し、説明した。

「ちょっと前に、精神科病院で見つけたんです。まさかとは思ったけど、本物で……」

章弘は石本と猪原を撃った映像を必死にかき消した。

小渕はしばらく拳銃に見入り固まってしまっていたが、それ以上は何も訊いてはこず、納得したようにうなずいた。

「大事にしまっとけ。いざというとき、それで彼女を守ってやれ」

章弘はその言葉にホッとしていた。

「分かりました」

章弘が銃をしまうと、小渕は腕を組み、イノシシを見下ろした。

「それより、どうすんだよこれ」

「食べられますよね？」

「生ではちょっとな……まあ、焼けば食えそうだが……」

「やってみましょう。僕も真由ちゃんも、ずっと何も口にしていないんですよ」

「やってみましょうって言ったって……」

そう洩らしながら、小渕は部屋の中に入り、少し錆びついた包丁を手にやってきた。縁側に座り外をボーッと見つめていた桜井は、包丁を目にしたとたん、スッとうつむいてしまった。

「おい、広瀬」

声をかけられた章弘はハッとする。

「お前は火をおこす準備をしろ。風呂場にまだ少し薪が残っているはずだ」

そう指示を受けた章弘は風呂場に向かい、残っている全ての薪を外に運び出した。

すでに小渕はイノシシの調理に取りかかっていた。調理といっても、ただ包丁でイノシシの毛皮をはいでいるだけだが。章弘はその様子を、口に手を当てながら気持ち悪そうに眺めていた。腹から内臓が飛び出た瞬間、思わず吐きそうになってしまった。平気で作業する小渕が不思議だった。

「おい、広瀬。突っ立っているなら手伝えよ」

章弘は嫌そうに答える。

「いや……でも」

小渕は肉をはぎ取りながら言った。

「これくらいできないでどうする。この先、生き抜けないぞ」

「そうかもしれませんけど……」

小渕はフッと笑みを浮かべた。

「ためらっている時点で、まだお前は極限状態には立たされていないってことだ。本当に死が迫っていたら、そんなこと言っていられなくなるよ」

そうかもしれない。だからこそ自分はまだマシなほうなのだろう。この島には、自分より飢えに飢えている人間がたくさんいるはず。

「いいか、広瀬。これからはなり振りかまってなんかいられなくなるぞ。食えない物だって食わなきゃならなくなる状況に立たされるだろう。でもそれが、生きるってことだ」

「……分かってます」

とは言うものの、この日はやはりイノシシの調理には参加できず、ただ小渕の作業を見守っているだけだった。

約一時間後、赤い血にまみれた肉が大きな皿に盛られた。頭部以外の肉は全てはぎ取ったので、かなりの量だ。久しぶりにたらふく食べられると、口の中は唾液で溢れていた。

章弘は、縁側に座る桜井に声をかけた。

「真由ちゃん。一緒に食べよう。食べないと身体がもたないよ」

しかし桜井はうつむきながら首を振った。

「今は食べたくない。私に遠慮しないで、広瀬くん食べて」

「……でも」

ずっと何も食べていないので心配だが、彼女の気持ちを考えたらこれ以上は言えなかった。

「いっぱい残しておくから、食べたいときに言って」

ほんのかすかだが、桜井は笑みを浮かべてくれた。

「ありがと」

少しホッとした章弘は、一〇〇円ライターで火をおこし、台所にあった箸を使ってイノシシの肉を直火で焼いた。

赤身が全て焼けたのを確認して、冷ますことなく口に放った。最初の一枚は、ほとんど噛むことなく胃に流し込んだ。

若干硬くて臭いもあるが、問題ない。いやむしろ、今の章弘には最高のご馳走に思えた。

章弘は箸《はし》を休めることなく次々と肉を焼き、口に頬張る。その一切れ一切れが、血となり力となる。弱っていた身体も、だんだんと回復していった。

食べることにあまりに夢中になっていたせいでようやく気づいたのだが、そういえば小渕はどこへ行ったのか。

「小渕さん？」

声をかけながら家に入った章弘は、畳部屋の隅にいる小渕を見つけた。なぜか小渕は、ポカンとした表情で空を眺めている。

「何してるんですか、こんなとこで。イノシシおいしいですよ。早く来てください」

しかし小渕は首を横に振った。

「俺はいいよ。二人で食べてくれ」

「何言ってるんですか。ずっと何も食べてないんでしょ？　食べなきゃマジで倒れますよ」

小渕は一切表情を変えずに言った。

「だから言ったろ？　俺はもう死んでいいんだ。気にせず食ってくれ」

希望を持とうとしない小渕に、章弘は怒りを覚えた。

「なぜ諦めるんです。こんな島に閉じこめられて投げやりになるのは分かりますけど、何とかなりますよ。それにあなたには真由ちゃんを助けてもらった恩があります。死んでもらっては困ります」

「お前は何も分かってねえんだよ。俺は……」

章弘は小渕に歩み寄り、彼の手を引っぱって強引に外に連れ出した。

「おい、放せ！　分かった！　分かったから！」

それでも手を放さず、火の前まで引っぱり出した章弘は、

「食べてください」

と半ば命令口調で言った。小渕は舌打ちして、箸を手に取る。

「しょうがねえな」

なぜそんなに頑《かたく》なに拒むのか、章弘には理解できなかったが、小渕はようやく肉を口にしてくれた。

「どうです？　おいしいでしょ？」

小渕は無愛想にうなずく。

「ああ」

「どんどん食べてください」

「それよりよ、お前、その汚れた顔どうにかしろよ」

そう言われ、章弘は顔をペタペタと触る。

「え？　そんなに汚れてます？」

「頰のあたりなんてまっ黒だよ」

「マジっすか」

恥ずかしくなり、章弘は袖《そで》で顔を拭いた。服も汗だらけで臭う。しかし、あの川には行けないし……。

「イノシシを捕まえたっていう森を出れば小さな川がある。水が必要ならそこで調達しろ」

それを聞き、章弘は安堵した。

「本当ですか？　良かった」

「少し距離はあるが、ないよりはましだろ」

「ですね」

それから二人は、無言で肉を食べ続けた。それでもまだかなりの量が残っている。食べきれないぶんは干し肉にしておくことにした。

「小渕さん」

「なんだ？」

章弘は真剣な表情で質問した。

「どうしてそんなに、生きることを諦めるんです？」

胸にグサリと突き刺さったのか、小渕は箸を止め、神妙な顔つきで深く考え込んでしまった。

「俺のことは……いいだろ」

何か深い事情でも抱えているのか。そんな気がした。

「それよりお前、もしこの島を出られたらどうするつもりだ？」

具体的には決めてはいない。

「そ、そりゃ……ちゃんと働きますよ。二度とこんな島ゴメンですからね」

「そもそも、お前はどうしてこの島に連れてこられた？　連れてこられる前はどんな生活をしてたんだ」

「俺は……」

章弘は幼少時代から今までの、自分の全てを小渕に話した。

「そうか。両親に反発してね。で？　親をまだ恨んでいるのか？」

「それは……」

どうだろう。恨んではいないと思う。こうなったのは自分のせいでもあるのだから。

「お前はまだ親の気持ちってもんが分からないんだろう。親っていうのは、子供のことがかわいくてかわいくて仕方ないんだ。お前の親の場合、度が過ぎたんだろうけどな」

しかし、愛されていると感じたことは一度もない。両親は周りの目ばかり気にして、自分のことなんて真剣に考えてはくれなかった。

ただ自分がそう思い込んでいただけなのか。

「もう、ずっと会ってないんだろ？」

「はい。家を出てから一度も」

「もしこの島を出たら、両親に会いに行ってやれ」

「でも、自分で言うのも何ですが、免罪金を身内が払えば流刑《るけい》は免除だって、DEOの奴らが言ってました。払わなかったってことは、そういうことでしょ。会ったって無駄ですよ」

二人は、自分のことをもう息子だとは思っていない。ずっと両親のことは嫌いだったが、そう考えると寂しくなった。

その後、章弘はずっと黙ったままだった。小渕もそっとしてくれていたのだが、彼があることに気づき、声をかけてきた。

「おい、広瀬」

耳元で囁かれた章弘は、

「何です？」

と普通に返す。すると、小渕は桜井のほうを指さし、言った。

「彼女、泣いてるぞ」

「え？」

章弘はとっさに振り返った。

親の話を聞いていて悲しくなったのか、それとも光を失ったショックか、縁側に座る彼女が涙をボロボロとこぼしている。

章弘は弾《はじ》かれたように立ち上がると、桜井の元に駆け寄った。

小渕も立ち上がり、桜井に聞こえるように大きな声を発した。

「さてと、俺は陽が沈まないうちに、川で身体でも洗ってくるか」

そう言ったあと、小渕はこちらにうなずき、森のほうへと歩いていった。

章弘は桜井の隣に座り、何度も深呼吸を繰り返す。彼女が落ち着くまで、声をかけるつもりはなかった。

梅雨にしては珍しく、澄み渡った空に綺麗な夕陽が輝いている。赤い光を見つめていると、彼女の泣き声がやんだ。

彼女の眼帯と頬にできた傷を見るたびに心が締めつけられるが、悲しい表情は一切見せなかった。章弘は優しく彼女に声をかけた。

「傷……痛むよね？」

桜井は昨日よりも冷静に話ができるようだった。

「うん。でも大丈夫」

「本当にすまないと思ってる。できることなら代わってやりたい」

「あなたは悪くないわ。私が勝手に飛び出していったんだから」

俺の命と引き替えに、彼女は片目を失った……。

「俺、死んでも真由ちゃんを守るから。俺が、君の右目になるから」

桜井はホッとした顔を見せた。

「ありがとう」

「だから……俺にこんなこと言う資格はないけど……立ち直ってほしいんだ。元気な真由ちゃんでいてほしいんだ」

桜井は、分かっているというふうにうなずいた。章弘は、震える手を彼女の手の上に重ねた。桜井は一瞬ハッとするが、落ち着いた表情になる。

「ずっと好きだった。この島を出たら、一緒になろう。障害のことなんて気にしなくていい。何も考えず、俺についてきてほしいんだ」

章弘のその告白に、桜井は涙を浮かべた。そして泣きながら洩らした。

「私も……あなたを愛してる」

手と手を握る二人はじっと見つめ合い、章弘のほうからそっと優しくキスをした。そして二人は、激しく抱き合った……。

＊

時計の針は、もうじき午前〇時を回ろうとしている。あれほど騒がしかった街も、今はすっかり寝静まっている。

様々な場所をさまよい続けていた章弘は、これから先のことを考えていた。

この先、ずっと逃げ続けることができるのか。いずれ、捕まってしまうのではないか。それがものすごく恐かった。

大通りから裏道に入った章弘は、大きな公園に目をつける。章弘は公園に入り、ベンチに向かいながら、ポケットからボロボロになった一枚の紙切れを取り出した。

一九年前にもらった紙だ。偶然にも、後ろのポケットに入っていた。そこには携帯番号が書かれている。年数がたちすぎて紙の端々が破れ、インクも薄れているが、まだ十分読める。

というか、携帯のメモリに入っているし、もう憶《おぼ》えてしまっている。

電話をかけようか。

そう思ったがやめた。彼に迷惑はかけられない。

ベンチに座った章弘は、大きく息を吐き出した。

警察に追われ、周囲の視線を恐れ、動いていないと不安だったのでただ歩き続けてきた。

が、腰を下ろした瞬間、疲労感がドッと押し寄せてきた。

しばらくベンチの上でボーッとしていた章弘は、赤いペンキの塗られたトンネルに入った。

ここなら朝まで誰にも気づかれないだろう。

よほど疲れていたのだろう。目をつぶったとたん、章弘は眠りに吸い込まれた。

ずっと過去を振り返っていたせいか、この夜、章弘は夢を見た。

それはとても悲しい夢。

深い眠りに就いている章弘の目元から、一筋の涙がこぼれた……。

3

真由が片目を奪われるという惨劇から約一ヶ月。二人はまだ、小渕の平屋に住んでいた。

迎え入れられたわけではないが、三人で暮らす生活が続いていた。これ以上は小渕に迷惑だろうから、もう少ししたら出ていこうと章弘は考えていたのだが、これだけ長く一緒にいると、小渕がグループの一員のように思えてきて、そう簡単には離れられなくなっていた。三人で島を出られたらいい。それが今の章弘の夢だった。

しかしそれはあくまで理想であり、現実はそう甘くはなかった。三人は、過酷な日々を送っていた。食糧がないうえ、季節は夏。章弘たちは連日、飢えや猛暑と闘っていた。が、すでに限界ギリギリであった。

空腹による体調不良や、脱水症状で倒れるのは当たり前。熱中症にかかりでもしたら、今の章弘たちはどうなるか分からない。それくらい、三人は危険な状態であった。

イノシシ以来、三人は肉を食べていない。干し肉などで食いつないでいたが、それもなくなってしまった。米なんて夢のまた夢だ。

いつも口にしているのは、花のつぼみや木の実や、島民による手入れがされなくなった畑に、自然と実ったごくごく小さな野菜。

運が良いときは果実を見つけたり、川で魚が捕れるが、ここ三日間、それらしい食べ物は口にしていない。

そんな日々を送っているため、栄養失調の三人の身体は自然と細くなり、日々、肉が削られている。章弘は特に体重が落ち、今はあばら骨が浮き出ている。島に連れてこられたときに着ていた洋服は、もうブカブカだ。脂肪がなくなっていくのが自分でも分かるくらいだった。こんな状態が続けば、考えたくはないが死が待っているだろう……。

それでも章弘は、どんなに辛くても気持ちだけは明るくしていようと決めていた。そんな章弘の頑張りの甲斐あって、真由も笑顔を取り戻している。小渕も、死んでもいいとは口にしなくなった。

確かに苦しいことの連続だが、三人は力を合わせて何とか生きていた。

しかし、そんなある日のことだった……。

苦しくても、死にそうでも、腕時計だけは正常に動いている。日付は八月一〇日。島に連れてこられて、もうじき五ヶ月が過ぎようとしていた。

この日もいつものように朝から気温は高く、三人はただ家の中で時間がたつのを待っていた。その間、会話は一切ない。頭は働かないし、しゃべる余裕がなかった。

午後四時、少し気温が下がったところで、章弘は森の奥にある川に出かけた。水の確保と、食糧探しも兼ねて……。

章弘は足をふらつかせながらいつもの道のりを歩いていき、三〇分後、ようやく小さな川にたどり着いた。

まずは、赤いポリタンクに水を入れフタを閉める。そのあとに、大量の水を胃袋に流し込んだ。このときだけは天国だった。冷たい水が、干からびた身体を潤してくれる。しっかり水分補給した章弘は、次に全身を水で洗い流した。骨に皮が貼りついているだけの身体を触るたびに不安に思う。爪で軽く掻《か》くと、垢《あか》がボロボロと落ちた。

顔も、ずいぶん痩せこけた……。

栄養なんてろくに摂っていないのに、ヒゲと髪の毛はしっかりと伸びている。

ヒゲは時折剃っているから今はそれほどでもないが、髪の毛はずいぶんと伸びた。石本たちといるとき、一度自分で切ったのだが、また肩の下まで伸びている。少し触るだけで手は脂でベットリだ。

いっそのこと坊主にするか……。

それよりも早く二人にも水を飲ませてあげなければと、章弘は立ち上がった。

そのときだ。久々の食糧に章弘は目を輝かせた。水の入ったポリタンクを乱暴に投げ、川面に映る魚影に向かって飛び込んだ。

どの魚も大きさは手の平くらいだが、章弘にとっては大事な食糧だ。絶対に逃がすわけにはいかなかった。魚は一斉に散らばり逃げてしまったが、一匹だけ岩のほうに追い込むことに成功した。間髪入れず手を伸ばし、執念で捕まえることができた。

手の中で暴れる魚を、章弘は食い入るように見つめる。

「……やったぞ」

もう魚はいないのかと川を見るが、一匹もいなくなっていた。欲を言えばもう二匹くらい捕まえたかったが、贅沢は言っていられない。これを早く持ち帰って、二人に食べさせてあげないと。

章弘は魚をポケットに入れ、投げ捨てたポリタンクを持ち、真由と小渕の元に急いだのだった……。

どこにこんな力が残っていたのか、章弘は大声で二人を呼んだ。

「真由ちゃん！　小渕さん！」

歓喜の声を聞いた二人は、すぐに平屋から出てきた。

「章弘くん。もしかして、何か獲れたの？」

期待する真由に、章弘はポケットから魚を取り出した。

「一匹だけだけど、捕まえられたんだ！」

「よかった……」

真由の安心する顔を見るだけで、力が湧いてくる。

「小渕さん。早速焼いて食べましょう」

「おう」

力のない返事をした小渕は、日頃集めていた枯れ葉を外に持ってきてくれた。その枯れ葉に火をつけ、小枝に刺した魚を焼いていく。その間、真由は三つのコップに水を注ぐ。水と魚。たったこれだけだが、章弘たちにとってはありがたい食事だった。

魚が焼き上がったところで、三人は輪になって乾杯する。まずは一気に飲み干し、二杯目に口をつける。

「さあ、真由ちゃん食べて」

章弘はまず、真由に魚を食べさせた。

ありがたそうに、一口、二口。口の中の身を存分に味わい、真由は小渕に魚を渡した。小渕も同じように丁寧に食す。最後に、章弘が残りの全てを胃に入れた。

もちろん満足のいく量ではないが、これだけで少しは体力を回復することができた。普通の生活ならありえないが、こんな日々を当たり前のように繰り返しているうちに、少しの量でも生きられる身体になっていた。

「こんなんじゃ、お腹はいっぱいにならないよな。明日はもっと獲《と》ってくるから」

章弘が自分を責めると、真由がこう言ってくれた。

「無理しないで。私たちはこれだけでも十分だから」

「またイノシシでも捕まえることができればいいんだけど……そしたら肉をたらふく食える

んだけどな」

生きることに貪欲《どんよく》である章弘を見ていた小渕が、情けなさそうにつぶやいた。

「お前を見てると、自分がだんだん嫌になるよ」

「どうしてです？」

「一時、死んでもいいなんて本気で思っていたからな」

「こんな所に閉じこめられたら、誰だって」

「でも、お前に教えられたよ。俺も、もう少し生きたいって……思うようになった」

章弘と真由はその言葉に嬉しさを感じていた。最初は生きることを諦めていた小渕が、生きようとしてくれているのだから。

「そうですよ。諦めないで、三人で……」

そのときだった。小渕の身体に、異変が起きた。

一瞬にして小渕の顔はまっ青に変化し、次の瞬間、大量の血を地面に吐き、倒れてしまったのだ。

「小渕さん！」

二人は小渕の元に駆け寄り、上半身を起こした。口の周りを血に染めた小渕は、朦朧《もうろう》とした意識の中で呼びかけに応える。

「……大丈夫だ」

「大丈夫じゃありませんよ！　いったい……」

急にどうしたというのだ。血を吐くなんて、ただ事じゃない。過酷な毎日に、身体が悲鳴を上げたのか。それだけならまだいいのだが……。

額《ひたい》を触ると、熱があることも分かった。突然すぎて章弘はパニックに陥るが、真由が冷静な判断を下した。

「とにかく、部屋に運ばないと」

二人は慌てて小渕を部屋に運び、毛布の上に寝かせた。小渕は、辛そうに息を繰り返している。

「小渕さん……どうしたんだよ」

声をかけても返答はない。心配が募る一方だった。

「章弘くん。これ」

水に濡れたタオルを真由から受け取った章弘は、小渕の額にそっと置いた。すると、小渕はかすかにこう洩らした。

「……すまんな」

不安な章弘は小渕の手を握る。その上に、真由が優しく手を重ねた。

今の二人にできるのはこれくらいだった。食べ物があれば食べさせてあげたいが、何もない。

「そうだ、真由ちゃん、薬。救急箱にいろいろ薬があったでしょ」

「でも、どの薬を飲ませたらいいか……」

判断に迷っていると、少し落ち着きを取り戻した小渕が言った。

「もういい……もういいんだ」

「どういう意味ですか！」

章弘は思わず口調を強めてしまった。

「初めからこうなることは分かってた」

意味深な言葉に、章弘の力がスッと抜ける。

「え？」

小渕はしばらく考えたあと、本当のことを話し始めた。

「実は……俺の身体は良くないらしい。ここに連れてこられる前にも一度血を吐いてな。病院へ行ったら肺ガンだとよ。手術で治るかもと言われたが、俺にはもうそんなつもりはなかった。家族もいない寂しい毎日を送っていた俺は、死んでもいいと思った」

小渕が冷静に死を受け入れている理由が、ようやく分かった。

「どうして……どうしてもっと早く教えてくれなかったんですか」

「そうですよ！」

二人は小渕の手をさらに強く握りしめた。

「言ったところでどうなる？　ただ迷惑をかけるだけだ」

真由は涙を浮かべながらつぶやく。

「迷惑だなんて……」

「俺はもういいんだ。俺には時間が限られていたんだ。そのときが来たんだよ。お前たちから勇気をもらって、また生きたいと思ったが、結局病気には勝てないんだよ」

呆然とする章弘は、首を横に振り続ける。

こんなの納得できるか。どうして小渕さんが死ななければならないのだ。三人で、島を出るって決めたんだ。簡単に諦められるか！

小渕の手を離した章弘は、何かに取り憑かれたかのようにスーッと立ち上がり、家を飛び出した。

「章弘くん！」

真由の声にも振り返らず、章弘はある場所を目指して走る。息が切れても、心臓が苦しくても、走って走って走りまくった。

小渕の顔や優しい言葉が脳裏を駆けめぐる。小渕は真由を助けてくれた。今度は自分の番だ……。

森を抜け、川を越え、章弘は休むことなくがむしゃらに走った。目の前に広がる鉱山跡の先は未知だが、自分の勘を信じて、ひたすら地面を駆けた。

二時間、いやそれ以上か。

夕暮れが迫るころ、章弘の前に雄大な海が広がった。

砂浜には、軍服のような制服を着た見張り役の男二人が、微動だにせず立っている。章弘が臆したのは、彼らが持つライフル。

章弘の脳裏に、銃声が鳴り響く。脱出しようとした日のことを思い出し、足が止まってしまった。しかしここまで来て引き下がるわけにはいかない。章弘の目が鋭く変化した。

章弘は恐れず、砂浜を歩いていく。章弘の姿に気づいた男二人の手が動き、銃口が向けられる。それでも、章弘は男たちに近づいていく。

「何だ」

男にそう問われた章弘は、ためらいもなく土下座した。そして、男たちに懇願した。

「お願いします！　自分と一緒に暮らしている人が、悪い病気で、今すぐにでも治療を受けないと……死んでしまうかもしれない。だから、彼を助けてあげてください」

男たちからの返答はない。さらに章弘が頭を下げると、一人の男が鼻で笑った。

「バカかお前は。死にそうな人間をわざわざ助けることはないだろう。しょせんお前たちはゴミなんだ。死んだっていいだろう」

あまりにもひどい言葉を浴びせられた章弘は、男をキッとにらみつける。

「何だその目は」

額に銃口を向けられた章弘は、腰にある銃に触れた。しかし、ここで犬死にしてはならなかった。残された小渕と真由はどうなる……。

「お願いします！　お願いします！」

いくら頭を下げ続けても、無駄だった。

「これ以上しつこければ命はないぞ」

こいつらは機械だ。ためらいもなく人の命を奪える。章弘は諦めて、男たちに背を向けた。

そして去り際に、章弘はこう吐き捨てた。

「あんたら人間じゃねえよ」

男たちはただ、ヘラヘラと笑っているだけだった。

唯一の望みを失った章弘は、魂の抜けたように、小渕と真由の元に戻っていった……。

家に着いたのは、午後八時すぎのことだった。フラフラになりながら暗闇の部屋に入ると、真由が抱きついてきた。

「どこ行ってたのよ！」

章弘は気の抜けた声を発した。

「食べ物を……探しに……」

すると、毛布の上に眠る小渕が弱々しく言った。

「俺のことはもういいから。俺は大丈夫だから」

章弘は小渕を見つめながら、首を横に振った。

「僕は諦めませんよ。僕が絶対、小渕さんの病気を治しますから」

そう約束した章弘は、ユラユラと部屋を出ていった。

「どこ行くの？」

章弘は真由の声にも振り返らなかった。今は、一人になりたかった。

外に出た章弘は、いつも三人で食事をする場所に足を抱えて座った。

こんな日に限って、空には綺麗な星が輝いている。見ているうちに、涙が溢れてきた。

信じられない。小渕が悪い病気だなんて。どれくらい進行しているのか。もう、かなり悪い状態なのか。

小渕はすっかり弱気だが、死なせるものか。俺が絶対に死なせない。

章弘はそう誓ったのだった……。

しかし、薬も食糧もない現実で、小渕の容体が良くなるはずもなく、むしろ悪くなる一方だった。日に日に小渕の身体は細くなり、体力も急激に落ちた。倒れてから五日目には、ついに立つこともできなくなり、一日中眠っている状態が続いた。

そんな昏睡状態の中、一日だけ奇跡が起きた。その日は、シトシトと雨が降っていた……。

この数日間、獲ってきた小魚やキノコや木の実のほとんどを小渕と真由に食べさせてきたので、章弘自身、かなり弱りきっていた。普通に立っているだけでめまいを起こすほどだった。そんなフラフラ状態でこの日も食糧探しに出かけたのだが、章弘はすぐに獲物を発見することができた。

久々の獲物だ。

どこからやってきたのか、白いウサギが遠くのほうでウロチョロしている。

章弘の濁った瞳が光った。章弘は雨に濡れながら、静かにウサギに近づいていく。ウサギも警戒して後ずさるが、章弘は地面に生えている草でおびき寄せる。

最初はそれでも近づいてこようとはしなかったが、興味を持ったのか、ウサギがこちらにやってきた。

「そうだ……良い子だ」

口調は優しいが、表情は一切笑ってはいない。とうとうウサギは、章弘の足元にまでやってきた。

「……よしよし」

葉っぱを差し出すと、ウサギは嬉しそうにそれを食べた。しばらくその様子を見つめていた章弘は、腰からそっとナイフを取り出した。そして、凍りついた目で、

「ゴメンな」

とつぶやき、ウサギにナイフを突き刺した。

ピシャリと、章弘は顔に返り血を受ける。

刺されたウサギは狂ったように暴れるが、やがて力つきてグッタリとなってしまった。

章弘は血も拭《ぬぐ》わずにウサギの首根っこを摑み、すぐに平屋に持ち帰った。

部屋には、眠り続ける小渕と、その横で小渕の様子を見守る真由の姿があった。

「ただいま」

「早かったわね」

振り返った真由はウサギの死体を見るが、驚きはしない。

「捕まえてきた」

そう言うと、真由は何も言わずにうなずいた。

「小渕さん……どう？　一度も目を覚まさない？」

「ええ」

「そっか」

小渕が倒れてからずっと、部屋の中は暗い雰囲気だ。

「台所へ行ってくる」

章弘はウサギの死体を台所に運び、包丁で毛皮を丁寧にはいでいく。生温かい血が手につく。章弘はそれをペロペロと舐めた。血一滴も無駄にはできない。ギリギリの状態が章弘の正常な感覚を奪っていった。そのときだ。真由のただならぬ声が台所にまで響いてきた。

「章弘くん！　章弘くん！」

章弘は慌てて小渕のいる部屋に向かった。

「どうしたの、真由ちゃん！」

そう問いかけた章弘は、小渕に注目した。ずっと眠っていた小渕が、かすかに目を開けているのだ。

「小渕さん！」

ホッとした章弘は、小渕のそばに行き、手を握りしめた。すると、小渕もほんの少しだが握り返してくれた。

「小渕さん……」

名前を呼ぶと、小渕は微笑を浮かべ、まず最初に言った。

「……ありがとうな」

「何言ってんだよ。礼なんていいよ」

小渕は天井を眺めながらつぶやいた。

「不思議だな。もう、天国に行ったのかと思ったんだが……」

章弘は辛くなり、顔を伏せた。

「そんなこと……言うなよ。まだ全然大丈夫だよ。きっと治るから。食糧だって獲ってきたんだ。一緒に食べようよ」

「お前らしいな」

章弘は泣きながら笑みを見せた。

「章弘……真由……」

二人が初めて名前で呼ばれた瞬間だった。

「お前たちに会えて……良かったよ。短い間だったけど、本当の子供のようだった。嬉しかったよ」

真由も堪《こら》えきれず涙をこぼす。

「いいか章弘、真由」

「うん？」

小渕は最後の力を振り絞り、言った。

「絶対に生きろ。死ぬな。こんな国の制度に負けるな」

だんだんと、小渕の声が小さくなっていく。

「何が何でもこの島を出て……お前たちなら、一からやり直せる。だから……」

章弘は、もう分かったというように何度もうなずく。

「もうしゃべらなくていいよ。俺たちは大丈夫だから」

小渕は大きく息を吐き出し、

「そうだな。少し……寝るか」

と、口を動かし、瞼を閉じた。

深い眠りに就いた小渕を見つめながら、章弘は真由に言った。

「落ち着いてるから大丈夫。また、きっと目を開けてくれるよ」

「……そうだよね」

しかし、小渕はもう二度と目を開けてはくれなかった。小渕は言い残したことを告げるために、束の間、〝生〟の世界に戻ってきただけだったのだ……。

八月二五日。ようやく日中の気温が少し下がり始めた日の真夜中に、そのときはやってきた……。

再び昏睡状態に入った小渕は、数日間、静かに呼吸を繰り返していた。あまりに静かすぎて、病気なのが信じられないくらいだった。もしかしたら順調に回復しているのかもしれない。また、元気な小渕が戻ってきてくれる。章弘は本気でそう信じていた。しかし、その想いは小渕には届かなかった。章弘が抱いていた希望は突然、崩れ去った……。

暗闇の中、小渕の眠る姿を見守る章弘は、この日も安心した口調で真由に言った。

「グッスリ眠ってるよ。俺たちも寝ようか」

しかし、真由の様子が少しおかしい。厳しい顔つきで、小渕の顔を見つめている。

「どうしたの？」

章弘が訊くと、真由は不思議なことを口にした。

「何か今……顔つきが変わったような気がする」

「え？」

そう言われ、章弘も小渕の顔をじっと見つめるが、何の変化も感じ取れない。

「気のせいだよ」

そう言い聞かせても、真由は深刻そうに首を横に振る。

「胸騒ぎがする……」

真由の言葉とは裏腹に、章弘にはいつもと変わらない夜にしか思えない。しかしそう言われると、嫌な予感が芽生えてくる。

「……大丈夫だよ」

章弘が床に就いてから間もなくのことだった。真由が、静かにこう口にした。

「脈拍が……落ちてる」

その瞬間、章弘は跳び起きて小渕のそばに行く。

「嘘だろ？」

真由は一点を見つめ、冷静に脈拍を取る。そしてもう一度言った。

「……落ちてる」

全身に、サーッと鳥肌が立った。動揺する章弘は、小渕の頰に両手を置く。

「小渕さん、冗談だろ？　起きてくれよ！」

小渕の呼吸の回数が、だんだんと減っていく。耳を澄まさなければ聞こえないほど、小さくなっていく。

「真由ちゃん！　何とかしないと！」

取り乱す章弘に、真由は悲しそうに首を振った。

「どうして諦めるんだよ！」

再び小渕に身体を向けた章弘は、必死に呼びかける。

「小渕さん！　起きてくれよ！　俺たちを置いていかないでくれよ！　頼むから！」

結局、章弘の声は小渕には届かなかった。数十分後、最期は静かに、ゆっくりと、息が途絶えた。

「小渕さん……」

章弘は震えながら小渕の手を握りしめる。この前のように、小渕は握り返してはくれない。小渕の手に、章弘の温かい涙がこぼれた。

「どうして……」

悲しくて、悔しくてたまらなかった。まだ小渕には恩返しをしていない。何もしてあげられなかった自分に無性に腹が立つ。そして、国に対してさらなる怒りを覚えた。

「国が小渕さんを殺したんだ！　俺は絶対許さねえぞ！」

しかし、いくら怒ったり吠えたところで、小渕は生き返らない。ただ虚《むな》しくなるだけだった。

小渕の胸に顔を埋めて泣く章弘に、真由が優しく声をかけた。

「そんなに自分を責めないで。小渕さん、言ってくれたでしょ？　私たちに会えて良かったって。だから、後悔していないと思う」

あの日の言葉を思い出すと、余計涙が出てきた。章弘は延々と子供のように泣き叫んだ……。

一時間後、すっかり涙の枯れた章弘は、呆然と小渕を見つめていた。

人が死ぬ瞬間を生まれて初めて見た。

こんなにも呆気《あっけ》なく人は死ぬのか。あんなにも強気で、元気だった小渕でさえ……。

魂の抜けきったような章弘の手を、真由は握りしめ言った。

「ちゃんと埋葬してあげよう」

章弘は気のない返事をする。

「……うん」

しかし、章弘はどうしても小渕から離れることができなかった。

その後も二時間、章弘は小渕のそばから動くことができず、一人で小渕に話しかけていた……。

ようやく現実を受け止めた章弘は、真由と一緒に小渕の遺体を庭に運び、二人で土を掘っていく。指先が切れても、爪が割れても、章弘は無心になって土を掘り続けた。そして、小渕の身体と同じくらいの大きさの穴に、小渕の遺体を静かに運んだ。

何て穏やかな顔だ。今にも起き上がってくるのではないかと思うくらい……。

章弘は、小渕と一緒にいた時間を思い返しながら、少しずつ土をかけていった。

小渕の身体が、土で隠れていく。最後に顔が残り、章弘は小渕に別れを告げた。

「ありがとう、小渕さん。さようなら」

顔に土をかけた章弘は、トントンと優しく土を固める。埋葬を終えた章弘と真由は、しゃがんだまま手を合わせ、冥福《めいふく》を祈った。

「真由ちゃん。これからは二人で力を合わせて生きていこう」

章弘が真由に言葉をかけたそのときだった。

真由が苦しそうに口に手を当て、地面に嘔吐《おうと》してしまったのだ。

章弘は真由の背中を優しくさすってやる。

「真由ちゃん……大丈夫？」

真由は大丈夫というようにうなずくが、まだ苦しそうだ。

このとき、章弘の脳裏に嫌な考えがよぎった。

まさか、真由も病気にかかっているのではないだろうか。それとも心臓の持病が悪化したのか。小渕が亡くなった直後だ。そんな気がしてならなかった……。

夢が突然プツリと途切れ、章弘は目を覚ました。三人の小さな子供が、章弘の顔を棒のようなもので突っついている……。

*

ようやく意識をはっきりと取り戻した章弘は、トンネルを飛び出した。

いつの間にか陽が高く上がっている。ベンチには、その子供たちの母親と思われる女性が三人。こちらに気づき、慌てて子供たちを呼んでいる。章弘は帽子を目深《まぶか》にかぶり、逃げるようにして公園を出ていった……。

人気《ひとけ》のない住宅街に入り、歩調を緩めた章弘は、頬がベタついていることに気づいた。

そうか。小渕さんの夢を見ていたからだ。

彼のことを思い出すと、今でも涙が出そうになる。小渕さんが自分たちに言ってくれた最後の言葉は、二〇年後の今も憶えている。

警察に追われている今だからこそ、その一つひとつの言葉が勇気に変わる。最後の最後まで諦めるなと、彼がそう言ってくれているような気がする……。

不思議だ。二〇年も前のことなのに、彼と一緒にいた日々を鮮明に憶えている。自分と真由に、大きな影響を与えた人だったから……。

そのとき突然、章弘は我に返った。

どうしたというのだ。道端に若い女性が倒れている。お腹を抱えているが、まさか……。

章弘は急いで女性の元に駆け寄り、

「大丈夫ですか？」

と声をかける。女性は苦しそうに洩らした。

「救急車……お願いします。赤ちゃんが……」

陣痛が来ているのか……。

「分かりました」

章弘は決して慌てなかった。ずいぶんと古い機種の携帯をポケットから取り出し、『一一九』をプッシュした。そして、現在の居場所と女性の容体を正確に伝えた。

「救急車呼びましたから。もう少し我慢して」

女性は汗だくになりながら頭を下げる。

「ありがとうございます」

「大丈夫だから。頑張って」

救急車が来るまで章弘は女性を励まし続けた。しばらくすると、目の前に住んでいる中年女性が何事かとやってきた。

「どうしました？」

章弘は若い女性を心配そうに見つめながら答えた。

「陣痛が始まってるみたいで……」

それを聞き、中年女性は慌てた素振りを見せる。

「大変！　救急車は？」

「呼びました。もうすぐ来るでしょう」

と章弘が顔を上げたそのときだった。中年女性の目つきが突然変化した。気づかれたのか、こちらをジロジロと見ている。

「あなた……どこかで……」

ヒヤリとした章弘は、一歩、二歩と後ずさり、

「彼女……頼みます」

と言ってその場から走り去った。角を曲がった瞬間、中年女性の大声が周囲に響き渡った。

「誰か！　誰か来て！」

章弘は舌打ちし、周囲を気にしながら大通りのほうに逃げていった……。

希　望

1

悪い予感が現実のものになってしまったのか。

あの日に嘔吐《おうと》して以来、真由は体調を崩し、一向に良くなる気配はなく、連日嘔吐を繰り返した。

ここまで吐き気が続くということは、食中毒にでもかかってしまったのではないか、と章弘は考えた。確かに、川で獲った魚やウサギの肉は安全とは言いきれない。その可能性は大きかった。しかし、食中毒の症状はもっとひどいのではないか。場合によっては死に至ることだってあるはず。そう考えると、真由の症状はそこまで重度ではない。

だとしたら、やはり悪い病気に侵されているのか……。

章弘はその考えを必死に否定しようとした。しかし、否定しきれない。医者がいれば別だが、この環境で真実なんて分からない。章弘にとっては、気が気ではない日々が続き、精神の限界もピークに達していた。

そんなある日、章弘はある仮説を立てた。

もしかしたらそうかもしれないと、章弘は食糧探しを中断し、急いで平屋に戻った。

部屋には、毛布の上でグッタリとしている真由の姿があった。章弘が戻ると、真由は上半身を起こし、怠《だる》そうに口を開く。

「おかえり。早かったね」

「それより真由ちゃん」

章弘は真由のそばに行き、お腹《なか》にそっと手を当て、少し心を弾ませながら言った。

「ねえ、この中に赤ちゃんがいるんじゃない？　その吐き気は、ツワリなんじゃない？」

〝赤ちゃん〟という突然の言葉に真由は一瞬驚くが、しばらく考えたあと、こちらの顔をじっと見つめ、

「……そうなのかな」

と洩《も》らす。

もちろんそうとは言いきれない。しかし、二人には思い当たる節がある。

あの夜、真由のお腹に赤ちゃんが宿った可能性は大いにある……。

それなら最高だと、章弘はすっかりその気になる。

「きっとそうだよ。赤ちゃんができたんだよ！」

真由はお腹を見つめ、信じられないというふうにつぶやいた。

「私に……赤ちゃんが？」

章弘は、確信したように強くうなずいた。

「そんな……嘘みたい」

「俺も嘘みたいだよ。だって俺、父親になるっていうことだろ？」

真由は頬《ほお》を赤らめ嬉しそうな顔を見せるが、すぐに複雑な表情に変わってしまった。

「どうしたの？」

気になった章弘は真由に尋ねる。すると真由は不安を口にした。

「でも、本当に赤ちゃんができたとして……こんな環境で産めるのかな。無理な気がする」

章弘は彼女の迷いを消すように、

「そんなことない！　産めるさ！　絶対産める！」

と励ました。

「……そうかな」

「大丈夫だよ！　産めるよ！　だから一緒に頑張ろうよ」

まだまだ不安はあるようだが、真由は小さくうなずいた。

「赤ちゃんか……」

章弘は喜びを隠しきれない。辛さも苦しみも、全部忘れてしまうほど、新たな命の存在は大きかった。

これが事実だとしたら本当に信じられない。父親なんて、実感が湧かない。

章弘は小渕を思い浮かべながら、もう一度真由のお腹に手を当てた。

「小渕さんがきっと、このお腹に命を授けてくれたんだよ。そうに違いないよ」

「……小渕さんが」

「そうだよ。だから大切に育てよう。俺、今以上に頑張るからさ！」

真由は晴れやかな表情を見せた。

「うん」

「これから真由ちゃんにはいっぱい食べさせないとな！　俺のぶんまで食べてもらわないと」

張りきる章弘に、真由は困った笑みを見せる。

「そんな、無理しすぎないでよ」

「大丈夫だって。俺なら全然我慢できるから。それより元気な赤ちゃん産んでもらわないとな！」

「まだ赤ちゃんって決まったわけじゃないんだから」

「そうだけど……絶対そうだよ！　俺はそう信じる」

真由は穏やかに微笑んだ。

章弘は両手を叩き、元気良く立ち上がった。

「早速食糧探さないとな！　今日は絶対魚獲ってくるから期待してて！」

「うん。頑張って」

「じゃあ、行ってくる！」

意気揚々と章弘は家を飛び出し、走って食糧探しに出かけた。

真由のお腹に赤ちゃんが。俺が父親に……。

体力なんてほとんどないはずなのに、力がみなぎってくる。自分でも不思議なくらいだった。

息を切らして立ち止まった章弘は、両手を上げ、喜びを身体全体で表した。いつまでたっても興奮は冷めなかった。

今まで辛いことばかりだったが、本当に生きていて良かった。この島でこんな幸せが待っているなんて考えもしなかった。これからは自分の子供のためにも、一生懸命頑張らなければならない。

責任は大きいが、章弘は新たな目標に胸を弾ませる。表情を輝かせながら、再び走り出したのだった……。

＊

猛然と街を駆け抜ける章弘は、息を荒らげながら後ろを振り返る。何とか逃げきっただろうか。誰も追ってくる様子はない。それに、こんな街中で逃げているほうがよほど目立つ。事実、人々の目がこちらに向けられているではないか。

足を止めた章弘は、顔を伏せながらゼーゼーと息を吐き出す。体力が回復するまで、動くことができなかった。

ようやく落ち着くことのできた章弘は、周りの目を気にしながら人込みの中を歩いていく。気がかりなのは、先ほどの妊婦だ。

あれから何事もなく、無事救急車で運ばれただろうか。それなら良いのだが……。元気な赤ん坊を産んでほしい。章弘は切にそう願う。

そのとき、章弘の脳裏に真由の姿がよぎった。

急に悲しさがこみ上げ、章弘は目頭を押さえる。

あのころ、どうして自分たちだけが辛い目に遭わなければならなかったのだろう。死よりも悲惨で、残酷なことの連続だった……。

ふと、章弘は大型電器ショップの前で足を止めた。

また、自分が犯した事件のニュースが流れている。

『一昨日の午後六時ごろ、東京都葛飾区の路上で、石本達二さん・四一歳がナイフのようなもので刺され死亡した事件で、石本さんを刺したと思われる同じ職場で働く広瀬章弘容疑者・三八歳を追っていますが、広瀬容疑者はいまだ逃走している模様です……』

画面がパッと切り替わり、石本の写真が映し出される。

その瞬間、章弘は石本の顔を鬼のような目でにらみつける。

殺してもなお怒りはおさまらない。

これ以上、石本の顔を見ていると、自分がどうにかなってしまいそうなので、章弘はその場から去った。

「……石本」

あいつがいなければ、自分たちはあそこまで苦しい思いをしなくてすんだんだ。

あんな奴、死んで当たり前なんだ。

記憶が、また巻き戻されていく。

章弘は先ほど思い出していたあのころの続きに、舞い戻っていった……。

2

真由が妊娠しているかもしれないと気がついてから、約一ヶ月が経過していた。

早いもので、もうじき一〇月に突入しようとしている。長く続いた暑さは徐々にやわらぎ、島には秋の気配が訪れていた。風景もすっかり秋色に染まっている。あれほど深い緑に包まれていた森も、ちらほらと紅色が目立ち始めた。

肝心の真由はというと、お腹の中の赤ん坊が順調に育っているのか、いまだ妊娠しているという確信を持てないままだが、吐き気以外は特別体調を崩すことなく、日々の生活を送っていた。

それもこれも、全て章弘の頑張りのおかげと言っても過言ではなかった。

心臓が悪いうえに、身重の真由には無理はさせられないと、食糧探しはもちろん、平屋の掃除や洗濯も全て章弘がこなしていた。

むろん、今でも苦労しているのが食糧探しだ。

夏のころはよく採れていた果実はほとんど消え、動物も頻繁には現れない。魚も、以前より数が減ったように思える。

現在、章弘たちが主食としているのは木の実や小魚といったところか。ご馳走はやはりイノシシだ。あれからもう一度イノシシを発見したときも、銃でしとめた。といっても、残っている弾はあと一発。大事に使わなければならない。

銃やナイフを使って罪のない動物を殺してはいるが、そのおかげで二人は何とか生き延びている。特に章弘は、真由やお腹の子供のためにと、死にものぐるいだった……。


一〇月一日。この日も章弘は家のことを終え、食糧探しに出かけていた。

いつもの森を歩く章弘は、ヨロヨロと杖に頼りながら川を目指す。家を出るまでは元気を装っていたのだが、出たとたん、この日は急に力が抜けてしまった。

それもそのはずだった。実はこの一週間、章弘は一切食べ物を口にしていない。喉《のど》に通したのは唾液と水だけだ。真由には食べていると見せかけて、自分のぶんも彼女に食べさせていたのだ。

それはもちろん、彼女と生まれてくる赤ん坊のためだ。赤ん坊がいると思うから頑張れる。気も確かでいられる。日本のこの制度も、残りの日数も……そう、嫌なこと全て忘れられる。

しかしさすがに、一週間も絶食状態が続くと、精神の力だけではカバーしきれなくなった。身体が限界を訴えていた。少しでも口にしなければ自分のほうが先に倒れてしまう。それだけは決して許されなかった。

今日は何とか魚や動物を持ち帰りたい。そう願う章弘は、ふと足を止めた。次の瞬間、章弘は無意識のうちに手にした杖を掲げていた。そして、一歩二歩と静かに〝それ〟に歩み寄る。

一メートルほどの茶色い蛇だ。人間の気配に気づき、蛇は舌をチロチロと出しながらこちらをジーッとにらんでいる。章弘も一瞬たりとも目を離さず近づいていく。

そのときだ。章弘の殺意を感じたのか、蛇が背を向けて逃げ出した。と同時に章弘は走り出す。そして、森の陰に隠れようとする蛇の身体を思いきり杖で叩きつけた。すると、蛇はクネクネと暴れ、だんだんと弱っていく。

しかしそのまま死ぬかと思いきや、こちらに攻撃をしかけてきたのだ。

とっさに反応しきれなかった章弘は膝を嚙まれるが、服が防御してくれたおかげであまり痛みは感じなかった。

「クソ蛇が！」

そう言いながら、章弘は蛇の頭がくっついている膝を、地面に思いきり叩きつけた。

グシャリと嫌な感触が伝わるが、今の章弘はそんなのは気にならず、満足感でいっぱいだった。蛇の死体を手に取った章弘は、この先にある川を目指した。

今日は幸先《さいさき》が良い。もしかしたら大量の魚を獲ることができるかもしれない……。

しかし、川に到着したとたん、章弘は再びビクリと足を止めた。

川辺に、思わぬ人物がいたからだ。少し遠くてまだ確信は持てない。目をこらし観察した。

「……中井？」

かなり髪は伸びているし、ずいぶん痩《や》せこけてしまっているが、間違いない。中井だ。

食糧を持ってグループから逃げ出したあと、ずっと一人で行動していたのか？

表情に覇気はないし、何も食べていないのか、今にも倒れそうではないか。

木に隠れて様子を見る章弘は、中井に声をかけようとはしなかった。恨んでいるからではなく、彼とはもう関わりたくない。今の生活を邪魔されそうで嫌だった……。

水が欲しいのだろう。中井は足をふらつかせながら川に進んでいく。

章弘は思わず、

「あっ！」

と声を上げていた。水にたどり着く前に、中井が倒れてしまったからだ。

頭から倒れていった中井は、息はしているが動かない。それだけの体力が残っていないのかもしれない。

章弘は、しばらく木の陰で彼の様子を見守ったあと、川に背を向け、歩き出した。助ける気もない。そんな余裕などなかった。

しかし森を出たとたん、罪悪感と、自分への嫌悪感に襲われた。

いつから自分はこんな冷酷な人間になったのだ。確かに彼には裏切られた。が、一緒に住んだ仲ではないか……。

結局、それでも章弘は川には行かず、真由の待つ家に戻った。とにかく、真由とお腹の子供のために、これ以上危険を冒したくはなかったのだ……。

家に着くと、章弘はすぐに真由に心の動揺を読まれた。

「ねえ……何かあった？」

章弘は、真由に中井のことは話さなかった。

「別に何もないよ。それより見てよ、真由ちゃん。蛇を捕まえたんだ。早速食べようか」

中井のことより、今の章弘には蛇を食うほうが大事だった。

「それならいいんだけど……」

心配する真由に背を向け、章弘は逃げるようにして台所に行き、包丁で蛇の皮をはいでいく。

「ねえ、章弘？」

章弘は思わず、

「放っておいてくれよ」

と口にしてしまった。

「え？　何が？」

勘違いしている自分に気づき、章弘は必死に取りつくろう。

「いや……何でもない。どうしたの？」

優しく問いかけると、真由はお腹をさすりながらそばに寄ってきた。

「ねえ、本当に赤ちゃんいるよね？」

章弘は蛇をさばきながら答える。

「もちろんさ」

「ちゃんと、育ってくれているかな？」

「大丈夫。順調に育っているよ」

そう信じたい。

「だよね。安心した」

ホッとした表情を見せた真由は、部屋に戻っていく。その後ろ姿を見つめる章弘は、中井が倒れる瞬間を思い返していた。

これでいいんだ。他の人間を助ける余裕なんてない。俺は、今の生活を大事にしたい。毎日が苦しいが、何とかやっていけてるんだ。もう誰にも邪魔されたくはない……。

しかし、本当の苦難はこれからだった。

そして、思い出したくもない事件が二人を襲うことになる。それは、約一ヶ月後のことだった……。

3

冬は駆け足でやってきた。

気づけば一一月初旬。島には冷気が舞い降り、あれほど綺麗だった紅葉も全て散ってしまった。これから一気に厳しい寒さがやってくるだろう。夏の暑さより、冬の寒さのほうが地獄だ。食糧だって今以上に減る。すでに、崖っぷちに立たされているというのに……。

島に投棄され早八ヶ月。他人と争い、仲間に裏切られ、大切な人を失い、自分が死にそうになったりと、様々な出来事があった。しかしそのたびに何とか乗り越え、生き抜いてきた。

不安だらけの毎日だったが、いまだに生きている。新たな命を守るために……。

だが、章弘と真由は最大の危機を迎えていた。ここ三日間、二人は何も口にしていない。

章弘はそんな日々を頻繁に繰り返していたのでまだまだ耐えられるが、真由の身体が心配だった。

しかし章弘の心配とは裏腹に、川へ行っても森で動物を探しても、なかなか獲物が発見できない。木の実でさえ、入手が困難になっていた。

このままでは二人とも死ぬ……。

章弘は、極限状態に追い込まれていった。


この日、食糧探しの途中、章弘は男女二人ずつのグループに遭遇した。

四人とも二〇代前半か、それとも自分と同じ一〇代か。いずれにせよ若いのは確かだ。なのに、全員やつれきっている。二本の足だけでは身体を支えきれないのか、杖を持っている者もいる。

章弘の脳裏に、川のそばで倒れた中井が蘇《よみがえ》る。彼らも、中井に近い状態だ。

今度は小渕の言葉が耳に響いた。

『この島は地獄と化す……』

あのときは、争いがますます激化するという意味だととらえていた。しかし違った。小渕は、まさにこの光景を思い浮かべていたのだ。

食糧が尽き、一人、また一人と飢え死にする。結局、島には誰一人として……。

嫌な光景をかき消した章弘は、無意識のうちに四人の元に歩み寄っていた。もうすでに、争い、奪う気力はなくなっている。突然のことに困惑する四人に、章弘はいきなり土下座し、訴えた。

「お願いします。少しでも……少しでも食糧があるなら、僕に分けてもらえませんか」

四人のうちの誰かが、呆れるように溜息を洩らした。それでも、章弘は頼み続けた。

「お願いします。僕と一緒に住んでいる子が妊娠しているんです。食べさせてやらないといけないんです。だから、どうか……」

地面に頭をこすりつける章弘に、頭を金色に染めた女の子が弱々しく言った。

「あんただって、私たちの姿見りゃ分かるだろ？　自分たちのぶんもないってのに、他人を助ける余裕なんてないよ」

「他行ってくれ、他。俺たちに頼んだって無駄だぜ」

と男が冷たく突き放す。

「そこをなんとか！　砂糖とか、塩とか、ちょっとした物もないですか」

話の通じない章弘に四人は呆れ、何も言わずに去っていった。

呆然と四人の後ろ姿を見つめる章弘は、フラフラになりながら立ち上がり、彼らとは違う方向を歩き出した。

この日は、その後も二つのグループと出会ったが、そのたびに章弘は頭を下げた。しかし、返ってくる答えはどちらも同じ。二つ目のグループには怒鳴られ、押し飛ばされてしまった。手に擦り傷を負ってしまった章弘は、ボーッと赤い血を眺める。

地面に垂れる血がもったいなくて、章弘は傷口を舐めた。味のついたものを口にするのは久々だ。しかし力などは湧いてこない……。

ハッと我に返った章弘は、傷の痛みを感じた。自分は今何をしていたのか。空腹によって脳が徐々に壊れていくような気がして恐くなった。

結局、この日も食糧を見つけることはできず、平屋に着いたのは、すっかり暗くなった午後七時だった。

「……ただいま」

薄暗い部屋に入ると、こちらをにらむ真由の姿があった。にらむといっても、瞳は虚ろだ。

「心配するじゃない。陽が沈む前には帰ってくる約束でしょ」

章弘は畳に座りながら、

「……ゴメン」

とつぶやく。その声色に、真由も気を落とす。

「やっぱり、今日もダメだったんだ」

「……ああ」

力のない返事をすると、真由はお腹を大事そうにさすった。

それを見て、章弘は少し元気を取り戻し、彼女に寄り添う。そして、真由の手を優しく握った。

地獄のような生活が続いているが、彼女のお腹を見るだけで、明日への希望が湧いてくる。

ずっと、妊娠しているという確信は持てないままだったが、二人の思ったとおり、彼女のお腹には赤ん坊がいた。

妊娠四ヶ月。真由のお腹が、少し膨らみだしてきたのだ。と同時に、ツワリもおさまった。安定期に入っているのかもしれない。

だが、考えたくもないが、このまま食糧難が続けば流産してしまうかもしれない。だから余計、章弘は焦っていたのだ。

「ねえ、章弘」

「うん？」

「あと、どのくらいで生まれるのかな」

「今、四ヶ月目だから……あと六ヶ月くらいだろ」

「そっか。楽しみだね」

彼女の声に不安はない。いや、装っているだけか。それとも、自分を信頼してくれているのか。

「男の子かな。女の子かな」

章弘は苦笑いする。

「そんなの、今はわからないよ」

「だよね。でもそろそろ、名前決めないとね」

本当に自分の子供が生まれてくると思うと、今から緊張してしまう。

「……うん」

「じゃあ、二人の名前を使うってのはどう？」

「それ良いね」

真由はしばらく考えたあと、こう言った。

「男の子なら〝章由《あきよし》〟。女の子なら〝由子《よしこ》〟っていうのはどう？」

章弘は、ある疑問点に気づく。

「ってゆうか、女の子の場合、俺の名前使われてないじゃん」

少しムキになって言うと、真由はクスクスと笑った。

「だって仕方ないじゃん。そんなに不満なら……桜っていうのはどう？」

「サクラ？」

「そう。私が一番好きな花」

「そうなんだ。桜が一番好きなんだ」

「綺麗でしょ？　だから」

「……そっか」

そこでいったん会話が止まると、真由は空いている手を章弘の手に重ねた。そして静かに口を開いた。

「章弘」

「何？」

「この子……大事に大事に育てようね。この子だけは、私と同じような人生を歩んでほしくない。絶対に、苦しませたくないの」

親に棄てられ、施設で育った過去を思い出しているに違いなかった。

「もちろんさ」

「あなたのような人が父親で、本当に良かった」

その言葉が嬉しくて、章弘は真由を力いっぱい抱きしめた。くっついていると心が落ち着く。

疲れていた二人は、そのまま深い眠りに就いた。忍び寄る影に気づくことなく。二人は、安心しきっていた……。


章弘は、ハッと目を覚ました。

今、何か物音がしなかったか？　それとも気のせいか。

時刻は夜の一一時。

真由と抱き合ったまま眠っていた章弘は寒気を感じた。

毛布を取ろうとしたそのときだ。

章弘の耳が、かすかな音をとらえた。

やはり気のせいではない。

まさか、誰かいる……？

章弘の脳裏に、他のグループに襲われたときの映像が浮かぶ。

危険を感じた章弘は、慌てて真由を起こした。

「真由ちゃん！　真由ちゃん起きて！」

目をこすりながら起きた真由は、

「何？」

と寝惚けたような声を洩らす。

「誰かいるかもしれない」

そう口にした次の瞬間、章弘は部屋中を嗅《か》ぎ回った。

焦げ臭くないか？

気づいたときにはもう遅かった。玄関のほうから火が上がり出したのだ。

焦げ臭さの中に混じるガソリンの臭い。

火の勢いは一気に強まり、玄関は火の海と化した。玄関だけではない。火は部屋の中にまで広がってくる。燃え広がる炎を呆然と見つめる章弘は、真由の声で我に返った。

「章弘！　こっち！」

分かってはいるが、震えて動けない。

「で、でも、消さないと……」

「無理よ、もう！」

章弘は、真由に引きずられて畳部屋に戻る。そして二人は窓から外に飛び出した。

火は止まることなく、家中に広がっていく。

一切ケガはなかったが、少しでも気づくのが遅かったらどうなっていたことか……。

章弘は、ポツリとつぶやいた。

「どうして……こんな」

そのとき、近くから人の走る足音が聞こえてきた。ハッと振り返った章弘は、目をこらす。

暗くてよく見えないが、その男は足を引きずりながら逃げていく。

章弘の脳に、ある男の顔が浮かんだ。

まさか……。

「石本！」

犯人を確信した章弘は、一瞬にして我を失った。あの野郎、仕返しのつもりか！

章弘は目をむき、怒り狂いながら石本を追いかけていく。

殺す……ぶっ殺してやる！

「石本！」

逃げる石本に吠えた章弘は、腰から銃を取り出し、石本に向かって発砲した。

大空に、銃声が響く。

しかし、弾は石本に命中しなかった。もう一度引き金を引くが、カチリと音がするだけだった。

「待て、石本！」

「やめて、章弘！」

狂気に満ちている章弘は、真由の声で足を止めた。振り返ると、真由は静かに首を振った。

「どうして止めるんだ！　こんなことされて許せるのかよ！　下手したら死んでたんだぞ！それにあいつは、真由ちゃんの目まで奪ったんだぞ！」

頰《ほお》の傷だって、一生消えないだろう。なのにどうして真由は止める？　憎んでないのか、石本を。

「……どうして」

真由は辛そうに言った。

「どんなことがあっても、章弘にはもう争ってほしくない。人を傷つけてほしくない」

章弘は膝から崩れ落ち、焼けていく家を呆然と見つめる。

小渕との想い出が、走馬灯《そうまとう》のように蘇る。

長い時間、一緒に暮らした家が灰に変わっていく。

小渕の遺体だって、土に埋められたままだ。

命拾いしたのだ。

「クソ！」

拳から血が出るまで、章弘は地面に悔しさをぶつけた。

「俺は許さねえぞ。あいつは絶対に許さない！」

もし真由がいなければ、自分は石本を殺していただろう。石本は真由のおかげで、命拾いしたのだ。

「行こう、章弘」

悔しさに震える章弘は、真由の言葉にスッと顔を上げる。

「……どこに」

「分からない。でも、新しい住処《すみか》を探さないと」

真由の言うとおりだった。

外は寒い。誰も使っていない家を早く見つけなければならない。

「分かった。行こう」

立ち上がった章弘は、真由の身体を気づかいながら森のほうへ歩いていく。

一度立ち止まった章弘は、炎に包まれる家を振り返り、小渕に告げた。

「ゴメン、小渕さん……」

二人は、暗闇の中を歩いていったのだった……。

4

石本に家を燃やされ、住む場所を失った二人は、暗闇の中、使われていない家を探した。

しかし、二人が住めるような場所は一向に見つからなかった。焦りと不安ばかりが募るが、夜中の森は危険なので抜けることはできず、彼女の身体のことも考え、章弘と真由は大きな木の下で朝を迎えることになった。

真由は少し眠ったようだが、章弘は一睡もすることができなかった。朝の日射しを受け、真由がうっすらと目を開ける。

章弘は何より、彼女の身体が心配だった。

「真由ちゃん、どう？　体調悪くない？」

「うん……大丈夫」

体調は悪くないようだが、彼女はもう四日もろくなものを食べていない。

顔色はあまりよくないし、憔悴《しょうすい》している。このままでは赤ん坊は流産するかもしれないし、真由自身だって……。

かなり危険な状態だが、今の章弘にはどうすることもできない。石本への怒りと、焦りばかりが膨れ上がる。

「寒くはない？」

「少し寒いけど……我慢できる」

「そうか」

「章弘は大丈夫なの？　まだ動ける？」

正直苦しいし、もう歩きたくはない。中井のように倒れる寸前だろう。だが、章弘は決して弱音を吐かなかった。諦めることは絶対に許されなかった。

「俺は全然……余裕だよ」

とは言うが、さすがに声に力は入らない。気を保つので精いっぱいだった。

「とりあえず、ここにずっといても仕方ない。森を抜けよう。その先に家があると思う」

「そうね」

章弘と真由は立ち上がり、手をつないで森のほうに歩いていった……。

休憩を挟みながら森を抜けた二人は、いつもの川で喉を潤した。が、むろん水だけでは空腹は満たされない。一刻も早く、彼女に食べ物を与えなくては……。

「行こうか」

焦る気持ちを抑えきれない章弘は、早々に立ち上がった。章弘は再び真由の手を取り、川沿いを歩いていく。足が痛くても、めまいが襲ってきても、それでも必死に歩き続けた。

しかし、今の二人の運気はどこまでも最悪だった。

急に雲行きが怪しくなったと思うと、空からポツポツと冷たい雨が降り出してきたのだ。

最初はどうってことのない、しのげる程度の雨だったが、徐々に本降りへと変わっていく。

それだけではない。気温はグンと下がり、寒さも襲いかかってきたのだ。

天までも自分たちを見放すのか……。

なぜ、こんなにも苦しまなければならないのだ。

仲間を傷つけ、見放した天罰だろうか。

〝死ね〟と、どこからか聞こえてきたような気がした……。

雨に濡れる真由の肩を抱きながら、章弘は歩調を早める。しかし、どこにも家は見つからない。雨は強くなる一方だ。遠くから雷の音も聞こえてきた。心臓にまで響いてくるその音に、二人は身を縮める。

「真由ちゃん、もう少し頑張って」

真由の口から白い息が洩れる。寒さのせいで身体はガタガタと震えている。体力だって限界だろう。早く雨宿りできる場所を見つけなければならないのに、身を隠せる場所が全然ないのだ。

「もう少しだ……もう少し」

ズブ濡れになりながらしばらく歩いた二人は、ようやく鉱山跡にたどり着くことができた。数十年前には使われなくなったと思われるコンクリートの建物は妙に不気味で、所々が崩れ落ちているが、雨宿りくらいはできそうだ。

「真由ちゃん。あそこで休もう」

彼女はもう声を出すこともできないようだった。ただ、震えながら小さくうなずいた。

章弘は真由の身体を強く抱きしめながら建物に入った。

中はひどい荒れようで、石やがらくたばかりで足場が悪い。コケが生えているため滑りやすく、章弘は足元に注意しながら先を進み、ちょうど二人が座れる木の板に腰を下ろした。

「大丈夫？　真由ちゃん」

雨に濡れた身体は冷えきっている。しかしどこにも身体を拭《ふ》くものがない。早く暖かい場所に移動させてやりたいのだが……。

章弘はただ、抱きしめてやることしかできなかった。

「ゴメン。こんな辛い思いをさせて」

声が届いていないのか、それとも返す力がないのか、真由はお腹に手を当て、心配そうに見つめている。

「大丈夫。赤ん坊は絶対に死なせないから」

だが正直、章弘は自信がなくなっていた。食糧も、住む場所もないのだ。子供のことは諦めなければならないかもしれない。覚悟が必要だった。何より大事なのは、真由の命なのだから……。

「とりあえず、雨が止《や》むのを待とう」

だが、雨が止む様子はない。願えば願うほど、雨は強くなっていった……。


案の定、一時間以上が経過しても雨は上がるどころか、弱まりもしない。一日中降るような、そんな気配だ。

あれから、二人は一切会話を交わすことなく、ただ寄り添っているだけだった。真由は疲れ果てたように、ただ一点を見つめている。

濡れた服が中途半端に乾いているため、余計寒さを感じる。自分も真由も、熱が出なければいいが……。

それにしても腹が減った。

本当に何でもいいから、口にできるものはないだろうか。立ち上がった章弘はあたりを見渡すが、当然食えるものなんてどこにもない。

そのとき、章弘の目に、ある箇所が飛び込んできた。少し離れた場所に、火をおこした跡がある。それ以外は誰かが生活しているような気配はないが……。

前に誰かがここを使っていたのだろう。いや、もしかしたら今も……。

妙な胸騒ぎを感じた章弘は、ハッと後ろを振り返った。

雨を強く弾く音。人間の走る足音だ。

しかも、こちらに近づいてくる。

それに気づいた瞬間、章弘は慌てて真由の座っている所に戻り、彼女の耳元で囁《ささや》く。

「真由ちゃん……誰か来る！」

真由はその言葉で我に返ったようにビクリと立ち上がり、過剰反応を見せた。

「誰よ……もう嫌！」

昨夜の惨事がフラッシュ・バックしているようだった。

逃げるか、それともどこかに身を隠すか。

動こうとしたがもう遅かった。建物に、人影が現れたのだ。相手もこちらに気づき、動きが止まる。

両者向き合ったまま、ピクリとも動かない。影から、大量の水がポタポタと落ちる。

相手は背が小さく、髪が長い。

女性だろうか？　きっとそうだ。しかし、今の二人は女性にすら恐怖心を抱いていた。島にいる人間が、全て敵に見えてしまう。

「行こう、真由ちゃん」

何もしなければ危害は加えてこないだろうと、章弘と真由は相手に背中を向けた。そのときだ。

「待って！」

その声に二人は硬直する。

女性ならそのまま無視して去ることができたかもしれないが、相手は男だった。

殺されるかもしれない……。

危機を感じた次の瞬間、思わぬ言葉をかけられた。

「もしかして……章弘くん？　真由ちゃん？」

自分たちの名を呼ばれ一瞬混乱したが、この島で二人の名前を知っているのは、グループのメンバー。

この声は、まさか……。

章弘はハッと振り返る。

「光彦……？」

そう返すと、懐かしい顔が瞳に映った。

「やっぱり！　章弘くん。真由ちゃん」

影から現れたのは、本木光彦だった。光彦だと分かり、緊張から解放される。

何ヶ月ぶりの再会だろうか。章弘は彼の姿にホッとし、嬉しく思った。少し痩せたのと、髪が伸びた以外、彼はあまり変わってはいなかった。

もう二度と会うことはないと思っていたが、まさかこんな所で会えるなんて……。

本木も同じように思っているのだろう。嬉しそうな表情を浮かべている。

「良かった……二人に会えて」

本木も警戒心を解き、こちらに歩み寄ってくる。しかし、二人はグッタリと膝をついてしまった。

「二人とも！　大丈夫？」

章弘は弱々しく首を横に振った。

「何も食べてないんだ。ずっと」

本木は心配そうな顔で二人のそばに屈む。そのとき、彼の目に真由の眼帯が映ったようだ。

本木は言いづらそうに、口を開いた。

「そうか……あのときの」

真由は辛そうにうなずいた。

「でも……良かった。二人がまだ生きていてくれて。ずっと心配してたんだよ」

本木をよく見ると、当初着ていた服とは違う。それに、自分らとは違ってかなり元気に見えるが……。

「光彦？　ここで生活してるわけじゃないよな？」

「違うよ。食糧を探しててさ、雨が降ってきたから、雨宿りしようとここに来ただけ。今は違うグループに入れてもらって生活してる。三人だけだけどね。ここから歩いて一〇分くらいのところに住んでるんだ」

「そうか……」

この様子を見ると、本木はうまくやっているようだ。

「あのとき、僕も石本さんたちから逃げてね」

章弘は石本の名前に怒りを露《あら》わにする。

「そのほうがいいよ。あんな奴といたら、お前殺されてたぞ」

「でも、章弘くん？　あの銃……」

その先は言いづらいのか、本木は話題を変えた。

「章弘くんたちは、あれからどうしてたの？　ずっと二人で？」

「いや、ある人と一緒だった」

「ある人？」

「六〇過ぎぐらいの男の人さ。真由ちゃんの目の手当てをしてくれてね。それがきっかけで、ずっと一緒に住んでた」

「……その人は？」

章弘は残念そうに首を振った。

「死んだよ。病気でね」

「そう……で、なんでこんな所に？」

章弘は、昨日の出来事を全て話した。本木は驚きを隠せないようだった。

「石本さんが……そうだったのか」

「あいつは絶対に許さねえ。次見つけたら……」

隣にいる真由を気にし、章弘は口を噤《つぐ》んだ。

そのとき、本木は真由のお腹にようやく気づいたようだ。

「ねえ、それより真由ちゃん……もしかして」

章弘は深刻な表情を浮かべてうなずいた。

「ああ、子供がいる」

「本当に？　嘘じゃないよね？」

「嘘じゃないさ。でも……ずっと何も食べてないいんだ。このままじゃ」

他人に頼ることができなかったので、章弘はずっと気を強く保ってきたが、本木に話した瞬間、緊張の糸がプツリと切れ、涙が溢《あふ》れてきた。

「今……何ヶ月なの？」

「四ヶ月くらいだ」

それを聞いた本木はしばらく考えたあと、こう言ったのだ。

「章弘くん、真由ちゃん。僕に任せて」

「え？　どういうことだよ」

「とにかく、ここにいて。しばらくしたら戻ってくるから。いいね？」

雨が強いので、どちらにせよ動けない状態だ。

「分かった」

了解すると、本木は駆け足で建物を出ていった。彼の後ろ姿を見送ったあと、章弘と真由はグッタリと頭を寄せ合った。今の二人は、本木の帰りを待つしかなかった……。

一時間後、本木は三つの傘と、二枚のバスタオル、二枚の毛布、そして、プラスチックの青いザルを手に戻ってきた。

「ゴメン、遅くなって。これで身体拭いて」

バスタオルを渡された二人は、濡れた髪と洋服の水気を取る。

章弘はその間、青いザルをボーッと見つめていた。

「光彦……それ、何だ？」

力なく問うと、光彦はザルの中を見せてきた。そこには、大量の茹《ゆ》でたモヤシと、二つのミニ大根、そして何の肉かは分からないが、少量の干し肉が入っていた。

「これ……」

「十分とは言えないけど、二人のために持ってきた。グループの食糧なんだけど……僕の三日ぶん。そう、前借りってやつかな」

自分の言ったことに苦笑いするほど余裕の本木とは対照的に、二人は何かに取り憑かれたように食べ物を見つめる。章弘は今にもヨダレが垂れそうだった。

「こんなに……」

「モヤシと大根は自分たちで育ててるんだ。特にモヤシは大豆があるから無限だよ。前に、グループの誰かが実践してたろ？　それを憶《おぼ》えていてさ。大豆があってラッキーだったよ。

あと、この干し肉はシカのものだよ。おいしいから食べて」

本木からザルを受け取った章弘は、すぐに手をつけるのではなく、ありがたそうにしばらく食糧を見つめていた。

「さあ、ほら食べて」

本木のその言葉に深くうなずき、まずは真由に食べさせた。真由は大事そうにモヤシや大根を噛みしめる。それを見て、章弘も遠慮なく口にする。特にモヤシはかなりの量があったので、存分に食べることができた。

アッという間にザルにはシカの干し肉だけとなり、それも二人は無心にかぶりついた。

こんなにもたくさん食べられたのは本当に久々のことだった。本木のおかげで力もみなぎり、生き返ることができた。真由も、元気を取り戻したようだ。

「ありがとう、本木くん」

真由のその声を聞き、本木は心底安堵したようだ。

「良かったね、真由ちゃん」

「光彦、本当にありがとな。お前に会わなかったら、きっと俺たち……」

「お礼なんていいよ。仲間じゃないか」

「でも、俺たちが食べたのは光彦のぶんなんだろ？　それじゃあお前が」

「僕のことは心配しないで。全然大丈夫」

光彦の優しさが心に染み渡り、章弘はまた涙をこぼしそうになった。

「ありがとう」

光彦は笑みを浮かべたあと、真剣な顔つきである提案をしてきた。

「ねえ、二人とも？」

「何だ？」

「もし良かったら、僕たちのグループに来ないか？　他の二人も了解してくれたんだ。皆で食糧を探したほうが効率が良いと思うし、それに、真由ちゃんのお腹には赤ん坊がいるんだから、あまり無理できないと思うんだけど」

その提案を聞き、二人は深刻そうな表情を浮かべた。

「どうしたの？」

章弘はうつむきながら本木に言った。

「ゴメン、光彦。お前にはすごい感謝してる。一緒に住んでいるその二人にもありがたい気持ちでいっぱいだよ。でも、俺たちは二人でやってくよ。正直、お前は別として、他人を信じられないんだ。また、トラブルが起こるような気がして、恐いんだ」

「でも、二人は……」

章弘は本木の言葉を遮った。

「分かってくれ」

好意を拒否され、本木は自分たちの元から去るだろうと思っていた。が、本木はそれでも二人を見放すことはしなかった。

「そっか。仕方ないよね。悪いのは、章弘くんたちじゃないから気にしないで」

「ゴメンな」

「なら、僕が住んでいる所からちょっと離れた場所に、誰も使っていない家があるから、そこに住まないか？　そこにいてくれれば、僕も二人を助けることができるし。それならいいだろ？」

ずっと人の温かさに触れていなかった章弘は、そこまで自分たちのことを思ってくれているのかと胸が熱くなり、とうとう涙をこぼしてしまった。

「ありがとう。そうするよ」

「や、やだな。泣かないでよ。これからは、僕も赤ん坊のために頑張るからさ」

真由も涙声で礼を言った。

「本木くん、本当にありがとう」

本木は照れを隠すようにサッと立ち上がり、

「早速行こう。ここは寒いからさ」

と言って傘を渡してくれた。

「悪いな。助けてもらってばっかりで」

「気にしないで。困ったときはお互い様だろ」

建物から出た章弘と真由は、土砂降りの中、本木の案内に従った……。


三人は、島の北側に一直線に歩いていく。あたりは枯草ばかりで、目立った建物はまだ見えてこない。道は舗装されているとはいえ砂利が多く、靴の裏がすり減っていて破れる寸前なので、踏むたびに痛みが走る。それでも懸命に歩き続けた。

途中、道が左右に分かれている場所があったが、本木は左に足を進めた。右に行くと、どうやら本木の住んでいる家があるらしい。

「あともう少しだから頑張って」

歩き始めて早一五分。章弘も真由も少し疲れた表情を見せるが、弱音は吐かなかった。久しぶりに食べ物にありついたおかげで、気力が湧いてくるのだ。

ふと、本木が前方を指さした。

「あそこに車が乗り捨てられてるだろ？　あの車を越えればすぐだから」

一〇〇メートルほど先の草むらに停まっている白い軽自動車。錆《さび》がひどく、フロントガラスは粉々に割れ、運転席側の扉も取れかかっている。きっと、キーを挿しこんでもエンジンはかからないだろう。

　車があれば、どれだけ楽か。

　そんなことを考えながら、三人は白い軽自動車を越し、さらに一直線に歩いていく。するとようやく、一軒の小さな家が見えてきた。

　屋根の瓦は所々が砕けており、窓ガラスも割れているが、住めないことはない。寝られるスペースがあれば十分だ。

「ちょっとボロいけど、あそこでいいよね？」

「ああ。全然大丈夫」

　そう言うと、本木は一足先に玄関のほうへ行き、扉を開けてくれた。

「さあ二人とも」

　章弘と真由は少し歩調を早めた。

「なんかすごい汚いけど、大丈夫かな」

　土間には靴や傘が散乱していて足場がほとんどないが、問題はない。

「こんなの普通だよ。ね？　真由ちゃん」

「そうね」

三人は靴を脱ぎ、今にも崩れ落ちそうな床を歩き、八畳ほどの畳の部屋に入った。穴だらけの襖《ふすま》は部屋の中に倒れており、壁紙もボロボロだ。それだけではない。タンスはカビだらけだし、天井も蜘蛛《くも》の巣でいっぱいだ。あまり条件は良くないが、外にいるよりはマシであった。

「ちょっと汚いけど、綺麗にしていこう。そうすれば、普通に住めると思うから」

「ありがとう光彦……本当にありがとな」

章弘は本木に感謝の気持ちでいっぱいだった。と同時に、心の底からホッとしていた。裏を返せば、緊張の糸が切れたのだろう。

心労からか、雨に打たれたせいか、それとも空腹が続き身体をおかしくしたのか、章弘は急にめまいに襲われ、その場にフラリと崩れ落ちてしまった。

「章弘くん！」

「章弘！」

二人に身体を起こされるが、反応できない。

「大変！　すごい熱！」

憶えているのはそこまで。章弘はそのまま、意識を失ってしまった……。

5

眠っている間、恐い夢を見た。

どこかは明確には分からないが、草ばかりが生えている場所なので、きっと島の中だろう。そこで真由と本木が悲しそうに土を掘り、その穴に自分の遺体を埋めていくのだ。足、胴体、首が隠れていき、最後に顔に土をかぶされた瞬間、急に苦しくなり、章弘は大声を上げた。

「やめろ！」

章弘は布団をはぎ、跳び上がるようにして目を覚ました。

よほどうなされていたのか、秋にもかかわらず、身体中が寝汗でベットリだった。

「章弘……大丈夫？」

部屋には一本のロウソクが灯っており、すぐそばに真由と本木が座っていた。

「ずっと目を覚まさないから心配したんだよ」

と言って、本木はホッとした笑みを見せた。

「俺……」

そうか。ここに着いたとたん、気を失って……。

いったいどれだけ眠っていたのか。あれだけ降っていた雨は止み、ガラスのない窓からヒューヒューと冷たい風が入り込んでいる。

部屋が多少片づいているのは、本木が手伝ってくれたおかげだろう。

「今……何時？」

そうつぶやいた章弘は、自分の腕時計を確かめた。時計の針は夜中の〇時半を指している。

日付は、一一月一五日。変わったばかりとはいえ、本木と再会したのは一三日だった。ということは、一日以上眠っていたということか。

「二人ともゴメン……迷惑かけて」

真由は首を横に振り、そっと手を握ってくれた。

「今までずっと頑張ってくれていたんだもん。仕方ないよ。気にしないで」

「そうだよ。これからは僕も協力するから、何でも言ってよ」

「ありがとう、光彦」

「だから、礼なんていいって。仲間なんだからさ」

「それより章弘、まだ眠ってないと。熱だって下がっていないんだから」

「……ああ」

彼女の言うように、まだかなりの熱があるようだ。頭はクラクラするし、身体も怠い。少ししゃべっただけで息苦しい。

章弘は真由の言うとおり横になった。

「章弘くんは安心して眠っててていいから。体調が良くなるまで、僕が食糧探しとか全てやるからさ。お腹にいる赤ん坊のためにも頑張らないとね」

「……悪いな」

弱々しく言葉を返した章弘は、静かに目を閉じた。あれだけ眠っていたというのに、章弘はすぐに深い眠りに吸い込まれていった……。

翌日から、本木は章弘たちとお腹の赤ん坊のために、食糧探しや水の確保、そして家の修理まで、グループでの仕事もあるというのに、雨の日も、寒い日も、懸命になって動いてくれた。

章弘が病から回復したあとも、本木は毎日のように助けに来てくれた。食糧が確保できなかった日は、グループから自分のぶんを持ってきて真由に与えてくれたり、生活に必要な道具を揃えてくれた。そのため、本木への負担はかなり大きかったはずだが、彼は決して二人には辛い様子は見せず、いつも笑顔でいてくれた。

そんな彼が助けてくれたおかげで、章弘は何とか生きられたし、勇気を取り戻した。

一時は流産してしまうのではないかと心配した真由のお腹も、順調に大きくなっていった。冬の寒さがもうじき訪れようとしているが、三人で力を合わせれば元気な赤ん坊が生まれてくると、章弘は確信していた。

出産まで、五ヶ月くらいか。

まだまだ油断はできないが、刻一刻とそのときは迫っている。こんな環境で赤ん坊がお腹の中で育ち、生まれてくるなんて奇跡なのかもしれないが、その奇跡が、起ころうとしていた……。

＊

人目を避け、この日もどれだけ歩いたか。

昨日と同じく、コンビニでおにぎりとサンドイッチを万引きした章弘は、大通りに面したベンチに座って、夢中になって食らいついた。

二〇年がたっても思う。米のありがたさを。あのころは本当に地獄だった。盗んだとは言え、今は周りに食べ物が溢れているが、島にいたときは毎日が死と隣り合わせだったのだから。もし、本木と再会していなかったら、自分はここにはいない。島で飢え死にしていただろう……。

章弘はふと、遠くから視線を感じた。道路を挟んだ向かい側のベンチに、若い母親と三歳くらいの男の子が座っているのだが、その男の子がこちらを不思議そうに見ているのだ。格好が黒ずくめだからか、それともテレビで観た顔だからか。たとえ後者だとしても、逃げる気はないが。

その視線に最初、章弘は少し戸惑っていたが、男の子を見ているうちに、自然と笑みがこぼれていた。すると、男の子も微笑み返してくれた。それがとても嬉しかった。

心から笑ったのはいつからだろう。久々な気がする。

子供の無垢《むく》な瞳、そして純粋な笑顔を見ていた章弘の脳裏に、〝あの日〟の悲惨な出来事がよぎる。

そのとたん、子供を見ているのが辛くなり、章弘はベンチから立ち上がった。章弘は子供に背を向けて歩いていく。一度も振り返ることはなかった。

またしても、昔の記憶が脳裏に蘇る。真由の出産を四ヶ月後に控《ひか》えたあのころ、自分は島の生活で一番の苦しみに耐えていた……。

6

腕時計は一二月二四日と表示していた。この日はクリスマス・イブ。なのに、章弘は地獄の底に立たされていた……。

本木と再会して一ヶ月以上が過ぎた。彼は相変わらず、全ての面で自分たちを助けてくれている。しかし、二人が毎日食えるだけの食糧を届けるのは本木にも不可能で、彼が持ってきてくれた食べ物は全て真由に食べさせていた。章弘も毎日、食糧調達に出かけてはいるのだが、季節は冬のまっただ中だ。動物の量は減り、魚の数も激減。植物も、調達困難になっていた……。

この日も食糧探しに出かけていた章弘に、容赦なく冷たい風が吹きつける。本木が用意してくれたセーターやコートをいくつも着ているのに、それでも凍えそうな寒さだ。

今にも雪が降ってくるのではないか。

そんな悪い予感だけはいつも的中する。章弘の思ったとおり、薄暗い雲から白い雪が舞い降りてきた。

神はどこまで自分を追いつめる気なのだろう。章弘はすぐにその考えを否定した。

「……神なんているもんか」

とつぶやいたその瞬間、全身から急に力が抜け、章弘はガクリと膝から落ち、上半身を支えることができず、そのまま地面に突っ伏した。

倒れるのも当たり前だ。真由に全ての食糧を与えていたため、章弘は五日間も食べていない。苦しすぎる毎日だった。

倒れたままの章弘に、フワフワと粉雪が落ちる。大空に白く輝く雪を見ていると、幻聴が聞こえてきた。

鈴の音だ。そうか、今日はクリスマス・イブ。

街は今ごろ、大いに賑わっていることだろう。人々は幸せな気分に浸っているに違いない。

自分も昔は、クリスマスを待ち遠しく思っていた。ケーキが食べられるし、プレゼントだってもらえる。厳しい両親も、誕生日とクリスマスだけは優しかったような気がする。

過去を思い出した章弘は、バカにするように鼻でフッと笑った。

「何がクリスマスだ……」

いまだ起き上がれない章弘は、力の抜けきった目で、近くに生えている枯草をボーッと見つめる。

ご馳走がそこにある。幻覚を見る章弘は立ち上がり、何かに取り憑かれたように草に向かい、ためらいもなく口にした。

「……うまい」

と洩らした章弘は、夢中になって枯草を頬張った。それでも足らず、次々と草をむしっていく。完全に頭がどうかしてしまっていた。

「章弘くん！」

自分の名を忘れるくらい、章弘は朦朧《もうろう》としていた。

「何やってんだよ！」

本木に身体を押さえられて、ようやく章弘はハッとなった。その瞬間口の中に苦味が広がる。枯草を全て吐き出した章弘は、自分の手にある枯草を見て、知らず知らずのうちに食べていたことに気づき恐ろしくなった。

「こんなの食べてたら身体壊すよ」

章弘は放心状態のままうなずく。

「……ああ」

「ずっと捜してたんだ。真由ちゃんの所に戻ろう。さっきウサギを捕まえたんだ。三人で食べよう」

「ウサギ？」

章弘は目を輝かせた。

「そうだよ、章弘くん。元気が出るよ」

「ああ……悪いな」

「さあ行こう」

章弘は本木の肩を借りて、真由が待っている家に戻ったのだった……。

家に戻った章弘は部屋の壁に寄りかかったまま動くことができなかった。そばにいる真由のお腹を見つめても、力が湧いてこない。ここまで無気力になったのは初めてだった。

「大丈夫？　章弘」

当然、家にストーブはなく、室温は一〇度もないのではないか。部屋の中でも白い息が舞う。

真由に問いかけられても、かすかに首を動かすだけで声が出ない。心配をかけないよう心がけてきたが、限界だった。

間もなく、本木が台所から焼いたウサギの肉を持ってきた。

「食べようか」

肉を見た瞬間、章弘は生唾を呑み込み、畳を這《は》って本木に近づいていく。まるで犬のようだった。

肉の盛られた皿が真由の前に置かれたとたん、章弘は肉をワシ掴《づか》みにして、指ごと口の中に入れた。

「真由ちゃんも食べて」

本木に勧められて、ようやく真由も肉を口にする。それを見て、本木も食べ始める。まるで獣のように肉にむしゃぶりつく章弘に、二人はしばらく声をかけられなかった。

この日だけは、真由のことすら視界には入らなかった。一人でほとんどの肉を食べた章弘は、皿に肉がなくなってようやく我に返った。

「ゴメン……俺。二人とも、全然食べてないよね？」

腹が満たされ、章弘はやっと冷静さを取り戻した。

「お腹いっぱいになった？」

ほとんど食べていないというのに、真由は優しく言葉をかけてくれた。

「すごい食いっぷりだったよ。ずっと食べてなかったんだもん。無理はないよ」

本木も責めてはこない。そんな二人に、章弘はただ頭を下げることしかできなかった。

「やめてよ、章弘。赤ちゃんのために、ずっと我慢してくれていたんだもん。私は大丈夫だから」

「そうだよ。我慢の限界だったんだよ。その証拠に……」

本木は真由を気にしてその先を言うのをやめた。

「何？　何かあったの？」

と心配そうに聞いてくる真由に本木は、

「ううん。何でもない」

と言って、話をごまかすように立ち上がった。

「じゃあ、そろそろ僕はグループのほうに戻るね」

「もう行っちゃうのか？」

寂しげに言う章弘に、本木は微笑んだ。

「もうそろそろ夜になるし、あっちでの仕事もあるからね。また明日来る。一緒に食糧探しに行こう」

章弘は玄関まで見送り、雪の中を歩いていく本木に礼を告げた。

明るさを装っているが、この一ヶ月で本木もずいぶんと痩せてしまった。自分たちの負担はかなり大きいのだろう。彼には本当に感謝している。彼がいなければお腹の赤ん坊を道連れに、二人ともとっくに死んでいたはずだから……。

本木の姿が見えなくなったところで章弘は部屋の中に戻り、毛布に包《くる》まっている真由の隣に座った。

「外は本当に寒いよ」

章弘が身を震わせながらそう言うと、真由は窓から空を眺める。

「せめて雪が止んでくれればね」

「真由ちゃん、寒くないか？」

「私は大丈夫」

「良かった」

章弘は、大きくなった真由のお腹に手を置いた。温かさが伝わってきて、お腹を触っているだけで心が安らぐ。

「ねえ、章弘」

「何？」

真由はお腹をさすりながら言った。

「もう少しだね……赤ちゃん」

あと三、四ヶ月といったところか。ここまでお互いによく頑張ってきたと思う。

「そうだね」

「私ね、島から出られたら、章弘と一緒にやりたいことがあるの」

胸を弾ませて言う真由に、章弘は嬉しそうに返す。

「何々？　どんなこと？」

「二人でお金を貯めて、お花屋さんを開きたいの。前からの夢だったから」

花屋か。そんなこと考えもしなかったが、真由と二人ならいいかもしれない。

「そのうち子供も大きくなっていくでしょ？　そしたら子供にも手伝ってもらってさ」

三人で仲良くやっている姿が頭に浮かぶ。夢が、どんどん大きく膨らんでいく。

「いいね。俺も今から楽しみだよ。でもその前に、元気な赤ちゃんを産んでもらわないとな」

「……そうね」

彼女がなぜ一瞬、不安そうな顔を浮かべたのか、章弘には理解できなかった。

「どうしたの？」

真由はしばらく考えたあと、ある心配を口にした。

「このごろ思うの。赤ちゃんが生まれてきても、すぐには島から出られないでしょ？　ちゃんと育てられるかなって」

確かにその不安はある。だが、ここまでお腹の中で育てることができたのだ。絶対に守る自信はある。

「大丈夫。真由ちゃんは余計な心配しないで、元気な赤ちゃんを産めばいい」

章弘の力強い言葉に真由はうなずいた。

「分かった」

そんな会話をしているうちに、空はまっ暗になっていた。章弘は台所からロウソクとライターを取って、部屋に明かりを灯した。

ちょうどそのときだった。突然、真由が驚いた声を発した。

「あ！」

何事かと振り向いたときロウソクが倒れ、火が消える。

「どうしたの！」

すると真由はお腹に手を当てて言った。

「今、動いた！」

「え！」

胸を躍らせる章弘は真由のお腹に手のひらをつけて確かめる。しばらくお腹の中は静かだったが、次の瞬間、お腹の中を蹴るような感触がした。

「本当だ！　すごい！　すごいよ！」

章弘は興奮のあまり声が裏返ってしまっていた。

「どんどん大きくなってるんだね」

章弘は目を輝かせる。

「そりゃそうさ。あと三、四ヶ月くらいで生まれてくるんだから！」

改めて新たな命の存在を実感した瞬間だった。すでに何度も動いてはいたが、こんなに元気なのは初めてだった。

しかし、喜んでいるのも束の間、章弘は胸騒ぎを感じた。

「どうしたの？」

章弘は人差し指を立てる。そして、耳を澄まして囁いた。

「誰かいないか？」

その言葉に、一瞬にして部屋が不穏な空気に変わる。真由も息を殺して耳を澄ます。

まさか、また石本がやってきたのではないか？

「ここにいて」

怯《おび》える真由にそう言って、章弘は玄関の扉を開けた。そのとたん、凍りつくような冷たい風が章弘に襲いかかる。一瞬にして麻痺するほどの寒さだ。

極寒に耐え、章弘はあたりをうかがう。

気のせいか、あたりには誰もいないようだった。ホッと息を吐いた章弘は部屋に戻り、真由に報告した。

「大丈夫。誰もいなかったよ」

「そう。良かった」

安心した二人は、再び寄り添ってお腹を触ったり、赤ん坊に声をかけたりと、楽しい一時を過ごした。しかし……。

外に出たとき、章弘は気づかなかった。二人が住む家をいくつもの眼光が取り巻いていたのを。

この日だけではない。毎夜のように、その光はこちらに向けられていた。

それに気づかないまま時は流れ、そしてとうとう、運命の日がやってきたのだった……。

極限

1

二〇一三年、三月二五日。

流刑地であるこの島に投棄され、一年以上がたった。この一年の間に様々な出来事がありすぎて、最初のころが遠い昔のように思える。

改めて感じるのは、この環境でよく生きてこられたということ。

きっと、国への怒りだけでは生きてはこられなかっただろう。今自分が生きているのは、小渕と、本木、それに真由とお腹にいる赤ん坊のおかげだ。特に新たな命の存在は大きく、たくさんの勇気をもらった。

その待ちに待った赤ん坊が、もうじき生まれようとしている。クリスマス以降も厳しい寒さと飢えに苦しみ、地獄のような毎日だったが、何とか乗り越えここまでやってきた。今も当然飢えは続いているし、まだまだ続くだろう。それに赤ん坊が生まれてきてからが本当の苦労の連続だろうが、もう少しの辛抱だ。あと数ヶ月もすれば、三人で島を出られるのだから。その前にまずは、真由に元気な赤ん坊を産んでもらわなくては……。

三月に入り、気温も少しずつ上昇し、過ごしやすい日々が続いていた。この気候なら、真由の負担も少しは軽くなるだろうと、章弘は安心していたのだ……。

しかし、どうしてこうも二人には、幾度となく壁が立ちふさがるのだろうか。

翌日の三月二六日。島の気候に異変が起きた。あれほど安定した気温が続いていたというのに、急に一月・二月のような寒波が島にやってきたのだ。島中に薄暗い雲がかかり、凍《い》てつくような寒さが流刑者に襲いかかる。

章弘と真由は家に閉じこもり、毛布に包《くる》まってひたすら寒さに耐えた。しかし、この異常気象は一日だけでは終わらなかった。三日目にはついに雪まで降り出したのだ。雪は一日中降り続け、アッという間に島はまっ白に変化した。家の中で毛布に包まっているというのに、身体中が芯まで冷えるほどの寒さだ。

章弘はただ願うしかなかった。再び寒さがやわらいだときに、真由の出産を迎えたいと。

だが、赤ん坊は待ってはくれなかったのだ……。

三月二九日。

異常気象で寒さが続くこの四日間、極度の緊張が続いていた。自分たちで計算した予定日まで、あと数日に迫っていたからだ。臨月は四月だが、もういつ生まれてもおかしくない状態だった。

気持ちが落ち着かず、早朝に目覚めた章弘は、まず外の様子を確認した。昨晩降り続いていた雪は止んではいるが、まだまだ寒さはおさまらない。手先の感覚は麻痺してくる。

手をこすりながら布団に戻った章弘は、真由と本木の寝顔をしばらく見つめる。

本木はこの一週間、何があってもいいように家にいてくれている。それが何より心強かった。章弘も真由も、当然初めての出産だ。もちろん本木も初めての経験だが、二人よりも三人のほうが、いざというとき、落ち着いて行動できるはずだ。

一方、当の真由は普通に眠っている。本当に出産を間近に控えているのかと思うくらいに。こういうとき、女のほうが肝が据わっているというが、そのとおりかもしれない。章弘は空腹を忘れるくらい緊張に満ちていた。結局、眠れないまま二人が起きるのを待つこととなった……。

この日、章弘の落ち着かない気持ちとは裏腹に、時間はゆっくり、静かに流れていった。そう感じるのは、真由の身体がまだ落ち着いているから、というのもあるが、章弘は妙に静か《ヽヽ》すぎるようにも思えて仕方なかった。

午後三時すぎ、腕時計を確認した本木はかぶっている毛布をはいで立ち上がった。彼は決まってこの時間に一度グループの元に戻り、自分のぶんの食糧を持ってきてくれる。とはいえ、このごろは少量のモヤシだけだが。

「じゃあ、行ってくるね」

章弘も立ち上がり、彼を玄関まで見送る。この寒いなか大変だが、本木にはもう少し力を借りようと思う。

部屋に戻った章弘は、毛布に包まって寒さに耐える真由に声をかけた。

「大丈夫？　毛布もう一枚かけようか？」

「……じゃあ、お願い」

顔色が極度に悪いのは本当に寒さが原因か？　唇にいたっては紫色に変色してしまっている。

章弘はそばに座って彼女の顔をさすって温めてやる。だが、一向に顔色は良くならない。

「体調が悪いんじゃない？」

と尋ねると、彼女は首を振った。

「そんなことないよ」

声は震えているが、我慢している様子もない。だとしたら……。

もしかしたら、これは何かの前兆か？

赤ん坊が、もうじき生まれようとしている？

だが、その気配もない。だとしたらこの胸騒ぎはなんだ……？

その後、章弘と真由は壁に寄りかかりながら、静かに言葉を交わした。この一週間、ずっと本木がいたから、二人でゆっくりしゃべるのは久々のような気がした。

「この島に来て、もう一年が過ぎたんだな」

「……そうね」

章弘は一年間の出来事を思い返しながら言った。

「本当に辛いことばかりだったけど……俺は真由ちゃんに会えただけでも良かったと思ってる」

真由は、かすかな笑みを浮かべた。

「どうしたの急に。照れるよ」

章弘は頰《ほお》を赤らめ、クスクスと笑った。

なぜだろう。今まで二人で会話することなんていくらでもあったのに、この日はあのころの出来事が蘇《よみがえ》ってきた。

まだ石本たちと暮らしていたとき、二人はよく川へ行き、いろいろな会話をした。

特に印象的だったのが、彼岸花の話だ。いまだにもう一つの花言葉は教えてもらっていないが、尋ねても、真由は意味深に微笑むだけ。東京に戻ったら自分で調べようと思う。

「ねえ、章弘？」

「どうしたの？」

彼女は不安そうにつぶやいた。

「やっぱり、赤ちゃん産むときって痛いよね？」

「痛いと思うけど……大丈夫。俺がそばにいるから」

「……うん」

そんな会話をしているうちに、アッという間に一時間がたち、外から足音が聞こえてきた。

「光彦かな」

そう言って章弘は立ち上がり、玄関に向かう。

「章弘くん」

本木の声を確認した章弘は、壊れかけている玄関の扉を開けた。と同時に、青いザルを持った光彦が駆け込んできた。

「ただいま」

本木の身体は寒さのせいで小刻みに震えてしまっている。

「だがこれだけでもありがたい。

「本当にやばいよ外。超寒いよ」

この日も、ザルには少量のモヤシしか入ってはいなかった。だがこれだけでもありがたい。

「悪いな、いつも」

章弘が本木に礼を言ったそのときだった。

事態は、急変した。

「章弘……章弘！」

部屋から、真由の苦しむ声が聞こえてきたのだ。顔を見合わせた二人は真由の元に急ぐ。

真由は、畳にグッタリと寝てしまっていた。

「真由ちゃん！」

真由は反応できないくらいの痛みに苦しんでいる。全身からの汗が止まらない。

「章弘くん……どうしよう」

突然すぎる事態に章弘と本木は戸惑う。

生まれるのか？

真由は、

「章弘！」

と呼び続けている。しかし章弘は混乱して何もしてやれない。

どうする……!?

当然医者などいない。助けてくれる者もいない。それくらい最初から分かっていた。しかし、いざこうなるとどうしたらよいのか判断がつかない。

「痛い……」

必死に痛みに耐える真由の手を、章弘はただ握りしめることしかできない。自分の手が震えていることに気づき、情けなさを感じた。

「真由ちゃん、頑張って」

辛うじて出た言葉がそれだった。

「章弘……痛い」

痛みは増しているようで、真由の苦しみ方は尋常ではなかった。真由の声は、叫びに近かった。

もう生まれてくるのか。

慌てて布団を敷き直す章弘に、真由の疲れ果てた声が聞こえてきた。

「……章弘」

振り返ると、汗まみれでこちらを見つめる真由の姿があった。今まで苦しんでいたはずなのに、嘘のように落ち着いている。

「真由ちゃん。大丈夫？」

真由は章弘に告げた。

「陣痛が始まってるんだと思う」

「……陣痛？」

そう言われても、章弘にはよく分からなかった。

「もうじき赤ちゃんが生まれてくる。また痛みが来る前に、準備して」

真由のほうがよほど冷静だった。

「わ、分かった」

了解した章弘は、本木と一緒に布団を敷き直し、その上に真由を寝かせた。

「あと、本木くん」

真由に名を呼ばれた本木は、ビクリと反応する。

「何？」

「赤ちゃんが生まれる直前に、ぬるま湯用意しておいて」

「分かった……分かった」

あたふたと繰り返す本木は、風呂場に集めてある枯れ枝と水を用意した。

数十分後、再び真由の身体に陣痛が襲いかかった。布団の上で悶《もだ》え、痛みに耐える真由の手をしっかりと握りしめ、章弘は励ましの声をかけ続ける。最初の陣痛よりは、落ち着いて対処することができた。

そして再び痛みがおさまると、再び真由が訊《き》いてきた。

「章弘？」

章弘はうっすらと涙を浮かべて応える。

「何？」

「憶《おぼ》えてる？　二人で子供の名前、決めたよね」

章弘はしっかりとうなずく。

「もちろん憶えてるよ。男の子だったら章由。女の子だったら、桜だろ？」

憔悴しきった真由から笑みがこぼれた。

今度はその数分後、三度目の陣痛が襲いかかる。だんだんと間隔が狭《せば》まってきているのは気のせいか。

覚悟はもうできているが、真由はただ痛みの声しか出さない。生まれてくるタイミングなど、まったく分からない。章弘と本木はそのときをひたすら待った。

それからどれくらいの時間がたっただろうか。すでに陣痛の回数は数えきれなくなっていたが、その間隔がかなり短くなった。そしてとうとう、真由がこう洩《も》らしたのだ。

「……生まれる」

その言葉に緊張が走る。だが章弘は冷静に対処した。

「真由ちゃん、脚広げて」

ワンピースの中を覗くと、何かが破裂したように、大量の液体が出てしまっていた。それでも章弘は落ち着けと自分に言い聞かせ、真由に声をかけた。

「頑張って、真由ちゃん！」

真由は本木の手を握りしめ、お腹に力を込める。二人も一緒に、力いっぱい応援する。

真由の激しい息づかいと、呻き声が交互に繰り返される。

章弘は真由の様子をうかがいながら、懸命に指示を出す。

「真由ちゃん、力《りき》んで！」

滝のような汗を流しながら、真由も必死に力を入れる。真由はあまりの痛さに絶叫する。

「頑張って！」

少し休んだあと、真由は歯を食いしばり再び力む。が、痛みがかなり強いらしく、思うように力が入らない様子だ。

「光彦！　タオル持ってきてくれ！」

章弘のその指示に、本木は台所に急ぐ。

「それを真由ちゃんの口に！」

本木は言われたとおり、真由にタオルを噛ませた。

「真由ちゃん！　もう少しの辛抱だ！　頑張れ！」

真由は息を荒らげ、呻き声を上げながら痛みと闘う。章弘も真由の気持ちになって一緒に闘った。

するると数十分後、ようやく頭が見えてきたのだ。その瞬間、章弘の興奮は一気に高まる。

大声でそれを彼女に伝えた。

「真由ちゃん！　頭が見えてきたぞ！　もう少しだ！」

反応を返す余裕はないが、真由はその後も一所懸命、子供を産むために頑張った。本木も隣で励まし続ける。

「息を吸って……力んで！　焦らないで、落ち着いて！」

それからさらに数十分、赤ん坊の頭がかなり見えてきた。

「光彦！　もうすぐ生まれるぞ！　ぬるま湯を用意してくれ！」

「わかった！」

本木は風呂場から大量の枯れ枝を持ち、外に出ていった。一瞬、冷たい空気が室内に入り込むが、二人の熱気のほうが勝っていた。

「真由ちゃん、頑張れ！　頑張ってくれ！」

章弘の声にさらに力が込もる。

しかしそのときだった。順調だったはずの真由が突然呼吸を乱し、身体を左右に振って苦しみだしたのだ。

「どうした真由ちゃん！」

問いかけると、彼女は弱々しく何かを言った。

「章弘……く……い」

章弘はそれを聞き取れなかった。

彼女は何を伝えたいのか。

「何？　どうした真由ちゃん」

すると彼女は苦しそうにこう洩らした。

「……赤ちゃん」

赤ん坊の様子が気になるのか。

「大丈夫！　順調だよ！　だから余計なことは考えないで。もう少しだから！」

それから間もなく、本木がぬるま湯を持ってきた。

「光彦！　もうすぐだぞ！　ハサミ持ってきてくれ！」

真由は途切れ途切れに呼吸しながら、力を振り絞る。

「章弘くん！　ハサミ！」

少し錆《さ》びついてはいるが、これしかないのなら仕方ない。ハサミに熱湯をかけて消毒した。

「真由ちゃん！　本当にもう少しだ！　頑張れ！」

章弘と本木はこのとき、赤ん坊に気を取られていてまったく気づかなかった。

そう、何も……。

まもなく、赤ん坊の肩が姿を現すと、あとはスムーズなものだった。章弘は真由に声をかけながら、震える手で赤ん坊をそっと取り上げた。そしてハサミでへその緒を切り、血液や羊水にまみれた小さな小さな赤ん坊を、おぼつかない手で抱いた。

「生まれたよ、真由ちゃん！」

章弘と本木は、生まれたての赤ん坊の顔をマジマジと見つめる。

数秒間の静寂のあと、部屋に赤ん坊の泣き声が響き渡った。

その泣き声を耳にして、章弘はようやくホッと息を吐いた。

元気な元気な男の子だ。

「章弘くん……良かったね」

気力、体力を全て使い果たしたというように、本木は今にも倒れてしまいそうなほどグッタリとしていた。

章弘はまず、本木が用意してくれたぬるま湯に赤ん坊をゆっくりと浸《つ》からせ、身体を優しく洗ってやった。

このとき、章弘は赤ん坊の右肩に注目した。

赤く描かれているこの模様は、痣《あざ》だろうか？　特別な病気にかかっていなければいいが。いや、これだけ元気なのだ。それはありえない。

本当によく生まれてきてくれた。この日をどれだけ夢見たことか。この子は、自分たちにとっての最高の宝物だ……。

親指と人差し指にすっぽりとおさまる小さな手と足。そして、うぶ毛だけのまん丸の頭。顔は、まだどちらに似ているかは分からないが、この子は紛れもなく二人の子供なんだと実感したとき、章弘は感動して大粒の涙をこぼした。これまでの苦労が、次々と浮かび上がってくる。一時は死を覚悟したくらいだ。本当に苦しい毎日だったが、二人で頑張ってきて良かった……。

章弘は赤ん坊をお湯から上げ、タオルで小さな身体を包んでやる。そして、真由に元気な姿を見せようとした、そのときだった。突然、本木が叫び声を上げたのだ。

「……真由ちゃん！」

そのただならぬ声に、章弘はハッと振り返る。すると本木が言ったのだ。

「章弘くん……ま、真由ちゃんの様子が」

本木の表情は混乱に満ち、声は震えていた。

章弘は、胸騒ぎを感じた。

まさか……。

章弘は血相を変えて真由のそばに向かった。いったいどうしたというのだ。真由は目を閉じたまま、グッタリとしてしまっている。呼吸も途切れ途切れで、辛うじて息をしているといった状態だ。

素人《しろうと》の目から見ても、決して疲れ果てて眠っている感じではなかった。明らかに様子が変だ。

「真由ちゃん……真由ちゃん？」

声をかけても、真由からは一切の反応がない。数秒に一度、呼吸をするだけだ。

章弘はだんだんと恐くなる。思わず口調も強まる。

「おい、真由ちゃん！　どうしたんだよ！」

その声に驚き、赤ん坊は再び泣き叫ぶ。

章弘は、タオルに包まっている赤ん坊を見せ、必死に呼びかけた。

「真由ちゃん、ほら！　元気な男の子だよ！　俺たちの子が生まれたんだよ！」

いつものように手を握っても、真由は握り返してはくれなかった。

章弘は涙声でつぶやいた。

「真由ちゃん……どうしたんだよ」

そのとき、隣にいる本木が言った。

「まさか……体力がもたなかったんじゃ」

章弘は本木をキッとにらみつける。

「……ゴメン。でも真由ちゃん、心臓だって悪かったし。相当な負担だったたんじゃないかな」

本木の言うとおり、体力の限界だったのかもしれない。だからといって、真由がこのまま目を覚まさないなんて絶対にありえない。章弘は信じて、真由に声をかけ続けた。

すると、ようやく章弘の願いが真由に通じた。真由は弱々しく目を開け、朦朧《もうろう》とする意識の中、赤ん坊の姿を捜す。

「ここだよ！　真由ちゃん！　元気な男の子だよ！」

赤ん坊を見せてやると、真由はかすかに笑みを浮かべた。

「大丈夫？　苦しくない？」

そう問いかけると、真由は小さく口を開いた。

「……章弘」

章弘は真由の手を強く握りしめ、顔を近づける。

「どうした？」

すると真由は章弘に、意味深な言葉を告げたのだ。

「章由……お願い」

嫌な予感を感じさせるその言葉に、章弘は動揺する。真由の肩を強く揺らし、必死に問いかける。

「それどういう意味だよ！　真由ちゃん！」

真由は再び目を閉じてしまった。かすかに心臓が動いているだけで、一切反応がない。最悪なことに、だんだんと呼吸数が減ってきている。

「おい、真由ちゃん！　起きろよ！　二人で一緒にこの子を育てるんだろ？　島から出たら、一緒に花屋を開くって言ってたろ！」

まさか、このまま……。

悪い予感がよぎるが、章弘は強引にそれを否定する。そんなの絶対に認められなかった。泣きながら彼女に訴える。

「ここまで頑張ってきたじゃないか！　どうして諦めるんだよ！　俺が……俺が絶対に守るから！」

しかしいくら呼びかけても、彼女は目を覚ましてはくれなかった。

章弘は赤ん坊を抱いたまま、力尽きたように彼女の胸に顔を埋めた。

「真由ちゃんがいなきゃ……俺、どうすりゃいいんだよ」

真由の心臓はまだ辛うじて動いてはいるが、徐々に、耳では聞き取れないくらいに弱くなっている。真由が目を覚ましたときは希望の光を感じたが、その光も影に消されていく。それでも章弘は最後まで諦めなかった。

「真由ちゃん、お願いだから何か言ってくれよ。目開けてくれよ。この子の母親なんだよ、君は！」

しかし、悲劇はこれで終わりではなかった。章弘には、残酷な現実が待ち受けていた……。

「真由ちゃん、起きろ！」

ひと際大きな声で彼女に叫んだその直後だった。家の扉が突然開き、茶色い制服を着た四人の男たちが部屋に入り込んできたのだ。四人は一切表情を変えることなく、章弘たちを見据えている。

　DEOの人間がいきなり現れたことに動揺する本木は、ジリジリと後ずさる。

「な、何ですか、いったい！」

　章弘は、四人の男に怒りをぶつけた。

「お前ら……何だ！」

　すると、一番後ろに立っている、唯一《ゆいいつ》帽子をかぶった男が、冷めた口調でこう言ったのだ。

「こんな環境で子供を産むとは大したもんだ」

　その男は恐らく三〇代前半で、四人の中では一番偉いポジションについていると思われる。四人の誰を見ても冷酷な目をしているが、特にこの男は人間の感情などまったくないような、そんな目をしている。心も凍りついているに違いなかった。

「出ていけ、クズども！」

　章弘のその言葉に、帽子をかぶった男はフッと笑った。

「クズはお前のほうだろう？」

「いいから帰れよ！　ここはお前らが来る場所じゃねえ！」

　さらに男をよく見ると、帽子をかぶっているので分かりづらかったが、眉のあたりに古傷がある。その古傷を隠すように、男は帽子を目深にかぶる。

「そういうわけにはいかない。ここへ来たのは他でもない」

男はいったん話を止めて、章弘から赤ん坊に視線を移した。そして、信じられないことを口にした。

「その子供を、こちらに渡してもらおうか」

章弘は自分の耳を疑った。しかし確かに今、男はそう言った。

「ふざけるな！　どうしてお前らなんかに！」

「簡単だ。お前らに子供は育てられん。死なせるのは目に見えている。死ぬくらいなら、児童養護施設に入れて育てたほうが、その子にとってもいいだろう？」

章弘は赤ん坊をしっかりと抱きしめた。

「死なせるもんか！　この子は、彼女と一緒に育てる！　いいからさっさと帰れ！」

理不尽すぎる要求を受け入れるはずのない章弘は、男たちに背を向け視界から消し、今にも息が途切れそうな真由を見つめた。

「そうだろ、真由ちゃん？　一緒に育てるんだよな」

当然のように、彼女からは返事がない。

それでも諦めず話しかける章弘に、男は本当の理由を話し始めた。

「日本は今、優秀な人材を求めている。君らと違って優秀な人材を。なぜなら、日本は未来の発展のため大きく動き出しているんだ」

「だから何だ。そんなの俺たちには関係ねえ」

　話を遮る章弘を無視し、男は続ける。

「生まれ変わるためには人間が必要だ。しかし日本は今、少子化に苦しんでいる。未来のため、一人でも多くの子供を欲しているんだよ。そう、お前らみたいなクズの子供でもな」

　男はフッと鼻を鳴らしたあと、こう言った。

「その子も未来の労働力だ。親がいなければ都合が良い。児童養護施設に入れて、自由に造り上げることができるからな」

「ふざけるな！　とにかく俺は……」

「特別に教えてやろう。実はお前の子供だけじゃない。現在、施設にいる子供には英才教育を受けさせ、優秀な労働力に仕立てようとしているのだよ、日本は」

「そんなこと知るか！　この子は絶対に渡さない」

「ここにいれば死ぬだけだ。お前だって本当は分かっているだろう。助けてやると言っているんだ」

　章弘は一言、男たちに告げた。

「帰れ！」

しばらく部屋は静寂に包まれた。ようやく諦めたかと思ったその矢先、男が部下たちに命令を下したのだ。

「やれ」

その瞬間、三人の男たちが銃を手に襲いかかってきた。

「……お前ら！」

騒動に驚き、赤ん坊は泣きじゃくる。

「手荒なマネはするなよ。その子は大事な労働力なんだからな」

章弘は赤ん坊を強く抱きしめ必死に守るが、男たちに腕を押さえられ、とうとう奪われてしまった。

「返せ！　その子を放せ！」

銃だろうが何だろうが章弘は怯《ひる》まずに立ち向かっていく。しかし、数日間何も食べていない章弘の動きは鈍く、顔と腹を数発殴られ、畳に倒れてしまった。本木も勇気を振り絞り向かっていったが敵《かな》うはずもなく、すぐに気を失ってしまった。

「返せ……こんなことが、許されると思ってるのか……」

男は抑揚《よくよう》のない声でこう言った。

「国の命令だ」

章弘は男の足にしがみつき、畳に頭をこすりつけた。

「お願いします！　お願いします……連れていかないでくれ！　その子は、命よりも大事なんだ」

うっとうしいというように章弘の手を振りほどき、部屋を去ろうとする男は最後に言った。

「子供のことは心配するな。それよりも、彼女を心配したほうがいいんじゃないのか？　さっきからピクリともしないじゃないか」

章弘は真由を見つめ、強くうなずいた。

君は絶対に助かる。大丈夫。子供は俺が助けるから。

男はこちらに背を向け玄関に向かっていく。章弘は男をキッとにらみつけた。

「待て……待て、この野郎！」

畳を這って立ち上がった章弘は、腰にしまってあるナイフを取り出し、男に猛然と向かっていった。

「殺す……殺してやるぞ！」

しかし立ちふさがった男たちに再び腹を強く殴られ、章弘は血を吐きながら倒れた。

「待て……お前ら」

真由に約束したのに、子供が連れていかれるというのに、身体に力が入らず立ち上がれない。

「……章由」

遠ざかっていく我が子の泣き声。車のエンジン音が聞こえた直後、章弘は力尽きてしまった。

やがて、赤ん坊を乗せた車は遥か彼方へと消えていった。

空からは再び、白い雪が舞い降りていた……。

2

赤ん坊の泣き声が聞こえ、章弘はハッと目を覚ました。しかしそれが幻聴であることが分かり、大切な者を失った章弘は、呆然と荒れた部屋を見つめる。

さっきまで胸にいた小さな小さな赤ん坊はもういない。真由がやっとの思いで産んだのに。子供まで奪われなければならないのか……。

章弘は赤ん坊を抱きしめるように、胸に両手を当てた。

「どうして……」

魂の抜けきった声を洩らした章弘は、布団の上にグッタリと横たわっている真由のそばに正座した。

青白く変色した肌。温度の感じられない手。真由は、息を引きとっていた……。

「真由ちゃん、起きて」

状況を理解できない章弘は、力なく声をかける。

「……真由ちゃん」

どうして起きてくれないのだと肩を揺らすと、その振動で真由の目元から一筋の涙がこぼれた。

その涙を見た瞬間、放心状態の章弘の瞳から、ジワリと涙が浮かんだ。しかし感情を露《あら》わにすることはなかった。

一瞬にして全てを失ったショックが大きすぎて、章弘の頭はおかしくなっていた。怒りも悲しみも湧いてこない。輝きを失った目で横たわる彼女を見つめ、章弘は繰り返しつぶやいた。

「ゴメンね……ゴメンね」

赤ん坊を守るという約束を果たせなかった。そして君も、助けてやることができなかった。

「……ゴメンね」

しばらくすると、本木が顔と腹を押さえながら起き上がった。ハッと気づいた彼は、すぐさま赤ん坊の姿を捜す。

「章弘くん……赤ちゃんは？」

章弘が首を振ると、本木はダラリと両手や肩を落とし、悲痛の声を洩らした。

「そんな……」

ショックを受けた本木はすぐに真由に気づき、急いで彼女のそばへ向かう。

「真由ちゃん？　まさか……」

章弘はただ、人形のようにコクリとうなずいた。その瞬間、本木は信じられないというように真由の肩を抱き、必死に呼びかけた。

「真由ちゃん！　真由ちゃん！　どうして！　目開けてよ……」

いくら声をかけても無駄だった。ようやく彼女の死を受け止めた本木は、真由の胸で泣きじゃくった。章弘は、いつまでも泣きやまない本木の頭を優しく撫でてやった。すると本木は顔を上げ、章弘の感情のない目を見つめる。

「章弘くん？」

このとき、本木は気づいた。章弘の様子がおかしいことに。

「こんなの……ひどすぎるよ」

辛い現実に耐えきれず、本木は台所に向かい、大声で泣き叫んだ。

一方、部屋に残された章弘は、息をしていない真由の顔を瞬《まばた》きもせず、ずっとずっと見つめていた。そして時折、ゴメンねとつぶやき彼女の頭を撫でる。夜になり部屋がまっ暗になると、今度は章由、章由と子供の名前を呼び続けた。朝になっても呼びかけは続き、本木が声をかけても章弘は反応することなく、彼女のそばから離れようとはしなかった。

本木も一晩中、真由のそばで悲しみにくれていたが、しばらくは二人にして、章弘が落ち着くのを待ったほうがいいと判断し、仕方なく家を出た。

少し歩いて、本木は二人のいる家を振り返る。

こんな悲しすぎる現実、誰が予測しただろう。

大切な彼女と赤ん坊を同時に失い、章弘はこのまま永遠に立ち直れないのではないかと、本木はそれが心配だった……。

3

異常気象が原因で降り続いていた雪が止むと、昨日までの天気が嘘のように、空は綺麗に晴れ渡った。それでもまだ少し寒気は感じるが、気温も回復する兆しを見せていた。

気づけば四月。なのに、島には桜は咲いていない。春だというのに島はまっ白に染まり、去年はあれだけ咲いていた他の花も草もほとんど見当たらない。島は異様な雰囲気に包まれていた……。

一方、真由を失い、大切な赤ん坊を奪われた章弘は、本木の不安どおり、悲しみから立ち直れず、気をおかしくしたままだった。

あれから、二日、三日がたっても章弘は真由の遺体から離れず、時折声をかける以外は見つめているだけ。この先も、真由のそばから動く気配はなかった。

時間がたつにつれ、真由の遺体はまっ白く変色し、身体はとっくに冷えきっている。このまま部屋に置いておけば腐敗するのは目に見えている。本木は、美しかった真由が姿を変えていくのが嫌で、腐っていく真由を見る章弘の反応も恐かった。本木の我慢はピークに達し、明日、章弘にある提案をしようと決めたのだった……。

四月三日。

真由がこの世を去り、四日がたってもなお、章弘は真由のそばにいた。だからといって、泣くわけでもない。想い出を振り返るわけでもない。無表情のまま、ボーッと彼女の顔を眺めていた。

「章由……真由」

頭の中にいる二人に呼びかけると、二人はこちらに笑いかけてくれた。その笑顔が嬉しいのに、喜びの表情を作れない。ただ、真由の頭を撫でるだけだった。

そのとき、家の扉が静かに開かれた。

本木の声が聞こえても、章弘は反応することなく、彼女を見つめたままだ。本木が部屋に入ってきても同じだった。

「……章弘くん？」

しばらく、真由の遺体に目を向けていた本木は、章弘に視線を移し、言った。

「章弘くん、気持ちは分かるけど、もうそろそろ彼女を土に帰してあげたほうがいいんじゃないのかな。こんなこと言いたくないけど、このままにしておいたら、どんどん腐敗していく。そうなったら、彼女が可哀想じゃないか」

章弘は微動だにしない。表情も一切変わらない。

「章弘くんは何も悪くない。悪いのは国だ。だからこの島から出て、子供を取り返そう。彼女のぶんまで生きよう。章弘くんは本当によくやったと思うよ」

声を発しない章弘に、本木は説得を続ける。

「真由ちゃんだって、ずっと置いておかれるのは辛いと思う。真由ちゃんのためにも……章弘くん」

ずっと反応を示さなかった章弘は、口を閉じたまま力なくうなずいた。

本木は、耐えていた感情を抑えることができず、涙をこぼした。そして、章弘を強く抱きしめ、強い言葉をかけた。

「絶対に一緒に島を出よう。負けちゃダメだ！」

そう言って、本木は真由の顔をしばらく見つめ、最後に彼女の姿をしっかりと焼きつけ、上半身を持ち上げた。

「章弘くんは、足を持って」

返事はしないが、章弘は言われたとおり、真由の足を持った。

彼女の全身を持ち上げた二人は、慎重に外に運んでいく。章弘はどこを見るわけでもなく、ただ一点に視線を置いていた。

外に出たところで、二人はいったん、彼女の遺体を地面に置いた。

「ありがとう」

本木は章弘にそう言って、積もった雪をかき分け、一人で土を掘っていく。土が凍っているせいで掘るたびに指に痛みが走るが、真由のために、一所懸命穴を掘った。そんな本木の姿を一瞥《いちべつ》もせず、章弘はただ遠くのほうを見ているだけだった……。

一人での作業だったので、かなりの時間はかかったが、地面には真由の身体と同じくらい

の大きさの穴が出来上がった。本木は手についた土を払い、

「章弘くん、手伝って」

と言って上半身を持ち上げた。二人は、真由の遺体を土の中にそっと置き、最後の別れを告げた。

「真由ちゃん……赤ん坊を守ってやれなくてゴメンなさい……でもきっと、章弘くんは章由くんと再会できるよ」

本木は手を合わせ冥福を祈った。

彼女の姿を見て、改めて思う。この一年、本当に辛くて苦しいことばかりだったのだろう。

腕や足は簡単に折れそうなほど細くて、顔は、もう削るところがないというくらいゲッソリとしている。それだけではない。石本のせいで右目を失い、頬のあたりまで傷が残っている。最初のころは艶《つや》を放っていた髪も、栄養を摂っていなかったせいか傷みがひどく、乱れきっている。服も、シミや汚れだらけだ。それでも彼女が強く生きようとしていたのは、章弘と子供のためだ。自分の命を落としてまで赤ん坊を産んだというのに……。

本木は、彼女の遺体の前に屈み、労《ねぎら》いの言葉をかけた。

「真由ちゃん。ゆっくり眠って」

そして、掘り返した土を丁寧にかけていった。足、胴体、首が隠れていく。最後に顔に土をかけるとき、本木は涙声で別れを告げた。

「……さよなら」

本木は、隣に立つ章弘に声をかけた。

「章弘くんも、最後に何か言ってあげて」

しかし章弘は、涙を浮かべるどころか、悲しい表情すら見せることはなく、口を閉じたまま彼女の遺体を眺めていた。

今の章弘には無理だと判断した本木は、真由の顔に土をかぶせ、優しく土を固めた。

埋葬を終えた本木は、ゆっくりと立ち上がり、もう一度手を合わせ、章弘に言った。

「これで真由ちゃんも、ゆっくり眠れると思うよ」

やつれきった章弘は、ただ呼吸を繰り返すだけだった。

「今は辛いと思うけど、章弘くんがしっかりしないと真由ちゃんだって悲しむよ。子供だって、DEOの奴らから取り返すんだろ？」

章弘は、気のない返事をした。

「……そうだね」

ようやくまともな答えが返ってきたことにホッとした本木は、さらに言った。

「そのためには生き延びないとな。章弘くん、お腹減っているだろ？　もう何日も食べてないからね。食糧があるか、一度グループに戻るから、家の中で待ってて」

しかし、章弘はその場から動こうとはしなかった。もう少しだけ真由といたいのだろうと思った本木は、

「じゃあ、行ってくるから」

と言って歩き出した……。


一人になった章弘は、真由にかけられている土を優しく撫で続ける。真由が瞳から消え去ると、彼女との想い出が脳裏に蘇ってきた。

初めて会ったときの彼女の表情。

自分には心を開いてくれて、川でいろいろな話をした。

小渕との生活。そして彼の死。それでも彼女は強かった。

最後に、ここでの暮らし。真由は子供を死なせまいと懸命に頑張っていた……。

章弘の目から、ツーッと一筋の涙がこぼれた。その温かい涙は土に落ち、小さく広がった。

章弘は涙を浮かべたまま、その場から立ち上がった。

そして、本木の帰りを待つことなく、おぼつかない足取りで、家とは逆の方向に歩き出し

た。

少し離れた場所で、真由と一緒に暮らした家を振り返った章弘は、もう一度彼女との想い出を振り返り、再び歩き出したのだった……。


数十分後、いつもの青いザルに、干し肉と自家栽培しているモヤシを入れ、章弘の家に戻ってきた本木は、家の扉を開いた。すでに確保できる肉はわずかとなり、これは、仲間が捕まえたネコの肉だった。

「章弘くん？　戻ったよ」

外にいなかったので、部屋の中にいると思ったのだが、そこに章弘の姿はなかった。台所かと移動してもそこにはおらず、風呂場にも彼の姿は見当たらなかった。

「章弘くん？　どこ？」

トイレにも彼の姿はない。

「章弘くん！」

本木は思わず叫んでいた。

「……どこ行っちゃったんだよ」

悲劇が続いたあとだ。本木は、嫌な予感がしてならなかった……。

4

真由と一緒に暮らした家をあとにした章弘は、足をふらつかせながらひたすら林道を歩いていた。本当は歩く体力などないはずなのに、身体が吸い寄せられていく……。

やがて、二人が雨宿りした鉱山跡が見えてきた。章弘はそこでしばらく立ち止まり、通り過ぎていく。そこからさらに歩くと、今度は小渕と三人で暮らした家が見えてきた。

ここへ来るのは何ヶ月ぶりだろう。石本のせいで無惨にも建物は全焼し、残っているのは黒コゲになった木材や家電、家具。小渕の遺体はきっと、その下に埋められている……。忌々《いまいま》しい過去。だが、章弘の感情に変化はない。輝きのない瞳でただ一点をボーッと見つめ、小渕と暮らした家も通り過ぎていく。そしてさらに、前へ前へと歩いていった。

一番の難関は、真由と一緒に下りてきた山。足場があるとはいえ、憔悴《しょうすい》しきった状態で登るのは到底無理なはずだった。

しかし、どこにそれだけの力があるというのか、章弘は休むことなく、何かに取り憑かれたように、上へ上へと登っていく。危うく落ちそうな場面も何度かあったが、しっかりと木の枝や地面にしがみつき、驚異的な気力と体力で登りきった。

それでもまだ章弘は休むことなく歩き続けた。息が切れても、足が折れそうになっても、章弘は真由と一緒に逃げてきた森の中を進んでいく。何度も何度も崩れ落ち、そのたびに這《は》い上がり、先を目指した。

しかし、人並みはずれた気力と体力とはいえ、さすがにこれ以上はもってくれなかった。とっくに限界は超えていた。

そのとき、章弘の瞳に、うっそうと繁った樹々の隙間から、小さな光が飛び込んできた。

出口だ……。

もう少し先に……。

油断したその瞬間、章弘は立ったまま気を失い、ドサリと崩れ落ちた。

このとき、章弘は不思議な体験をした。

森の中に倒れている自分を、空から平然と見つめている自分がいた。

何だろう……これは？

ピクリとも動かない自分を見て、章弘はようやく気づいた。

そうか、自分も死んだんだ。

一〇日以上も何も食べていなかったんだ。餓死して当たり前か……。

冷静に死を受け止めた章弘は、空を自由自在に動き回った。

ここまで来るのに相当苦労したのに、二人が住んでいた家まで一分もかからなかった。地上に降りようとしたそのとき、必死に何かを叫んでいる本木の姿を発見した。

そうだ。光彦は自分を捜しているんだ。

心配そうに、自分の名前を呼んでいる。近くにはいないと判断したのか、本木は遠くのほうへと走っていった。

章弘は、別れも告げず黙って出てきてしまったことを彼に詫び、ゆっくりと地上に降りた。

そして、真由が埋められている場所に一歩、二歩と近づいていった、そのときだ。

「章弘」

後ろで真由の声が聞こえ、章弘はハッと振り返った。そこには、真由が立っていた。

髪の毛も艶を放ち、目のケガも治っている。

そう、初めて会ったときの彼女がそこにいたのだ。

「真由ちゃん！」

あまりの嬉しさに章弘は駆け寄ろうとするが、どうしてもそばには行けない。それどころか、近づけば近づくほど遠ざかっていく。

「真由ちゃん……こっち来てよ」

そう言うと、真由は静かに首を振った。

「あなたにはまだやることがたくさんあるでしょ？　このまま死んじゃダメ」

章由の顔が脳裏をよぎる。

「分かってる……けど、もう生きていく自信がないよ」

弱音を吐く章弘に、真由は力強い言葉をかけた。

「それでも生きて。どんなことをしてでも生きて。最後まで諦めないで。あなたが私に言ったのよ」

「……そうだけど」

「もう一度言うわ。あの子をお願い」

それでもまだ勇気の持てない章弘に、真由は優しく微笑みかけた。

「私ね、自分の人生に後悔してない。章弘に会えたし、子供だって産めた。それで十分」

「俺は……後悔してる。真由ちゃんを助けてやれなかったから」

「助けてくれたじゃない。いつもいつも。章弘は私のために、必死に頑張ってくれた」

そっと顔を上げると、いつしか真由は目の前にいた。けれど、手を伸ばしても触れることはできなかった。

「今までありがとう、章弘。まだ、言えてなかったから」

「……真由ちゃん」

真由は深くうなずき、心配そうにお腹に手を当てた。

「章由を助けてあげて」

そう言って真由は遠くのほうへと消えていった。

「真由ちゃん！」

章弘も消えたほうに走っていくが、いくら追いかけても真由の姿は見当たらなかった……。


負けないで——。

真由の声で章弘は目を覚ました。かなり長い時間気を失っていたのだろう。空は夜明けを迎えようとしていた。

あれは夢だったのか、それとも現実に起きたことなのか？　いずれにせよ、彼女は自分に言葉を残していった……。

「真由ちゃん……」

上半身を起こした章弘は、彼女の姿を思い浮かべる。しかし想像の彼女は、こちらに何も話しかけてはくれない。あとは自分自身の問題だった。

立ち上がれ。

しかし、力が入らず立ち上がることができない。地面に突っ伏し、顎《あご》のあたりに血がにじむ。

立ち上がれ。

地を這って、まるで生まれたての子馬のように、ヨロヨロと立ち上がった章弘は、一歩、二歩と先を進んでいく。途中、足がよろけて転んでしまったが、それでも章弘は何とか立ち上がり、森の出口を目指した。

やっとの思いで森を出た章弘は、目の前に流れる川を見て、膝から落ちた。

ここへ来たかったんだ……。

彼女との想い出がたくさん詰まったこの川に。忌まわしい過去もあるが、もうそんなもの、どうでもいい。彼女との愛を育《はぐく》んだこの川に、もう一度だけ来たかった。

そう、死ぬ前にもう一度だけ……。

気を失い、彼女に再会するまではそう思っていた。もうじき自分も死ぬんだなと予感していた。だが、まだ辛うじて生きている。彼女に生かされている。

けれどこの先、生き延びることができるだろうか。今だって意識は遠のく寸前で、気を少しでも抜けば再び意識を失うだろう。もしここで倒れれば次はない。真由の元に行くことになるだろう。

いっそのこと、あのとき一緒に連れていってくれればよかった。連れていってくれれば、こんなに苦しむことはなかったのに……。

じゃあ、章由はどうなる？

俺が死ねば、あの子は本当に独りぼっちになる。

彼女を裏切るつもりか。章由を見棄てるのか……。

一瞬でも弱気になった自分が情けなくなった。でも、どうやって生きていけばいいんだ……。

章弘はふと、ある場所に目をやっていた。そこはかつて、彼岸花が咲いていた場所。彼女はあのとき、咲かないはずの時期に咲いていた彼岸花を珍しそうに見ていた。

当然のように、今は咲いていない。

彼岸花のもう一つの花言葉は何だったのだろう。島から出たら調べようと決めていたが、無性に知りたくなった。真由がそばにいれば、教えてもらえるのに。知る方法は一つ。ここから生きて出るしかない……。

川の流れをボーッと見つめる章弘は、気を抜いている自分にハッとした。

しっかりしろ！

自らに活を入れた章弘は、水を胃に流し込もうと立ち上がった。

そのときだった。

水の流れに沿って、大きな大きな何かが流れてくる。

何だ？　と立ち上がり目を凝らした章弘は、衝撃を受けた。

それは男の遺体だった。肩まではあると思われる長い髪をユラユラと揺らしながら、ゆっくりとこちらに流れてくる。

男は自分よりも身体が細く、顔は骨に皮がくっついているだけといった状態だった。争った形跡はないので、きっと餓死したのだろう。

男の遺体が、目の前を流れていった。

章弘はギラついた瞳で遺体を追っていく。

このとき、章弘の中に恐怖心はなかった。それとは別に、違うことを考えていた。

どんなことをしてでも生きてやる。

その瞬間、章弘は無意識のうちに男の遺体を追っていた。川に飛び込み、遺体の手を引っぱって川辺に上げる。そして、腰からナイフを取りだし、ためらいもなく腕に刃を通した。

そこで章弘はハッとした。

腕を切ろうとしていた自分に恐怖を抱く。

「……何をやってるんだ俺は」

しかし、今の章弘にはためらっている余裕などなかった。

喰わなければ死ぬ。この男のように、ここで餓死する。

「喰え……喰うんだ」

自分にそう言い聞かせた章弘は、男の腕を切り落とした。骨が見えても、臆することはなかった。

章弘は、血にまみれた赤い肉をしばらく見つめる。

そのとき、DEOの人間に言われた言葉が脳裏をかすめた。

『人間を喰ってもいいんだぞ』

あのころはその言葉に怒りを覚えたが……。

「……あんたの言うとおりだったよ」

不気味にそうつぶやき、章弘は男の腕にかぶりついた。少し生臭いが、贅沢は言っていられない。人間の生肉が、章弘の血となり力と変わる。

気がつけば、夢中になって男の腕を喰っていた。噛みきれない筋の部分は犬歯で食いちぎり、骨にひっついてなかなか取れない肉は奥歯で引きはがした。その姿はまるで獣だった。右腕だけでは足りず、左腕、両脚、腹、背中まで、部分部分を切断し、肉のついているところはほとんど全てはぎ取った。そう、骨が見えるまで……。

そのおかげで、章弘は餓死することなく、生き返ることができた。さっきまでの自分が嘘のように、全身に力がみなぎってくるのだ。

本当に久々に腹を満たし、章弘は満足する。

バラバラになった遺体を見下ろす章弘は、口の周りについた血を拭《ふ》き、喉《のど》を潤すために大量の水を飲んだ。

人間を喰ったという罪悪は感じなかった。

生きていくためには、仕方のないことなんだ。そうだろ、真由。

川から出た章弘は、鋭い目つきでこう洩らした。

「絶対に生きてやる」

生きて島から出て、章由を取り返す。

章弘は夜明け前の空を見ながら、心の中で真由にこう問いかけた。

これでいいんだよな、真由……。


人間を喰ったあの日を境に、章弘の顔つきは別人のように変わってしまった。あれほど穏やかだった瞳も、どこか濁った、異色の輝きを放つようになり、表情も殺伐とし、近寄りがたい雰囲気を醸《かも》し出していた。

ただ、悪魔に魂を売ったおかげで生きることができた。生きるためなら草だって食ったし、空腹状態が続いたときは、無意識のうちに土まで口にしていた。自分の流れた血を舐めて、満足した日もあった。そして、餓死した遺体を発見したときには、喰って喰って喰いまくった。肉のついている部分は喰い尽くし、骨の髄までしゃぶった。そこまでして章弘は生きる必要があった。全ては真由と章由のためだ。

獣と言われようが、悪魔と言われようが、何て言われたっていい。章弘は必死に生きた。真由の言葉を胸に、章由の顔を思い浮かべながら、死にものぐるいで一日、また一日を生き延びていった。そんな、人間とは思えない生活を繰り返した。

そして月日は流れた。

長く続いた梅雨を通り越し、とうとうあの日がやってきたのだった……。

5

島に投棄され、もうじき約束の五〇〇日がたつのではないか。ここまで生きてきた者は、やっと島から出られる、そう思っていたに違いない。

しかし、流刑者たちは最後の苦しみを味わっていた。

なぜなら、二度目の夏が島にやってきたのだ。

梅雨が明けたとたん、気温は一気に上昇し、ここ数日間の平均気温は三四〜三五度はあると思われる。飢えに加え、連日の猛暑に、今まで生き延びていた流刑者は次々と倒れていった。それだけではない。その遺体を生きている者が喰うという、島はまさに地獄と化していた。章弘と同様、皆が生きるためには手段を選ばなくなっていたのだ……。

章弘もあれからはずっと、敗者ではなく勝者の立場に居続けた。

しかし、さすがの章弘も身の危険を感じていた。全てはこの暑さのせいだ。ここ数十日間、人間や動物の肉は一切食べていない。人間の遺体を見つけたとしても、他の流刑者に食べられており、骨だけが残っているという日が続いていた。ここ最近口にしているのは、水や草や花のつぼみ、それとわずかな果実。それで辛うじてもっている。が、あと何日間耐えられるか。頼れるのは気力のみだった……。

そんな地獄のなかやってきた、二〇一三年七月二八日。

この日、島の中は朝から慌《あわただ》しい動きを見せていた。しかし当然、章弘はそんなことを知る由もなかった……。

ここ数日、章弘は腕時計の日付に敏感になっていた。しかし頭が回らないため、五〇〇日目の確実な日付を計算できない。しかし、もうじきだということは気づいていた。

いやそれ以前に、本当に島から解放してもらえるのか。もしかしたら、もうすでに五〇〇日が過ぎているにもかかわらず、ＤＥＯの奴らが面白半分に観察している可能性だって……。

ついつい嫌なことばかりを考えてしまうが、辛いときは嫌なことを忘れて、希望を持てばいい。

この島から出られれば章由に会える。絶対に……。

それともう一つ、章弘にはある楽しみがあった。それは本当にささやかなことだが、こんなときだからこそ、楽しみを持たなければならなかった。

それは、もう一度彼岸花を見ること。彼岸花は、九月お彼岸のころに咲くと真由は言っていた。咲くのを楽しみにしていれば、それが生きる糧になる。そう考えたのだ。そのための五日間、章弘は気温の低い早朝に、今住んでいる家を出て、真由との想い出の川に向かっていた。そのときだけは、緊張しきった心も身体も解きほぐされた。そしてその後に食糧を探すという行動を続けていた。

実はあれ以来、真由と暮らした家には一度も戻っていない。いや、戻れなかった。なぜなら、本木に会うのが恐かったから。

獣と化した自分を、彼だけには見られたくなかった。

真由が死んで、早四ヶ月。もしかしたら今も本木は自分を捜しているかもしれない。だとしたら申しわけないが、それでも今は彼には会えない。だから章弘は、住む場所を転々としていた。ただ一つ条件があった。どうしても真由との想い出が詰まった川からは遠く離れたくはなかった。だから川のすぐそばに身を置いていた……。

この日も早朝に目を覚まし、フラフラになりながらも木を伝って林道を抜けた章弘は、いつもの川に到着した。今日もあたりはセミの鳴き声一色だ。頭が狂いそうなほど……。

章弘はまず、喉を潤すために腹が膨れるまで水を飲んだ。

そのとき、章弘は川に映る自分の顔をマジマジと見つめた。

汚れきった顔。もうどこにも肉はなく、頬《ほお》のあたりは特に骨が浮かび上がっている。肩よりも下まで伸びたベタついた髪。真由と暮らしていたころは定期的に自分で切っていたのだが、ナイフの切れ味も悪くなり、それ以前に切る体力と気力がない。そして伸びきったヒゲ。ヒゲも剃る気になれない。

「……いったい、いつ島から出られるんだ」

またしても悪い考えばかりしている自分に気づき、章弘は後ろを振り返った。

章弘の瞳に映っているのは、かつて彼岸花が咲いていた場所。しかし、この日もあの赤い花は咲いていない。ただ、無造作に草が生えているだけだ。

「いつ咲くんだよ……真由」

それから約二時間、章弘は木に寄りかかって彼岸花が咲くと思われる場所をボーッと見つめていた。が、そんな急に咲くはずもなく、この日も諦めることにした。

また明日見に来よう。

しかしこの連日の行動が、章弘の体力を確実に奪っていた。その結果、最悪な事態を招いたのだ。

立ち上がった次の瞬間、ずっと抱いていた不安が現実のものになってしまった。章弘の身体に突然、異変が起きたのだ。急に息苦しくなり、章弘はその場にひざまずいてしまった。胸に手を当て息を荒らげる章弘に、今度はめまいが襲いかかってきた。スーッと力を奪われた章弘は、とうとう地面に突っ伏し、血を吐いてしまった。

何とか立ち上がった章弘は、よろけながら一歩、二歩と進んでいく。しかし身体が重く、思うように前へ行けない。

「……クソが！」

地面に落ちている木の棒を拾い、章弘はそれを杖にして住んでいる平屋に向かおうとする。だが最悪なことに、太陽の日射しが容赦なく攻撃してきたのだ。

それが追い打ちとなり、章弘は再び地面に倒れてしまった。

ここまで来て死ねるか……。

しかし立ち上がろうとしても、力が入らない。生きる気力はあるのに、だんだんと意識が遠のいていく。

真由……章由……。

真由の名を呼んでも、当然助けには来てくれない。章弘はそのまま、グッタリと力尽きてしまった。

このとき、もう少し遅れていたらどうなっていたことか……。

皮肉にも、章弘はＤＥＯの人間に助けられたのだ。

林道から一台のジープが走ってきた。

「おい！　あそこだ」

そのジープは章弘のそばで停車し、中から制服を着た二人の男が降りてきた。

章弘は一人の男に抱きかかえられ、声をかけられた。

「意識はあるか」

抑揚のない口調に、章弘はほんのかすかにうなずいた。すると男は短く言った。

「今日で五〇〇日だ」

しかし、そのあたりから章弘の耳には男たちの言葉は届いてはいなかった。

もう一人の男がフッと鼻で笑った。

「こんな島でよく生き延びたもんだ。まったく、化け物だな」

「運ぶぞ」

男たちはあくまで、仕事として作業を進める。

朦朧としていて状況がよく把握できなかったが、後部座席に乗せられ、車が動いたとき、章弘は無意識のうちに、

「……助かったのか」

とつぶやいていた。と同時に、安心したのか、気を失ってしまった……。


それからどれだけの時間がたったのかは分からないが、気を失って目覚めるまでが異様に早く感じられた。

「起きろ！　おい、起きろ！」

身体を強く揺すられ、ようやく目を覚ました章弘は、いったいここがどこなのか、夢か現実かさえ判断できなかった。

車の中……？

そのとき、視界に港と小型船が飛び込んできた。

「そうか……俺は」

助かったんだ。五〇〇日を生き延びたんだ……。

「早く降りろ」

言われたとおり車から出ようとした章弘は、そこで初めて気がついた。拘束衣を着せられていることに。抵抗する体力なんて、もうどこにもないのに。

「来い」

車から降りた章弘は、二人の男と一緒に小型船に向かっていく。

章弘は、船に乗る一歩手前で立ち止まり、島を振り返った。

あまりに突然すぎてまだ実感が湧かないが、とにかく俺は生き延びた。地獄を耐え抜いたんだ。

この五〇〇日間、辛いことや悲しいことが多すぎて、生きていくのが嫌になったときもあったが、こうして立っていられるのは、真由や小渕や光彦、そして章由のおかげだ。しかしまだ終わったわけじゃない。自分たちの大事な息子、章由を取り戻さなければならない。

「何やってる。来い」

章弘は、土の中で眠る真由と小渕に心の中でこう告げた。

行ってくる。必ず章由を取り戻すから……。

船に乗り込むと、章弘は薄暗い倉庫のような所に放り込まれた。

「ここで大人しくしてろ、クズ」

乱暴な扱いをされても、汚い言葉を使われても、体力、気力を失っている章弘はにらむことすらできなかった。

扉が閉められると、さらに部屋は暗くなった。章弘は壁に寄りかかり、グッタリと肩を落とした。何でもいい、早く食い物を口にしたい……。

その直後、章弘の身体がビクリと反応した。部屋は暗いし、かなり大きいので気づかなかったが、自分の他に二人の男が入れられていたのだ。二人とも気味悪いくらいに痩《や》せ細り、憔悴しきっている。長い髪はボロボロに傷み、拘束衣の下から見える服も靴も穴だらけだ。息はしているが、生きている感じがしなかった。

三人は、珍しいものを見るというようにお互いを見合う。

まさか、生き残ったのはこれだけか……？

そうだ。本木は生きているのか。生きてくれているとは思うが……。

しかし、結局最後まで本木はやってはこなかった。

それでも章弘は信じていた。

あいつなら大丈夫。きっと、他の船で帰ってくるはず。死んだりなんかしない。

出航の準備が整うと、間もなく船は動き出した。

生き残った者たちは、一刻も早く本土に着くのを望み、心待ちにする。

そんな彼らとは違い、大きな責任を背負っている章弘は、本土に着くまでの間、ずっと章由のことを考えていた。

待ってろ章由、もうすぐ行くからな……。

こうして、ダスト法により棄民となった章弘の五〇〇日間は終わった。大切なモノを失い、そして犠牲にしながら、何とか生き延びた。

ただ全てが終わったわけじゃない。本当の闘いはこれからだ。

しかし、待っていたのは明るい未来ではなかった。章弘は、自分の無力さを痛感することとなる……。

捜索

1

流刑地《るけいち》であるあの島が日本のどのあたりに位置していたのかは分からないので、着くまでの時間も予測すらできないが、出航からすでに半日以上がたっていた。窓から差し込んでいた赤い夕陽が沈むと、船内はまっ暗になり、他の生き残りの姿は一切見えなくなった。そのおかげで目線が合うことはなくなったので、それはそれでよかったのだが、不気味なのは所々から聞こえてくる嗚咽《おえつ》だ。船が前後左右に揺れるので、船酔いをしている者がいる。その鳴りやまない嗚咽に辟易《へきえき》する章弘は、両手で耳をふさいで、早く本土に着くのを願った。

それからさらに数時間ほどが経過したか、ようやく船の速度が落ち、止まる気配を見せたのだ。それでも誰も歓喜の声は上げなかった。虚ろな瞳で、ただ壁にもたれかかっていた。

間もなく、エンジンの音がストップすると、外から慌《あわただ》しい足音が聞こえてきた。

部屋の扉が開かれると、外の明かりがうっすらと差し込んできた。空はすっかりまっ暗で、ほぼ満月に近い月が昇っていた。

「着いたぞ。お前ら立て」

扉のそばに立つ男からそう指示が出されると、皆よろけながら立ち上がった。

「順番に出ろ」

生き残った者たちは、言われたとおり列になって部屋から出ていく。章弘は三番目だった。部屋から出たとたん、帰ってきたんだという実感を得る前に、二人の男にピッタリと左右を固められた。

「ついてこい」

もちろんそれは章弘だけではなく皆そうで、船から降りるとそれぞれ違う方向に歩いていく。

ここはいったいどこだ？　東京ではなさそうだが……。

あたりには所々ペンキのはがれた大きな倉庫がいくつもある。しかし、それだけではここがどこなのか予測もつかなかった。

どこへ連れていかれるのか……。

二人の男と一緒に歩く章弘はこのとき、もっと重大なことに気がついた。

章由のことばかり考えていたので、明日からの生活がすっかり頭から抜けていた。島から出られたとはいえ、自分には帰る場所がない。実家に行くしかないのだろうか。しかしそれは気が重い。まだ季節は夏なので、適当な場所に寝泊まりはできるが。

いやそれよりも、とにかく今は何でもいいから食い物がほしい……。

港から少し離れると、章弘の目に一台のセダンが映った。二人の男は車が停まっている方向に歩いていくが、あれに乗るのだろうか。

章弘の考えたとおり、一人の男が車に向かってキーを向け、扉を開けて運転席に座りエンジンをかけた。もう一人の男が後部座席の扉を開けると、

「乗れ」

と命令してきた。章弘が席に座ると、男はその隣に座り、運転する男に合図を出した。

まっ暗なあたりに、パッと車のライトが光る。シフト・レバーをドライブに入れた男は、ゆっくりとアクセルを踏んだ。と同時に、車は動き出す。

章弘は訊《き》かずにはいられなかった。勇気を出して、隣の男にしゃべりかけた。

「どこへ……行くんです？」

すると男はこちらを一瞥《いちべつ》し、答えた。

「いいから黙ってろ」

章弘はこのとき、胸騒ぎを感じた。

まさか、適当な場所に行って放り出されるのではないか。奴らならやりかねない。

ただ、逃げ出すわけにもいかないし、そんなことをしたって意味はない。章弘は運命に委《ゆだ》ねるしかなかったのだ。

徐々にスピードを上げた車は国道に入り、しばらくして高速に移った。章弘は窓からの景色を眺める。このとき初めて、やっと戻ってきたんだなと実感を得ることはできたが、不安は消え去らない。夜の高速を一直線に走る車はどこへ向かうのか。章弘には想像もつかなかった。ただ標識には『千葉県』と書かれてあった……。


車に乗り込み、約一時間半ほどが経過していたが、車内には一切の会話はなかった。

しかしこの間に、窓からの眺めはずいぶんと変わっていた。殺風景な景色から、だんだんと都会の景色に変わっていったのだ。それもそのはず。千葉県を抜けた車は、東京都に入っていた。現在走っているのは東京都新宿区。どこを見てもビルの光やネオンが輝いており、夜だというのに眩《まぶ》しいくらいだ。

五〇〇日ぶりの都会の景色は逆に異様に感じられた。島での生活が長すぎたせいで、ここは本当に日本なのかと、妙な感覚に陥った。とはいえ、東京都は地元だ。ずっと住んでいた江戸川区は通り越してしまったが、東京を走っていると思うだけで少しホッとすることができた。いまだ、目的地は分からないままなのだが……。

それからさらに車は一時間以上走った。栄えていた街から少し離れ、車は東京都八王子市に入った。初めて来た場所ではあるが、東京都の端のほうというくらいは知っている。まさか、別の県まで向かうというのだろうか……。

目的地についてあれこれ思いを巡らしていると、車は八王子市内で高速を降り、一定のスピードで国道を走っていく。間もなく、今度は国道から一般道に入り、やがて静かな住宅地で車は停まった。それは、築何十年もたっていそうな古いアパートがいくつも建っている場所だった。あまりにも古めかしいので、本当に東京都なのかと思うくらいだ。

そんなことより、こんな静かな所で降りてどうするつもりだ。本当に放置されるのではないか。そう心配する章弘だったが、意外にも男たちはある木造のボロいアパートで足を止め、一〇一号室に鍵を挿し、薄い木の扉を開けた。

その動作に戸惑う章弘は、男たちに疑問の目を向ける。すると一人が言ったのだ。

「今日からお前はここで生活する。いいな」

自分たちのことを人間とも思っていない彼らが、わざわざ住居を提供するなんて考えもしなかったが、帰る場所などない章弘は、ＤＥＯの人間に恨みはあるとはいえ、身体も弱りきっているし、否定することはできなかった。

男はこちらにアパートの鍵を渡すと、クギをさすようにこんなことを言った。

「いいか？　逃げ出しても無駄だぞ」

その意味がよく分からず、章弘は何も返すことはできなかった。

男たちは最後に、

「明後日の朝にまた来る」

と言い残し、こちらに背を向け歩き出した。

章弘はこのとき、章由のことについて尋ねようとしたがやめた。奴らに訊いたって無駄だと悟った。たとえ居場所を知っていたとしても、強引に奪っていったんだ。教えるはずがない。

それよりも今は……。

男たちが車に乗り込む前に部屋に入った章弘は、急いで靴を脱ぎ、電気もつけずに、まずは台所に置かれてある冷蔵庫を確認した。しかし、中には何も入っておらず、ただ冷えているだけ。冷凍庫の中も同じだった。

「……クソ」

仕方なく大量の水を飲んだ章弘は、六畳一間の部屋の明かりをつけた。

そこは、何とも殺風景な部屋だった。テレビも、カーテンも、冷暖房機もない。あるのはシングルベッドとまっ白い小さな机、そして安そうな扇風機。

しかし、今の章弘にはそんなのはどうでもいい。とにかく食い物がほしい……。

そのとき、章弘は机の上に置かれてある茶封筒を発見した。何だろうと中身を確認すると、何と一万円札が一〇枚も入っていたのだ。

当面はこれで生活しろということか……。

章弘は封筒を握りしめ、家を飛び出していた。そして、無我夢中でスーパーかコンビニを探す。しかし、住宅地に食材を売っている店などはなく、章弘はフラフラになりながらも何とか大通りまで出て、すぐ近くにあったコンビニに入った。

「いらっしゃい……」

章弘の姿や格好を見た男性店員の声が途切れた。それもそうだ。四〇キロ台前半の体重にやつれきった顔、死んだ瞳の、人間とは思えない男が入店してきたのだ。店が静まり返るのも無理はなかった。

しかしそんなのは気にせず、章弘はカゴを手にして、おにぎりやサンドイッチをあるだけカゴに詰め込んだ。飲み物はジュースやお茶、様々な種類を選び、アイスも、スナック菓子も手に取った。

瞬く間にカゴの中はいっぱいになり、章弘はそれをレジに持っていった。

「い、いらっしゃいませ……」

男性店員は戸惑いながらも、一つひとつの商品をバーコード機で読みとっていく。その間、店員はずっと顔をしかめていた。章弘の臭いがきついせいだ。当然、今の章弘にはそれも気にはならない。そんなことよりも早く商品を渡してほしい。品数が多いため、かなりの時間を要している。章弘は思わず口を開いていた。

「……二人でやれ」

章弘に怯《おび》える店員は、

「て、店長！　店長！」

と声を上げた。間もなく、中年男性が裏からやってきたのだが、彼もまた章弘の姿形に驚きを示した。

「いらっしゃいませ」

「いいから早くしろ」

「失礼しました」

店員二人は急ピッチで全ての品をレジに通し、袋に詰めていく。章弘は一万円札を渡し、お釣りを受け取ると、奪うようにして二つの袋をもらい、店を出た。

章弘は我慢できず、その場に屈んでおにぎりの薄いビニールをはがし、白い飯にかぶりついた。ろくに噛まず、飯を胃に流し込んでいく。

久々の飯に、つい涙が出そうになった。こんなまともな食事、本当に何ヶ月ぶりだろう。

真由にも食べさせてやりたかった……。

章弘の手はしばらく止まらなかった。おにぎり一〇個を食べてもまだ満足には至らなかった。通行人の視線が集まっていようがおかまいなしに、章弘は夢中になって食べ物を口に放り込んでいった。

ただ、その勢いに身体がついていかなかった。今まで動物の肉や草を食べていたせいで、逆にまともな食事に身体が驚いてしまったのだ。章弘は突然嘔吐《おうと》し、今まで食べた米やパンを無駄にしてしまった。たちまち周囲に異臭が漂う。立ち止まっていた通行人もその異臭には耐えられず逃げていった。それでもこちらを見ている通行人に、章弘はにらみつけて言った。

「……何見てんだ」

獣のような顔つきの章弘を恐れ、全員が近くから離れていった。

「……バカどもが」

章弘はそう吐き捨て、食糧の入った袋を手にさげてアパートに向かった……。

この夜は、とにかく食べて食べて食べまくった。部屋はたちまちゴミで溢《あふ》れ、最後に残ったスナック菓子まで食べ尽くした章弘は、ようやく満足しベッドに崩れ落ちた。

やっと……やっと生き返ることができた。

これで明日も生きられる……。

章弘はハッとなった。ここはもう島じゃないんだ。金も食糧もある。生きられて当たり前なんだ。

ようやく身も心も落ち着くことができた章弘は、そうだ、と男たちの言葉を思い出す。

『明後日また来る』

奴らは確かにそう言った。

どういうことだろう？

金も住む所も用意されていただけに、逆に怪しい。

いやそれよりも、自分の目的は章由を取り戻すこと。もちろん今すぐに会いたいが、そう簡単にはいかないだろう。居場所を捜すには情報が必要だ。情報を得るにはもっと金もいるだろう。心と身体がもう少し安定したら、働き口を探しに行こう……。

章由と会える日を想像する章弘は、いつしか深い眠りに落ちた。

二日後、厳しい現実が待っていることも知らず……。

2

七月三〇日。

男たちが言っていた二日後の朝を迎えた。

昨日は、早く社会に復帰できるように、食糧と日用雑貨と衣服を買いに外に出かけ、帰ってすぐに自分で髪をバッサリと切り、ヒゲを剃り、全身の汚れを洗い落とした。そして洋服も着替え、さっぱりすることができた。あとはひたすら食って、一日を終えた……。

章由のために動き出すのは、この日からだと章弘は考えていた。午前七時に目を覚ました章弘は、汗だくになりながらベッドから起き上がると、すぐに台所に向かい、コンビニのおにぎり三個を手に取って、立ったまま夢中になってかぶりついた。三個を一気に食べた章弘は、蛇口を捻り水に顔を近づけて喉《のど》を潤す。手で口元を拭《ふ》いた章弘は部屋に戻り、いったんベッドに腰を下ろした。毎日満足に食べられることがどれだけ幸せなことか。今は身にしみて思う。

少しずつ普通の生活の感覚を取り戻してはいるが、食べるときはまだ心に余裕がない。獣のように、食うことに異常に集中している。いや、焦っているのかもしれない。誰かに取られるわけではないのに……。

章弘は、カーテンのかかっていない窓から空を眺めた。透き通った綺麗な空だ。

あまりセミの鳴き声は聞こえてこないが、暑さは島とほとんど変わらない。座っているだけで汗がダラダラと流れてくる。が、今までずっと島の猛暑に耐え抜いてきたのだ。三〇度を超えていようが章弘にはどうってことなかった。扇風機はあるが、使おうとも思わなかった。こういうところが、まだ島の生活が染みついてしまっている証拠だ。身体を早く普通の生活に戻さなければならない。そして、一刻も早く章由を捜しに行かなければ……。

そのためには働かなければならない。また島に連れていかれては、死にものぐるいで本土に戻ってきた意味がない。

今日、国の連中が来ると言っていた。どんな用件かは分からないが、その用事をすませてから職を探しに行こうと思う。

すでに、どういう所で働くかは決めている。

花屋か、花を扱う仕事に就こうと思う。花の勉強をして、いずれは花屋を開きたい。そして章由が大きくなったら、二人でやっていくんだ。きっと、真由だってそれを望んでいると思うから……。

夢を膨らませていたそのときだ。

突然、部屋の扉が荒々しく叩かれた。

奴らか……。

一瞬にして張りつめた空気に変わる。

章弘はベッドから立ち上がり、一つ大きく息を吐き出し、玄関に向かった。

扉を開けると、茶色い制服を着た一人の男が立っていた。一昨日、後部座席に座っていた男だ。

男はこちらの顔を確認し、抑揚のない口調で訊いてきた。

「広瀬章弘、一九歳。間違いないな？」

章弘は、少し戸惑いながらもうなずいた。

「は、はい」

「来い」

章弘はいきなり手を摑《つか》まれ、外に引っぱり出された。

「ちょ、ちょっと」

扉が閉まると、男は合い鍵を持っていたらしく、扉に鍵をかけて、もう一度、

「来い」

と言って歩き出した。章弘はわけが分からず、あとをついていく。すると、アパートから

少し離れた所に、一昨日にも乗ったセダンが停まっていた。運転席には、もう一人のあの男だ。

「乗れ」

言われたとおり、後部座席に座った章弘は、しばらく男たちの様子をうかがっていた。しかし、一切表情は変えないし、一言もしゃべらない。何を考えているのかまったく分からなかった。

車が動き出した直後、章弘は隣の男に声をかけた。

「どこへ行くんです？」

だがやはり、男の口から答えは出てこなかった。

「よく道を憶《おぼ》えておけ。帰りは一人だ」

このあと、何が待っているのか。章弘には見当もつかなかった……。

車に乗っていた時間は、一昨日とは対照的に、ほんの数分だった。住宅地を抜け、一般道を少し走ると、二階建ての白い大きな建物が見えてきた。車はその敷地内に入った。建物には『№０３』と書かれている。何を取り扱っているのかは分からないが、見る限りごく一般的な工場だ。

それにしてもなぜ工場なのだろうと、章弘は不思議に思う。

駐車場に入ると、自分が乗っている車と同じセダンがいくつも停まっていた。

空いている場所に車を停めると、隣に座る男が命令してきた。

「降りろ」

章弘は言われたとおり車から降り、

「来い」

と言う二人の男についていった。

ここで何が行われるのだ？　不安ばかりが膨らんでいった……。

自動ドアをくぐり、スリッパに履き替えた三人は、一直線に続いているリノリウムの廊下を歩いていく。窓からは裏庭が見えるのだが、伸びきった草ばかりで何の手入れもしていないようだった。この草を見るだけで、島での生活がフラッシュ・バックする。章弘はつい、目をそらしてしまった。

廊下の先には大きな鉄の扉があり、車を運転していたほうの男が扉を開けた。室内に入った章弘は、思わず立ち止まってしまった。

学校の体育館を思わせる広い室内には、光沢を放つベルトコンベアーと、その他細かい機械がいくつも設置されている。今は動いてはいないが、相当な規模であることに違いない。

ただ驚いたのはそこではない。室内の中央に、数十人もの人間が横五列に綺麗に並んでいるのだ。その両脇には、茶色い制服を着た男たちが何人も立っている。

まさか、列にいる人間は全て生き残り？　よく見ると、全員極端に痩《や》せ細っている。おそらく、そうに違いない……。

しかし、なぜこんな所に？

「来い」

全員の視線がこちらに向けられているなか、章弘と二人の男はその列に進んでいく。突き刺さるような視線に、章弘は顔を上げられなかった。

前を歩く男たちの足が、一番右の列の最後尾で止まった。

「ここに立ってろ」

章弘は小さくうなずき、言われたとおり列の最後尾に立った。異様な静けさに息苦しさを感じるが、ＤＥＯの連中に目立ってはいけないと、章弘は極力動かないようにした。隣に立つ男にも、一切目は向けなかった。

それからも、生き残りと思われる人間が何人か連れてこられた。よく見るとその中に女性は一人もおらず、あとから来た者も全員男性だった。

そして、しばらくすると、三〇代後半と思われる制服を着た男が列の前に立ったのだ。その男は冷ややかな目をこちらに向けたあと、静かに口を開いた。

「今日、ここに君たちを集めたのは他でもない。ある命令を告げるためだ」

命令？　章弘は息を呑み、男の話を聞く。

「まずは、五〇〇日間の生活、ご苦労だった。皆、相当苦しんだだろう。正直、これだけの人数が生き残るとは思わなかった。といっても、これが全てではない。他の工場にも生き残りが集められている。人間、ものすごい生命力を持っているんだと感心させられたよ」

この男はいったい何が言いたいのだ。まだ先が見えてこないが、男はようやく本題に入った。

「君たちがなぜ無人島に投棄されたか、よく分かっているな？　そう、働かず税金も納めない、国のゴミだったからだ。それは島から出ても変わらない」

気分は悪いが、怒ったって無駄だ。章弘は何を言われても冷静さを保っていた。しかし、次の男の言葉に、章弘は過敏に反応した。

「それに、島から出たからといって、君たちは罪を償《つぐな》ったわけではない。今まで社会に散々迷惑をかけてきたんだ。今度は社会のために働いてもらわないとな」

どういうことだ、と章弘はとっさに顔を上げた。すると、男は皆にこう告げたのだ。

「今、日本はさらなる発展を遂げようとしている。そのためには人材が必要だ。機械のように働く人間……いや奴隷がな。君たちは罪に問われて投棄され、五〇〇日という刑期を生き延びて再び本土に戻された。しかしその罪は一生消えない。ただその強靭《きょうじん》な身体を見込まれ、労働力として生かされているにすぎないんだよ。自由にさせたら、また元のように社会に迷惑をかけるからな。明日から君たちには、ＤＥＯから委託された様々な工場で一生働いてもらう。しばらくはこの八王子工場で働くことになるだろう。これはＤＥＯの命令だ。命令に逆らえば、再び島に戻ることになるぞ」

そのとたん、室内は大きくどよめいた。

「……一生？」

章弘も突然の命令に動揺を隠せなかった。

「ふ、ふざけるな！　そんなの納得いくか！」

「そうだ！」

「俺たちを何だと思ってるんだ！」

叫び声を上げた者たちに男は指さし、言い放った。

「それ以上は身を滅ぼすことになるぞ」

そう脅された彼らは、ピタリと抗議をやめた。皆押し黙り、室内は不気味なほど静まり返った。男はフッと鼻で笑い、話を続けた。

「一度は棄てられたが拾ってもらえたんだ。ありがたいと思え。私から言わせれば、これはご褒美だ。明日から働けて、給料だってもらえるんだからな」

章弘はこのとき思った。

島から出ても、棄民は棄民ということか。

自分たちに〝自由〟という二文字はない。選択肢もない。いつまでも、縛られたまま……。

花屋を開くなんて夢は、最初から叶うはずがなかったというわけか……。

ただ、章由を助けるという目的までもが消えたわけではない。ここで逃げたら、章由を諦めたことになる。少なくとも章由を見つけるまでは、DEOの命令に耐えてやろうではないか。皆、納得がいっていないようだが、章弘は受け入れた。

「出勤時間は朝の八時から夕方五時まで。休日は日曜と、第二、第四の土曜日だ。仕事の細かい内容は、明日担当の者が説明する。それと、逃亡した者は再び流罪となる。無断欠勤も流罪の対象になるから十分注意しろ。病欠の場合は必ず調査員が確認をしに行く。仮病が通るほど甘くはないぞ」

誰からも返事はない。が、皆明日から出勤するだろう。一度地獄を味わっているだけに、逃げることはできないはずだ。

「ではこれより作業服を渡す。そのあとに証明写真を撮る。作業服を受け取った者は地下のロッカー室へ向かえ」

男の説明が終わると、両脇に立っていたＤＥＯの連中が動き出した。迅速に、一人ひとりに作業服を渡していく。

青いツナギが二着に帽子が一つ。作業服を受け取った章弘は、地下へ向かった。

階段を下りると、薄暗い廊下に何人ものＤＥＯの男たちが立っており、生き残った者たちは列を作り、次々と写真を撮られていく。流れるような作業だったので、章弘の番はすぐに回ってきた。

男から『００２５』と書かれたプレートと、同じ番号が書かれた安全ピンのついた札を渡され、プレートを胸のあたりに掲げろと命令された。章弘はコンクリートの壁に背をつけて、言われたとおりプレートを胸に持っていった。

間もなくフラッシュがたかれ、撮影は終了した。まるで、刑務所に入れられたような気分だった。

「プレートに書かれた番号と同じ番号のロッカーを使え。作業服をしまったら今日は帰っていい」

説明を受けた章弘は、ロッカー室に入り、『００２５』番のロッカーを探し、扉を開けて作業服を棚に置いた。

まさか明日から国の機関で働くなんて考えもしなかったが、もしかしたら章由の情報を得られる可能性だってある。俺は逃げも隠れもしない。

もう少しだぞ、章由……。

そう固く決意した章弘は工場を出て、アパートの方向に歩き出した。

すると後ろから突然、声をかけられた。

「章弘くん！　章弘くんだろ？」

この声はまさか……。

章弘はとっさに振り返った。

思ったとおり、そこには本木光彦が立っていた。髪をバッサリと切り、それだけで印象はかなり違うが間違いない。

まっ白いTシャツに短パン姿の本木はこちらの顔を見て、やっぱりそうだと嬉しそうに駆け寄ってきた。

「章弘くん！」

思わぬ再会に、章弘は信じられないというように本木の顔をマジマジと見つめる。

「どうしたの！　僕だよ！」

分かっている。けれど驚きが大きすぎて、素直な反応ができない。

「……光彦」

「良かった。章弘くん、生きてたんだね」

本木は生きているとずっと信じていた。でも、こんな所で会えるなんて奇跡だ。

章弘は嬉しさと、彼に申しわけない気持ちでいっぱいになり、涙を浮かべてしまった。

「どうしたの、章弘くん。泣かないでよ」

「いや……ゴメン。つい」

「ずっと心配してたんだ。あのあと急にいなくなっちゃうから。いろいろな所を捜したんだけど、見つけられなかったから、もしかしたらって思ってたけど、本当に良かった」

章弘は本木に深々と頭を下げた。

「あのときは本当にゴメン。許してくれ」

真剣に謝る章弘に、本木は戸惑って言った。

「い、いやだな。どうしたんだよ。もういいって。お互い島から出られたんだから。でもね……」

急に本木の表情が曇ったのは、強制労働の件だろう。

「ひどい話だよね。僕だってやりたいことがあったのに。けれど、章弘くんと同じ場所で働けるっていうのが救いかな」

この国は、必要のない人間を棄てたうえ、夢までも奪っている。

「……ああ」

本木は、暗い雰囲気を払拭《ふっしょく》しようと、笑顔で言った。

「章弘くん、僕の家に来ない？　ここから本当に近いんだ。話したいこと、いろいろあるし」

章弘は迷わずうなずいていた。

「ああ。そうだな」

「じゃあ、行こうか」

章弘は、本木の後ろについていく。彼も元の体重や艶《つや》のある顔色を取り戻してはいないが、元気そうで何よりだ。真由が、きっと見守っていてくれたのだろう。生きていてくれて、本当に良かった……。


自分が帰る方向とは反対なので、本木のアパートから自分のアパートまでは少し距離があるが、それでも行き来できる範囲だった。一般道から裏道に入った本木は、住宅地を一分少々歩き、一、二階合わせて四部屋しかない小さな古いアパートの一〇二号室の扉を開けた。

室内は、自分の部屋の間取りとほぼ一緒だった。玄関を上がるとすぐに台所があり、奥に六畳一間の部屋があった。室内は蒸し風呂のような暑さで、本木はすぐに窓を開けた。

置いてある物は全て同じだった。白い机にシングルベッド。それに扇風機。あとは、昨日買ったのであろうパソコン雑誌や漫画本がチラホラとあるだけだ。

「本とか買ってる余裕ないだろ」

そう言うと、本木は苦笑いを浮かべた。

「どうしても読みたかったんだ。漫画がないと、生きていけないから」

「島にはなかったじゃないか」

「ははっ、まあね。適当に座ってて。今、麦茶持ってくるから」

「ああ」

その場にあぐらをかいた章弘は、明日からのことを考えていた。どんな環境であれ、働く場所が決まったのだ。あとは章由のことだけだ。

「お待たせ」

考え事に没頭していた章弘はハッと顔を上げる。本木には不安な表情を見せたくはなかった。

「おう、ありがとう」

「本当に暑いね。島よりも……」

本木はそこで言葉を切り、続けた。

「島のことはもういいか。嫌なことは早く忘れないとね」

「それより光彦、両親に会いに行かなくていいのか？　お前の実家、どこだっけ？」

そう訊くと、本木は首を振った。

「いい。だって、免罪金を身内が払えば免除だって、ＤＥＯの奴らが言ってたろ？　払ってもらえなかったってことは、そういうことだよ。僕だってもう、あんな奴ら親とは思わない」

章弘は、自分のことを言われているようで胸が苦しくなった。

あの二人も、自分を息子だとは思ってないだろう。小渕に、島から出たら会いに行ってやれと言われたが……。

「それより章弘くん……」

本木が何を言いたいのか、察しはついた。

「章由のことだろう」

「……うん。早く、会いに行ってあげないとね」

章弘は力強くうなずく。

「ああ」

「でも、どうやって捜すつもり？　何か手掛かりはあるの？」

「章由を奪っていった奴が、国の児童養護施設で育てると言っていた。手掛かりはそれだけだ。だから、日本中の施設をしらみ潰《つぶ》しに当たっていくしかない。明日から、動いてみようと思う」

「そっか。でも本当にひどい話だよ。子供を強引に奪っていくなんて。許せないよ！」

章弘は残酷すぎる映像をかき消した。

「僕も協力するから、何かあったら言ってね」

「ありがとう、光彦。でもこれ以上、お前に頼るわけにはいかないよ。島ではあんなに助けてもらったのに、俺はまだ恩返し一つしてないからな」

「何言ってるんだよ。僕たち親友じゃないか」

〝親友〟という言葉に、章弘は熱いものを感じた。親友なんて言われたのは、生まれて初めてのことだった。

「……ありがとう。俺、絶対に章由を助けるから。光彦と、真由のためにも」

「そうだね」

そう言った本木は、そうだ、と手をパンと叩いた。

「章弘くん、お腹空いたろ？　せっかく再会したんだから、お昼食べに行こうよ。近くにラーメン屋があるんだ。さっき通ったろ？」

極力お金は使いたくはないが、本木の言うことは拒否できなかった。

「そうだな。じゃあ、行ってみようか」

二人は早速アパートを出て、近所のラーメン屋に向かったのだった……。


ラーメン屋に入り、注文した物が出るまでは普通に会話していたのだが、ラーメンが出された途端、二人は無言になり、目をギラつかせて、ほぼ五〇〇日ぶりのラーメンをものすごい勢いですすった。

食べ終わるまでに二人とも三分もかからなかった。驚いている店主に料金を払い、満腹になった二人は店を出た。

「久々のラーメンおいしかったね」

「だな」

「お給料が入ったら、また来ようね」

正直、章由のことで気持ちに余裕はないが、そんな自分を元気づけてくれている本木の優しさも嬉しかった。

「もちろん」

本木は歩きながら青い空を見上げて言った。

「本当に章弘くんに会えて良かったよ。一人であんな所、働けないよ。でも、頑張る気力が出てきた。お金いっぱい稼いで、パソコンとか買えたらいいな」

「余裕で買えるよ。だから頑張ろうぜ」

「うん」

明るくうなずいた本木は、何かを思い出したように短パンのポケットに手を入れ、携帯電話を取り出した。

「そういえば、見てよ章弘くん。昨日、携帯電話買っちゃったんだ」

章弘は呆れた顔を浮かべた。

「おいおい。金大丈夫なのか？」

「大丈夫。機種自体はタダで、基本料金も安いから。一応、電話くらいは持っておいたほうがいいかなって思ってさ。誰にもかける人はいないけど……でもこれで、章弘くんと連絡できるし！」

「でも、俺は持ってないぞ」

「いいんだ。もし買ったら、番号教えてよ」

「あ、ああ……」

「じゃあ僕の番号、早速教えておくね」

と言ったものの、章弘は携帯がないし、本木は書く物がない。

「どうしようかな……」

「いいよ。いつだって会えるんだし」

「ダメだよ。何かあったら困るじゃないか」

そう言って、本木は近くのコンビニに走っていった。彼の後ろ姿を見て、章弘は苦笑いを浮かべた。

妙に嬉しそうにしているが、もしかしたら携帯電話を持ったのはこれが初めてなのだろうか。どちらにせよ、アパートには電話も引いていないので、公衆電話以外にかける手段がないのだが……。

コンビニから戻ってきた本木は、袋からボールペンと小さなメモ用紙を取り出し、それに自分の番号を書いて渡してくれた。

「これが僕の番号だから」

「お、おう。ありがとう」

章弘は紙を綺麗に折りたたみ、ポケットにしまった。

「とりあえず、今日は帰ろうか。明日もあるしね。ゆっくり休まないとね」

「そうだな」

「じゃあ章弘くん、また明日」

「じゃあ」

本木は背を向け、しばらく歩いてからもう一度こちらを見て手を振り、細道に入っていった。

なんか不思議だった。本木が生きていても、もう二度と会うことはないと思っていたから。島で一緒に闘ってきた仲間がいるだけで心強い。きっと、真由が再会させてくれたんだ。

穏やかだった章弘の表情が引きしまった。今度は自分自身とではなく、DEOとの闘いだ。明日から児童養護施設を回って、絶対章由を取り戻す。奴隷扱いされようと、地獄が待っていようと、耐える自信がある。あの島の中で、生き抜いてきたんだから。俺は絶対に負けない……。

3

翌日の朝を迎えた。章弘は七時前に目を覚まし、顔を洗って歯を磨き、しっかりと朝食を摂ったあと、服に着替えて窓際に立ち、青空を眺めた。章弘はそこに真由の顔を思い描いた。

真由の写真があれば、毎日顔を見て話しかけられるが、写真なんてあるはずがない。

「今日からだよ、真由。仕事を終えたら、章由を捜しに行く。心配しなくていいから」

この声は、しっかりと届いているだろうか。

彼女はきっと、見守ってくれている。だから章由にも会わせてくれる……。

章弘はそう信じて、

「行ってくる」

と凜々《りり》しい表情で彼女に告げて、家を出た。そして日射しが厳しいなか、徒歩で仕事場に向かったのだった……。


約三〇分後、工場に着いた章弘は、まず地下にあるロッカー室に向かった。もうじき出勤時間の八時になるため、室内では多くの〝労働者〟が作業服に着替えていた。しかし、誰一人として話をしていない。挨拶すらない。およそまだ働けるような体調ではない、痩せ細った労働者たちは、黙々と作業服に着替えていく。室内は異様な雰囲気に包まれていた。

作業服に着替え、番号の書かれた札を胸のあたりにつけ、帽子を深々とかぶった章弘は、一階に戻り、昨日、皆が集められた機械室に入った。すると、労働者たちとは違う白い作業服を着た男が扉のそばに立っており、章弘は厳しい口調で指示された。

「自分の番号を探してタイムカードを押せ」

「……はい」

章弘は小さく返事して、『0025』と書かれたカードを機械に通した。

「全員が揃ったところで朝礼を始める。整列して待ってろ」

章弘は、適当に列の後ろにつき、そのときを待った。すると、後ろから小さく声をかけられた。

「章弘くん」

振り返るとそこには本木の姿があった。

「おはよう」

章弘は少し表情をやわらげ、

「おはよう」

と返す。

「頑張ろうね」

仕事をするのは初めてなのか、本木は妙にソワソワとしている。

「おう」

八時になったと同時に、全員の前に白い作業服を着た三人の男がやってきた。男たちは厳しい目で労働者を見据える。中央の責任者と思われる中年の男が口を開いた。

「おはよう」

しかし、誰一人として挨拶を返さない。その態度に、右に立っている男が怒声を放った。

「挨拶しろ、お前ら！」

すると、チラホラと声が聞こえてきた。

真ん中の男は咳払いしたあと、話を続けた。

「まずは自己紹介からしよう。私は工場長の松谷。よろしく。それとこちらが指導を務める棚橋くんと中田くんだ」

声を荒らげた人相の悪い棚橋。坊主で狐《きつね》顔のほうが中田というふうに、章弘は彼らの名前を憶えた。

簡単な紹介を終えた松谷は本題に入った。

「今日から君たちにはここで働いてもらうのだが、作業内容は簡単だ」

そこでいったん話をやめて、松谷は二人に目で合図した。すると棚橋と中田はベルトコンベアーの前に立ち、機械を作動させた。と同時に、室内にはガタガタと大きな物音が響く。

間もなく、機械の中から鉄の小さな部品が流れてきた。

「彼らの作業をよく見てもらいたい」

労働者の視線が、二人に集まる。まず棚橋が、目の前を通過していく部品にネジを差し込み、電動ドライバーでネジを締める。棚橋が手をつけた部品を、今度は中田が空いている部分にネジを差し込み、同じくドライバーでネジを締める。

そこで機械は止められた。

「大体はこれで分かったろ。こうして部品にネジを通していき、最後にチェックして部品を完成させていく。これくらいなら君たちにもできるだろう」

大体予測はついていたが、要するに流れ作業だ。この動きを、機械のように一日中続けるというわけか。いや、死ぬまでずっと……。

狂いそうな仕事だが、やるしかない。

「では早速始めよう。棚橋くん、中田くん」

二人は松谷に返事して、労働者たちにそれぞれの場所を指示した。

「コンベアーの前に番号のついたドライバーがある。自分の番号を探せ」

中田がそう言うと、労働者たちは戸惑いながらも動き出した。

「迅速に動け、バカども！」

棚橋が声を荒らげると、皆慌てて各々《おのおの》の位置についた。

コンベアーの台数は七台。『００２５番』の章弘は右端から五台目のコンベアーを担当することになった。本木の姿は、皆が一斉に動いたため見失ってしまった。

「よし、ドライバーを持て」

中田がそう指示すると、間もなく全ての機械が動き出した。章弘は手元にある箱から大量にあるネジを一個取り出し、流れてくる部品に差し込んで、ドライバーで締める。そして次に流れてきた部品にネジを差し込む。蒸し風呂のように熱い機械室で、労働者たちは同じ作業を繰り返した。

「昼休みまで私語は一切禁止！　トイレ休憩も取っている暇はないぞ！　そのぶん、隣の人間に迷惑をかけるからな！」

機械の音がうるさすぎて、棚橋の大声もかき消される。

「返事がないぞ！」

棚橋が怒鳴り声を上げると、所々から「はい」と怯えたような声が聞こえてきた。

こいつらは、労働者たちをいじめて楽しんでいるんだ。

しかし腹を立てるだけ無駄だ。自分は、章由のことだけを考えていればいい。

負けるな、と何度も自分に言い聞かせ、章弘は黙々と作業を進めていった……。

しかし、まだまだ体調が万全ではない章弘の体力は、そう長くはもたなかった。流れ作業とはいえ、甘くはなかったのだ。力仕事ではないので、肉体的な疲れはないだろう。どちらかといえば精神的な疲れが襲ってくる。そう思っていたのだが、三時間がたった今、全身が悲鳴を上げている。特に腰と足だ。ずっと立ちっぱなしなので、ふくらはぎはパンパンに張り、太ももはプルプルと震えている。

それに加えこの暑さだ。汗が出尽くしても水分補給は許されない。一分間の休憩もない。まさに奴隷のような扱いだった。章弘は無意識のうちにボーッとしており、中田と棚橋に何度も注意をくらった。しかしそれは皆同じで、脱水症状で倒れる者もいるくらいだった。

「あと一時間……一時間だ」

章弘は時計を見ながら、気がつけばそう繰り返していた。しかし当然、時間は速く進んではくれない。一二時になるまで、本当に地獄だった。

最後は朦朧《もうろう》とした意識のなか、早く終わらないかと秒数を数えていた。息苦しくても、今にも崩れ落ちそうでも、それでも手だけはしっかりと動かしていた。そしてようやく、正午の鐘が機械室に鳴り響いたのだ。そのとたん、ほとんどの労働者が溜息をつきながらその場にしゃがみこんだ。

「一時間の休憩だ」

淡々とした口調で皆にそう言って、中田と棚橋は機械室からいなくなった。章弘は五分間ほどその場に座り込んだが、水分を補給しなければ午後は倒れると危険を感じ、足を震わせながらなんとか立ち上がり、工場から出たのだった。

節約のため、昼飯は抜こうと考えていたが、この状態ではとても耐えられず、章弘は近くのコンビニに行き、弁当とお茶を買って、工場の駐車場の車止めに腰を下ろし昼食を摂った。

食べ終わるころ、ここにいたのかというように、本木がヘロヘロになりながらやってきた。

「章弘くん……もうダメ」

そう言いながら、本木は隣にダラリと座った。

「何言ってんだ、初日から。しかもまだ午前が終わっただけだぞ」

自分に言い聞かせるように、本木を激励する。

「そうだけど」

「メシ食べたか？」

「うん。朝買っておいたお弁当をね」

「そうか。で、光彦はどのあたりにいる？」

「僕は一番前のコンベアーだよ」

「じゃあ、けっこう離れてるんだな」

「……そうみたいだね」

ガクリと肩を落とした本木は、不安そうにこんなことを言った。

「本当に……こんな仕事を一生やらされるのかな。なんか自信ないよ。特に僕なんて、こういう仕事合わない気がする」

「そんなこと言ったって仕方ないだろ。また島に戻りたいのか？」

「それは……」

「だったらやるしかないだろ。大丈夫。一生懸命やってれば、きっと認められて自由になるさ」

「……だよね」

棄民に対してそんな甘くないことは分かっているが、本木が可哀想で、無責任かもしれないが、希望を持たせるようなことを言ってしまった。

それ以来、二人はあまりの疲労に口を開くことはなく、一時間はアッという間に過ぎ去り、仕事開始の合図が響き渡った。

「ほら、行くぞ光彦」

疲れ果てている本木の肩を叩き、二人は再び機械室に向かった。

扉を開けると、いきなり二人は棚橋に怒鳴られた。

「合図が鳴る前に仕事の準備をしておけ！」

「は、はい」

と本木が裏声を上げる。章弘は無視して棚橋に背を向けた。すると、番号で呼ばれたのだ。

「0025番！　返事しろ！」

章弘は一瞬、棚橋をにらみつけたが、怒りをグッと堪《こら》え、

「はい」

と返事して自分の位置についた。その後も何人か遅れてやってきて、そのたびに棚橋の怒り狂った声が耳の奥にまで響いてきたが、全員嫌な顔一つせず、黙々と作業を進めた。章弘も、暑さと疲労を必死に耐え、残りの四時間、章由のことを思い浮かべながら懸命に仕事に取り組んだ。

一日の中で一番暑い、二時、三時ごろが疲労のピークだった。汗が手にしたたり落ち、滑ってネジを転がしてしまうことが何度もあった。中田か棚橋に見つかれば怒鳴られ、見つからなくても隣の人間に迷惑をかけるのは確かで、そのたびに章弘は頭を下げた。『0026番』の彼は、大丈夫というように軽く手を上げるが、明らかに迷惑そうだった。普通の仕事場なら、もっと一人ひとりが気持ちにゆとりがあるはずだが、ここは違う。皆、どこかビクビクと怯えている。成績が悪ければ、また島に連れていかれるのではないかと恐れている。

ゆえに労働者の態度は厳しく、そして冷たい。会話はなくとも、島で同じ苦しみを味わってきた労働者は皆、心が通じ合った仲間だと思っていたが、大きな間違いだった。ここにいる全員が敵だと感じた。いや、思えば島にいるときは敵だったのだ。今に始まったことではない……。

労働者全員が敵という、不気味な雰囲気のなか、章弘は残りの二時間、手先に集中し、小さなネジを締めていくという細かい作業をこなしていった。最後の一時間はやはり集中力が切れ、ミスする場面もあったが、もう少しで章由に会えると自分を勇気づけ、同じ作業を延々と繰り返した。そしてようやく五時の鐘が鳴り響いたのだ。同時に機械はストップし、中田と棚橋から終了という声が告げられた。

幸いなのは、残業がないこと。章弘はコンベアーにドライバーを置き、すぐさま機械室の扉に向かった。その途中、本木が気になり彼のほうを振り返ったが、本木はグッタリと座り込んでしまっていた。章弘は声をかけようとしたがやめた。そのままロッカー室に向かい、服に着替えて工場を出たのだった……。

労働者のほとんどが、着替えてすぐに家路につくのではないか。しかし、章弘はそういうわけにはいかなかった。ここからが本当の始まりだ。章由の居所を見つけなければならない。章由だって、すぐにでも父親の元に帰りたいはずなのだ。他人に抱かれて、今も泣いているかもしれない。そう思うと、いても立ってもいられなかった。

章弘は、ポケットの中から一枚のメモ用紙を取り出した。

そこには、昨日本木と別れてから市役所に行って照会してもらった、東京にある乳児院の住所がズラリと書かれてあった。乳児院は身寄りのない二歳未満の子供を養育する施設である。一歳にもならない章由は乳児院にいるはずだ。昨日、早速電話してみたが、規則で電話での質問には答えられないという。ならば直接訪ねるまでだ。もちろん一日では回れないが、地道に調べていこうと思う。

まずは、ここから一番近いと思われる町田市だ。章弘は近くにあるバス停の時刻表を調べ、八王子駅行きのバスに乗り込んだ。車内に空席はなく、立っているのはかなりきつかったが、章由のためだと、章弘は自分に言い聞かせた。そして、バスに揺られること二〇分、ようやく八王子駅が見えてきた。章弘は足取りを緩めず、町田までの切符を買って、改札をくぐり、タイミング良く停まった急行電車に乗り込んだのだった……。

きつい労働のあとの帰宅ラッシュの電車は、体力的にも精神的にも負担が大きく、さらに乗っている時間が長かったので、章弘の疲労はとっくに限界を超えていた。それでも章弘を支えているのは、実際には見たこともない章由の笑顔。章弘はずっと、車窓に章由の顔を思い浮かべていた。

やがて、町田というアナウンスが聞こえてきた。徐々にスピードを落とす電車は、ゆっくりとホームに停止した。と同時に扉が開く。大勢の人々が、溢れ出るように電車から降りていく。章弘は緊張の面《おも》もちで、ホームに降り立った……。

やっとの思いで町田駅に着いたころには、すでに空はまっ暗になっていた。

町田に着いたとはいえ、ここは初めての地だ。右も左も分からない。章弘は近くにいた駅員に行き方を教えてもらった。

どうやら、またバスに乗らなければならないらしいが、疲れたなんて言っていられない。

章弘は指定されたバス停に行き、数分後、再びバスに乗り込んだ。

章由に会うまでの道のりはかなり長いが、もう少しで着くと思うと、気力が湧いた。初めての訪問だが、今向かっている乳児院に章由がいるような気がしてならないのだ。目的地に近づくにつれ、期待は膨らんでいく。

腕時計の針は、ちょうど七時半を示していた。バスに乗ったときはかなり混雑していたが、次は終点。気づけば、車内は二人になっていた。あれだけ賑やかだった風景もガラリと変わり、周りは団地や小規模な工場が目立つ。こんな所に乳児院があるのか疑問だが、教えてもらったとおりに着いたのだ。間違いはないだろう。

それから間もなく、バスは終点に到着した。後ろの扉が開いたが、確認するため運転手の元へ行き、詳しい行き方を教えてもらった。

ここから、歩いて五分もないそうだ。それが分かり、緊張はさらに増した。

「ありがとうございます」

運転手に礼を言って、章弘はバスから降りた。そして、言われたとおりの方向へ進んでいった。章弘は無意識のうちに、歩調を速めていた……。

静まり返った夜道を三分ほど歩くと、目印である小学校が見えてきた。きっと、乳児院に併設の施設の子たちはこの小学校に通っているのだろう。

章弘はそんなことを考えながら、小学校を通り過ぎ、さらに一直線に歩いていった。

するとつきあたった所に、二階建ての茶色い建物が見えてきた。それはマンションではなく、一戸建てでもない。敷地内に小さなグラウンドと遊具があるので、一見幼稚園か保育園のように思えるが、恐らくここが乳児院だろう。

『町田優愛乳児園』

章弘は入り口に掲げられたプレートを確認する。ここに、章由がいるかもしれない……。

大きく息を吐いた章弘は、早速施設の中に入り、大声で人を呼んだ。すると、エプロン姿の中年女性が返事をしながらやってきた。その女性は、章弘のやつれた顔と痩せ細った身体を見て、一瞬ギョッとした。

「はい……何でしょう？」

「夜分に申しわけありません」

丁寧に頭を下げた章弘は、早速章由のことを尋ねることにした。が、次の言葉に迷ってしまった。

そうだ。今ごろ肝心なことに気づいた。

〝章由〟という名前はつけたが、それは自分が認識しているだけで、他の人間が知るわけがない。きっと、全然別の名前で施設に入れられているはず……。

「あの……何でしょう？」

不審がる女性に、章弘は仕方なくこう訊いた。

「子供を捜しているんです。生まれて四ヶ月の男の子です。ある事情で、施設に入れられることになってしまって……」

あまり内容を把握できていない女性に、章弘は必死に問いかけた。

「そうだ、右肩に赤い痣《あざ》がある子です。この施設にはいませんか？」

女性は考える間もなく、首を横に振った。

「いませんね」

そんな答えでは納得いかなかった。章弘はすがるような目で訴えかける。

「お願いです。僕の子供なんです。赤い痣のある子がいないか、確認してきてくれませんか」

女性は困ったという表情を浮かべ言った。

「残念ですけど、うちにはここ半年新しく入ってきた子はいませんし。申しわけないですけど、他の施設をあたってください」

女性は、これ以上は無駄というように、奥に消えてしまった。

「……そんな」

期待していただけにショックは大きかった。しばらく呆然と立ち尽くしていた章弘は、仕方なく施設をあとにした。

肩を落として歩く章弘は、夜空に浮かぶ月を見て、溜息を吐いた。

日本全国にはいくつもの乳児院がある。すぐに見つけることはさすがに不可能だったか……。

章弘はポケットから紙を取り出し、今いる施設の住所をボールペンで塗り潰《つぶ》した。

しかしこれで終わったわけじゃない。メモにはまだまだ施設の住所が書かれている。

相当な時間はかかるだろうが、捜し続けていれば絶対に章由と会うことができる。二人は同じ月の下にいるのだから。

明日はきっと。

章弘は自分にそう言い聞かせて、夜道を歩いていった……。

4

翌日、腕時計のアラームで目を覚ました章弘は、昨日と同じ時間に出勤し、汗をダラダラと流しながらまったく同じ作業を繰り返した。

昨夜、ものすごく疲れているはずなのに、深い眠りに就くことができなかった。章由に会えるのを信じてはいるが、やはり心のどこかには不安があるようで、何度も嫌な夢を見て目を覚ました。

あまり眠っていないせいか、ミスが目立ったが、地獄の四時間は過ぎ去り、何とか午前中の仕事を終えることができた……。

昨日と同じく、コンビニで弁当と飲み物を買って、駐車場の車止めで昼食を摂る章弘は、施設の住所が書かれたメモ用紙をしばらく眺めた。

今日はどの施設へ行こうか。

そんなことを考えていると、本木の声が聞こえてきた。章弘はメモ用紙をしまい、厳しい顔つきから表情をやわらげる。

「やっぱここか」

今日、本木としゃべるのはこれが初めてだった。仕事中、彼とは離れているし、私語が一切禁止なので、話す時間は昼休みしかない。

「メシは食べたのか？」

「うん」

昨日とまったく同じ会話をしたあと、本木は遠慮がちに訊いてきた。

「それで、昨日行ってみた？　乳児院」

「ああ。でも、そこにはいなかったよ」

「そっか」

落胆する本木の肩を、章弘はポンポンと叩いた。

「大丈夫。そうすぐには見つけられないさ」

「もしあれだったら、僕も手伝おうか？　そのほうが短期間のうちに施設を回れると思うけど」

その気持ちは嬉しいが、章弘は首を振った。

「ありがとう。でも光彦には迷惑はかけられない。それに、自分の手で見つけてあげたいんだ」

本木は納得したようにうなずいた。

「分かった。でも、困ったら本当に言ってよ。力になりたいんだ」

「ありがとう」

こんなにも心配してくれる親友がいて、自分は幸せ者だと改めて感じた。本木や真由が見守っていてくれれば、章由は見つかる……。

それから三〇分後、午後の仕事開始の合図が鳴り、二人は急いで機械室に戻り、作業を再開した。

この日も、中田や棚橋に何度も罵声《ばせい》を浴びせられ、叱られたが、そのたびに怒りを抑え、二日目の仕事も何とか無事終えることができた。そして気持ちを切り替え、工場を出た章弘は、昨日と同じ時間のバスに乗って、八王子駅に向かったのだった……。

東京都足立区綾瀬。八王子駅から電車を乗り継ぎ、約一時間。この日も、施設に着く前に空はまっ暗になっていた。最寄り駅である綾瀬駅の駅員に、施設までの行き方を教えてもらった章弘は、三〇分以上かけて、目印である消防署や飲食店を越え、閑静《かんせい》な住宅地に入った。

そこからは目印になる建物はなく、所々の電柱に表示されている住所を頼りに、施設を目指した。

そして駅から歩き始めて四〇分後、広い野原のすぐ隣に、白い建物が見えてきた。そこは昨日の施設とは対照的で、一階建てで、建物の老朽化がひどく、壁にヒビが目立つ。ずいぶん古くからある施設のようだった。ただ、造りなんて関係ない。章由がいてくれればそれでいい……。

玄関の扉を開け、章弘は声をかけた。

「夜分遅くにすみません」

しばらくすると、七〇前後の上品そうな女性が足を引きずりながらやってきた。恐らく施設の責任者であるこの女性は、人間とは思えない身体つきの章弘を見ても驚きはしなかった。

「何でしょうか?」

章弘は深々と頭を下げ、

「ちょっとお訊きしたいことがあるんですが……この施設に、右肩に赤い痣のある生後四ヶ月くらいの男の子はいませんか?」

と尋ねた。すると女性は、考える素振りも見せず首を横に振った。

「いませんね。うちの施設には少ししか子供がいないものですからね、すぐに分かりますよ」

女性の言うように、靴箱には六、七人の名前しか書かれていない。

「そうですか……じゃあ、乳児院の関係者の間で、赤い痣のある赤ん坊がいるとか、最近、赤ん坊が入れられたとか、そういう噂《うわさ》はありませんか？」

女性は、

「さあ、分かりませんね」

と首を傾げた。

「では、もしそういう噂を耳にしたら、この番号に連絡してもらってもいいですか？」

章弘は事前に書いておいた本木の携帯番号を女性に渡した。女性は目を細めながら紙に書かれてある番号を確認し、

「分かりました」

と了承してくれた。

「ありがとうございました。失礼します」

章弘は女性に頭を下げて、施設をあとにした。

ここもダメか……。

今日こそはと思ったのだが。

「章由……どこにいるんだよ」

独り言を洩《も》らしながら、章弘はメモ用紙を取り、ここの施設の住所も塗り潰した。

まだ二日目とはいえ、ちょっとした手掛かりも摑めていない現状に、気持ちばかりが焦る。でも今日みたいにこちらの連絡先を渡しておけば、きっと情報が入るはず。

もう少しの辛抱だ。

今日がダメならまた明日施設を訪れればいい。章弘は決して諦めず、希望を抱き続けた……。


しかし、現実は章弘の思うとおりにはいかなかった。範囲が限定されていればすぐに見つけることができただろうが、日本のどこにいるか分からない息子を捜すのは非常に困難だった。

翌日、翌々日と仕事を終えてから施設を訪れたが、結果は同じで、休みである土日も一日中捜し回ったが、わずかな情報さえ手に入れることができなかった。それでも当然諦めることはせず、疲労困憊《こんぱい》であっても地道に捜し続けた。が、どうしても章由に会うことができなかった。

日がたつごとに、章弘はだんだん追い込まれていった。当たり前のように、メモに書かれてある住所が残り少なくなっていく。あれだけ書かれてあった施設の住所はほとんど全てが黒く塗り潰され、章由を捜し始めてから約一ヶ月後、東京都で残っている施設はあと一つとなっていた……。


九月八日。

日曜日であるこの日、章弘は生まれ育った江戸川区に向かった。といっても、施設の住所は実家とは正反対なので両親を意識することはないが、気にならないといったら嘘になる。バッタリ会ってしまうのではないかと、心のどこかでビクビクしている。江戸川区を最後にしたのは、両親の存在が頭の端にあったからだろう。

駅からバスに乗り、通行人に尋ねながら施設に到着した章弘は、正直中に入るのが恐かった。東京都はここが最後。もしいなかったら……。

ただ、今まで訪れた施設の中では一番大きいし、造りも新しい。ここには多くの乳児がいるのではないか。だとすれば章由がいる可能性も高い。恐れて立ち止まっていては来た意味がない。先へ進まないと……。

覚悟を決めた章弘は、施設の中に入り、声をかけた。

「すみません。どなたかいらっしゃいますか」

　すると、乳児をあやしている最中だったのか、若い女性が乳児を抱き玄関にやってきた。一ヶ月もすると、章弘の体重も顔色もある程度元に戻り、章弘の姿を見ても怯える者はいなかった。

　子供たちの顔を見るたび、胸が苦しくなる。早くこの手で章由を抱きしめたい……。

「はい、何でしょう？」

「お尋ねしたいことがあるのですが……」

　章弘は、章由の歳《とし》と特徴を伝え、ここにいないかと彼女に訊いてみた。しかし……。

「残念ですが、いませんねえ」

　その言葉がズシリと重くのしかかる。

「じゃあ、関係者の間でそういう噂はありませんか？」

「さあ、聞きませんけど」

　章弘の期待は、一瞬にして崩れ去った。

「……そうですか」

　落胆する章弘は、いつもと同じように本木の携帯番号を渡し、いつでも連絡をくださいと伝えた。

「分かりました」

章弘は頭を下げ、肩を落としながら施設をあとにした。そして、クシャクシャになった紙に、最後の×印をつけた。

この時点で明らかになったのは、東京の施設にはいないということ。

きっと東京のどこかにいると思っていただけに、章弘はショックを隠せなかった。

溜息をついた瞬間、全身からスーッと力が抜け、章弘は崩れ落ちそうになった。電柱に寄りかかったので倒れることはなかったが、しばらくその場から動くことができなかった。無理もない。この一ヶ月、休みもなく動き続けたのだから。

章由はいったいどこにいるのだろう。まったく見当がつかない。これだけ捜しても手掛かり一つない。本当に、見つけてやることなんてできるのだろうか……。

弱気になる章弘は、肩を落としながらバス停のほうに歩き出した。そしてバスに乗り、駅に向かう、そのはずだった。章弘は電車には乗らず、違う方向に歩んでいた……。

これだけ捜しても章由に会えない辛さと寂しさが、章弘の心を揺るがせた。

これまで気丈に振る舞ってきたが、今は大声を上げて泣きたかった。辛い気持ちを外に吐き出したかった。だからだろうか、あれだけ拒んでいたはずなのに、いつの間にか、足は実家に向いていたのだ。

いつも通学路として使っていた道を歩いていると、何とも複雑な気分になった。懐かしさと不安。あと数十メートルも歩けば、実家に着く。二人は温かく迎え入れてくれるだろうか。そう思うと、足取りが重くなる。

二人に会ったら、ちゃんと謝ろう。そして真由や章由のことも全て話そう。打ち明ければ、少しは気持ちも楽になるだろう。

間もなく、一六年間過ごした実家が見えてきた。コンクリート打ちっぱなしの、三階建ての長方形の家は、見た目は変わらない。しかし確実に時は流れていた。

家を出たあの日、考えもしなかった。この先、波瀾の人生が待っているなんて。一九歳で父親になり、その子供を必死に捜しているなんて……。

もし将来の映像が見えていたら、両親に一切逆らわず、エリートの道を歩んでいただろうか。

もしかしたら、親の言いなりになっていたかもしれない。それほど、今の状況は苦しすぎる。

しかし、今さらそんなことを考えたって始まらない。二人は中にいるだろうか……？

そのときだ。家から父と母が出てきたのだ。休日だというのに二人ともスーツを着ている。相変わらず二人の顔つきは厳しい。他人を寄せつけない雰囲気を醸《かも》し出している。

それにしても、二人ともこの三、四年でずいぶんと歳を取ったように感じる。ストレスが多いのかずいぶんと痩せ、白髪も増えた。全て自分のせいかもしれない。

父はガレージに向かい、母は車が出るのを待っている。章弘は、三〇メートル手前から動けないでいた。

すると母の目が、チラリとこちらに向けられ、その瞬間、母は驚き固まってしまった。

章弘は深々と頭を下げ、母としばらく見つめ合う。ただ、一歩が踏み出せなかった。

母は信じられないというように、いまだ石のように固まっている。

そのとき、ガレージから高級セダンが出てきた。それでも母は硬直している。

章弘は二人の元に行こうと勇気を振り絞り、一歩を踏み出した。

しかし、父に声をかけられた母はハッとして、なぜか目をそらして助手席に座ってしまった。母から、前方に章弘がいると知らされたのだろう。父の目がこちらに向けられた。しばらく父も驚いた様子を見せていたが、車から降りてくることはなかった。

車が、ゆっくりとこちらに動き出した。と同時に章弘は、どうして、と足を止める。

二人は、再会を拒んだのだ。父はともかく、母までも……。

様子がおかしいと感じてはいた。それでも目の前で停止して、降りてきてくれると思っていた。少なくとも声ぐらいはと。しかし、車は素通りしていった。二人ともずっとこちらを見てはいたが、ためらいもなく通り過ぎていったのだ。

章弘は振り返れなかった。ただ呆然と立ち尽くす。

親子の縁が切れた瞬間だった。

二人はもう、棄民となった自分を息子だと思っていない。ただの他人。いやそれ以下か……。

世間体ばかりを気にする両親にとっては、息子が棄民になったことが屈辱でたまらなかったのだろう。

俺は国だけではなく、親にまで棄てられたんだ。親に反目した報いなのだろうか。

心のどこかでは覚悟していた。だからか、不思議と悲しみはこみ上げてはこなかった。

この現実を受け入れ、章弘はその場を去った。そして誓った。もう二度とここへは来ない。

二人にも一生会うことはないだろう。

ただ最後に、顔だけでも見られて良かった……。

親に棄てられ、肉親が章由ただ一人だけとなってしまった章弘は、ボーッと江戸川の土手沿いを歩いていた。

気持ちが沈むのも無理はない。今後の章由のことに加え、両親に棄てられたのも少なからず影響はあった。

歩きながら明日からの行動を考えていると、ふと章弘の目に赤い景色が飛び込んできた。

彼岸花だった。土手をまっ赤に埋め尽くし、鮮やかな色彩を放っている。

それを見た章弘は本屋を探して走り出した。

ずっと章由のことで精いっぱいだったので頭から離れていたが、彼岸花のもう一つの花言葉を調べたかったんだ……。

「そうだったよね……真由」

あの日の言葉を、やっと聞くことができる。

本屋に入った章弘は、足早に花のコーナーに向かい、棚に並んでいる本を目で追っていく。本の数が多くてなかなか見つからなかったが、ようやく『花言葉』という題名の本を見つけた。

「……これだ」

章弘は手を伸ばし、汗ばんだ指でページをめくっていく。すると、本のちょうど真ん中あたりに、『彼岸花』とあり、章弘は花言葉を探した。

彼女は何を言いたかったのか……。

咲く時期やその他に細かい説明があるのだが、その下に花言葉が書かれていた。

『悲しい想い出……』

真由が言ったのはこの言葉。そしてもう一つは……。

章弘は、思わず声に出して読んでいた。

「想うは……あなた一人」

その文字を見たとたん、章弘の中にたまっていた辛さと悲しみが一気に溢れ出た。章弘はその場に屈んで涙を流した。

あの日からもう、真由は自分を想ってくれていた。

そして一年後の今、真由にそう言葉をかけられたような気がした。目を閉じると、彼女が隣にいる気がする。

章弘は、真由と心の中で会話をする。

彼女の言葉が、声が、もう一度気力と勇気をくれた。東京中を捜しても章由はおらず弱気になっていたが、再び希望が湧いてきた。

「……分かってるよ」

クヨクヨなんてしていられない。東京にいないのなら、全国を回ればいい。ただそれだけだ。

心配するな。

章弘は最後に真由にそう伝え、たくましく立ち上がった……。

5

章弘にとって、本当の闘いはここからだった。神奈川や千葉や埼玉あたりまでは仕事を終えたあとに行動することができたのだが、期待とは裏腹に関東地方に章由はいなかった。

それ以外の場所は、仕事帰りではあまりに時間が足りないため動くことができず、休日である土日にしか調べることができない。しかも、多額の交通費も必要となる。章弘は工場で必死に働き、手取り一八万という安月給をうまくやりくりしながら、北は北海道、南は沖縄まで、全国各地の乳児院を訪ねていった。

むろん、全国の施設全てを回るなんてそう簡単なことではなかった。覚悟はしていたが、想像以上の辛さと苦しみであった。疲労が溜まりすぎて仕事中に倒れることは何度もあった。医者に、このまま身体を酷使すれば過労死すると警告を受けるほどだった。一日・二日、入院するなんて当たり前だった。それでももちろんやめるわけにはいかない。血のにじむような努力を重ね、一つひとつの施設を調べていった。

これは自分に課せられた試練だ。この試練を乗り越えれば章由に会うことができる。そのはずだったし、心の底からそう信じていた。

だから必死に頑張れた。章由をこの手で抱くのを夢見て、諦めずやってきたのだ。

しかし、章弘には残酷な結果しか待っていなかった。無情にも、いや不可解なことに、どの施設にも章由の姿はなかったのだ。

最後に調べたのは北海道札幌市。この地に立つまでに、実に一年半の月日がたっていた。最後の施設で、『一歳半くらいの、肩に赤い痣のある子供はいない』と言われたときは、目の前がまっ暗になった。章弘は、どうしてだ！　どこに章由がいるんだ！　と無意識のうちに女性の胸ぐらを摑んでおり、我に返ったときには、地べたに座っていた。

章由がいないなんて、そんなはずはなかった。調べていない施設なんてない。絶対にありえない。だが、どこにもいなかったのは紛れもない事実だった。両親のいない子供は二歳になるまでは乳児院で過ごすはずだが、すでに児童養護施設に移されたのだろうか。だとしたら、全国回り直しだ。しかしそんなはずはないだろう。

狂いそうだった。いや、おかしくなりかけていた。現実を受け入れることができず、夜、毎日のようにうなされていた。

日本にいないなんてことは絶対にない。だが自分には一切のミスはなかった。だとしたら、仕組まれているとしか考えられなかった。

頭に浮かんだのは、章由を奪ったあの男。眉のあたりに大きな傷がある奴の顔は鮮明に憶えている。奴が章由をどこかに隠しているんだ。そうに違いない。

章弘は奴を捜そうとした。が、DEOで働いている以外、手掛かりはない。それこそ捜しようがなかった。仮に奴を見つけたとしても、今度こそ殺される。死に対して恐怖心はないが、死ねば章由を裏切ることになる。下手な行動はできなかった。

結局どうすることもできなくなってしまった章弘は、完全にふさぎこんでしまった。捜す手段をなくし、ただ奴隷のように働くなんて、死ぬほど苦しい毎日だった。

それでもまだかすかに希望を抱けたのは、本木がそばにいたからだ。この一年半、ずっと心配してくれていた本木は、探偵を雇えばきっと見つけてくれるのではないか、と提案してくれたのだ。

その言葉に賭けることにした章弘は、給料を貯めて多額の金を払い、探偵を雇った。

しかし結果は同じだった。探偵でさえ、章由を見つけることができないのだ。

八方ふさがりとなってしまった章弘は、だんだんと人が変わっていった。念のため全国の児童養護施設を回り続けたが、望みの薄い行動に、精神はどんどんすり減っていった。いつしか、章由を奪った奴に対する憎しみが満ち、章由に会えるという希望の光は小さくなっていった。そんな章弘を本木は懸命に励ましていた。もし彼がいなかったら自棄《やけ》を起こして、牢獄、もしくは再び島に放り込まれていたかもしれない。章弘にとって、本木の存在は本当に大きかった。彼には心の底から感謝していた。

本木にはずっとそばにいてほしい。どうすることもできない今だからこそ、自分には本木が必要だったのだ。

しかし、どうして自分の身にばかり悲しいことが起こるのか。

それは突然だった。親友との別れがやってきたのだ。

八王子の工場で働き始めてから約三年。

半数の労働者に、人事異動が言い渡されたのだ。勤務先は埼玉。

その中に、本木の名前も含まれていた……。


二〇一六年、一一月二〇日、日曜日。

本木は埼玉に越すこの日の朝、アパートを訪ねてきてくれた。

「おはよう、章弘くん」

しばらく会えないかもしれないのに、本木にはあれだけ助けてもらったのに、章弘は笑みを作れない。明るく振る舞うことができない。しかしそれは悲しいからではない。心が、閉ざされていたから。放心したように、ただうなずくだけだった。

い。

「入るよ」

本木は部屋に入り、ベッドの前に正座して、室内を見渡す。これまで給料のほとんどを章由のために使ってきたため、部屋にはいまだカーテンもない。三年前から何も変わっていない。

殺風景すぎる室内を見て何を思ったのか、本木は突然涙を流した。

怪訝《けげん》そうに見つめる章弘に本木は、

「……ゴメン」

と声を洩らした。

「何でもないから」

そう言ったあと、本木は残念そうに人事異動のことを話し出した。

「ずっと一緒だったから寂しくなるけど、会えなくなるわけじゃないし、埼玉と八王子なんだから、会おうと思えばすぐに会えるし……僕も頑張るから、章弘くんも頑張って」

章弘は力なくうなずく。

「そうだ。もしお互い疲れたときは、旅行にでも行こうよ。やっぱり、たまにはリフレッシュしないとね」

別れの日だからこそ明るく振る舞う本木だが、章弘はただ下を向くだけで、何も答えられない。

本木は章弘を元気づけようと懸命に頑張ったが、室内は暗い雰囲気のままだった。章弘自身、刻一刻と時間が迫っていると分かっているのに、まともに話すことができなかった。

結局そんな状態のまま、別れの時はやってきてしまった。

時計を確認した本木の表情が曇る。

「章弘くん……もう時間だ。そろそろ行かないと」

本木が立ち上がっても、章弘は見送ることができない。ただ辛うじて、最後に言葉を出すことができた。

「……ありがとう」

そう言うと、本木は涙を浮かべて心底嬉しそうに笑みを見せた。

「僕もありがとう、章弘くん。何かあったら携帯に連絡してね」

「……ああ」

本木は最後まで章由の名前は出さなかった。部屋を去るときも、努めて明るく振る舞った。

「じゃあね」

扉が閉まったとたん、室内はシンと静まり返った。本木がいなくなった瞬間、急に寂しさが込み上げ、今ごろ涙がこぼれた。

どうして本木まで奪われなければならないのか。これで本当に独りぼっちになってしまった。

このとき、章弘は改めて思った。

やはり神などいない。いるはずがない。島から出ても、幸せと感じたことなんて一度もなかった。

この先どうなるのか。そして自分はどうしたらいいのか。何も分からなかった……。

6

本木がそばからいなくなり、本当に孤独になってしまった章弘はその後、継続して調べてもらっていた探偵、あるいは全国の施設から何かしら情報が入らないかと、本木から連絡が来るのを待ち続けた。もちろん、ただ待つだけではない。どうしてもじっとしていられなかった章弘は、地道に児童養護施設を回るかたわら、章由の現在の年齢と、右肩の特徴だけを書いたビラを毎日毎日配り続けた。しかし、探偵も良い結果は得られず、施設からの連絡も一切入ってはこなかった。

ほぼ身動きの取れなくなってしまった章弘は、ただ働く毎日を送った。それでもいつか章由に会えるんじゃないか。その日が来るのを願って……。

しかしそれから一年、二年、三年がたち、いつしか何の手掛かりも摑めないまま、児童養護施設も回り終えた。それからは本当に働くだけの毎日で、章由のために何もしてやれない章弘の元には、当たり前のように情報など入るわけもなく、大きくなっているはずの章由の姿を想像するだけの日々。

気づけば章由も小学生になっていた。

背はどのくらいまで伸びたろう？　顔は自分と真由、どちらに似ているだろう？　声は？　髪形は？　ランドセルを背負った章由はかわいいだろうな……。

想像すればするほど苦しくなる。しかし思えば思うほど、章由は遠ざかっていくような気がしてならなかった……。

そしてその翌々年、章由が三年生になったころ、章弘は八年間務めた八王子工場から葛飾区にある工場に異動になった。

しかし、仕事の内容はほとんど一緒だ。一日中同じことを続ける流れ作業。周りの人間や住む場所が変わっただけで、それ以外は何の変化もなかった。

それからさらに月日は流れた。

葛飾区の工場に勤める章弘は、友人も作らず、誰も愛さず、孤独に、春、夏、秋、冬、毎日毎日、奴隷のように働き、同じ生活を繰り返した。唯一《ゆいいつ》の楽しみは、章由の姿を自分なりに想像することと、寝る前に交わす章由との会話。年数がたつにつれて、会いたいという苦しみはほとんどなくなり、逆に章由を思い浮かべると心が安まるようになっていた。しかしそう思うということは、章由に会うのはもう無理だと諦めていた証拠なのかもしれない。時間が、章弘の気持ちを変えてしまったのだ。けれどそれは仕方のないことだった。

気づけば、葛飾区に異動になって一一年。島から出て、一九年もの月日が流れていたのだから……。

逃　亡

1

二〇三二年、三月二六日。

この日、朝の六時半に目を覚ました章弘は、まず最初にテレビの電源をつけた。画面を見ることはないが、これは朝の日課となっていた。

台所で顔を洗い、歯を磨く章弘の耳に、アナウンサーの明るい声が聞こえてきた。

『実用化が間近に迫った家庭用3Dプロジェクターですが、このたびメーカー各社の協議が行われ……』

あれからもう一九年。あのころと比べると、日本はずいぶんと進化した。ダスト法が成立し、いわゆるニートやホームレスがいなくなったのが大きな理由として上げられるだろう。章弘が島から出て二、三年はまだ流刑《るけい》を言い渡された者もいたようだが、失業者は一気にいなくなり、日本人の、学生以外の一八歳から六〇歳までの人間は必死になって働いた。

そのため、様々な分野で急激な発展を遂げ便利になった物もあるが、街中にはカメラが設置されたり、買い物も購入カードを買わないと品物が手に入れられなくなったりと、窮屈《きゅうくつ》に感じることのほうが多くなった。

もちろん変わったのは社会だけではない。

いつまでも若くいられると思っていたが、自分はもう三八歳になり、顔立ちもずいぶんと変わり、とうとう白髪も出始めた。一番感じるのは体力の衰えだ。昔よりも仕事が辛くて苦しい。仕事後は何もする気が起きず、家に帰って飯を食べて寝るという日々だ。幸せを感じる出来事なんて、何一つない……。

それにしても本当に時の流れはアッという間だった。

監獄のような場所で働き続けて一九年。最初の二、三年はまだ希望を抱いていたが、これだけ年数がたつと、章由のことは諦めざるをえない。

息子は元気にしているか。高校を卒業して早一年。今ごろ、何をやっているのだろう。

章弘はカーテンを開き、綺麗な青空をしばらく眺める。

思えば、自分が島に連れていかれた歳と、章由は同年代になっているんだ。何か不思議な感覚だ。

あのころの自分は、苦しみと悲しみの連続だった。真由や本木や小渕に会えたことが唯一の救いで、それ以外は地獄だった。

結局、章由に会うことはできなかったが、彼には幸せになってほしい。自分と同じ苦しみだけは味わってほしくない。幸せなら、それでいい……。

章弘は、壁にかけてあるカレンダーに目をやり、三月二九日に注目する。赤丸が記されているその日は、真由の一九回目の命日であり、そして、章由の一九歳の誕生日だ。今年もまた一人で過ごすことになるだろうが、二人に想いは届くだろうか。

せめて真由と章由の写真があれば……。

ふと時計の針に視線を移した章弘はハッとなった。アパートを出る時間が迫っているのだ。章弘は急いで朝食を摂り、アパートを出た。

今日も何ら変わらない一日のはずだった。しかし、大切な日を目前にしたこの日、事件は起きた……。


東京都葛飾区ＤＥＯ委託第一七工場。

章弘は自動ドアをくぐり、いつものように地下のロッカー室に向かい、作業服に着替えていく。他の者は挨拶し合ったり世間話をしているが、誰も章弘には話しかけてこない。『0031』番は少し変わっていて無愛想、と噂《うわさ》されるほど、この工場では評判が悪い。ただ章弘にとってはどうでもいいことだ。人を寄せつけない空気を出しているのは、一人のほうがずっと気が楽だからだ。信頼できる友は本木ただ一人だ。

そういえば本木は元気だろうか。八王子から埼玉に異動になって五年、今度は横浜市の工場に異動になった。

本木とは一年くらい会っていないが、元気だろうか。久しぶりにこちらから連絡して、ご飯にでも誘おうか。

そうだ、章由の誕生日は、本木にも祝ってもらうのもいいかもしれない。

着替え終えた章弘は、ロッカー室を出て、一階の機械室に向かった。

八時ちょうどにタイムカードを押した章弘は、室内に労働者全員が整列していることに気づき、皆の元に急ぐ。

列に着く前に、工場長である福田の声が響き渡った。

「異動で今日からこの工場で働くことになった、本田に、熊野に、所に……」

列の最後尾についた章弘は、福田が発した次の名前に衝撃を受けた。

「石本だ」

石本……？

まさか、と章弘は列の先頭に立つ四人の顔に目を凝らす。章弘は、一番右の男に注目した。

うつむき加減なのでよく分からないが、奴に似ている気もする。

そのときだ。その男がスーッと顔を上げたのだ。章弘の瞳に、はっきりと男の顔が映った。

その瞬間、章弘は思わず声を洩《も》らしていた。

「……嘘だ」

二〇年前の忌々《いまいま》しい過去が、次々と蘇《よみがえ》ってくる。

二〇年も前なので、髪形や顔立ち、体型はずいぶんと変わったが、あの石本に違いなかった。島から出て、自分と同じように一九年も奴隷のように働いてきた石本の顔は老け、かなり疲れきったような表情だ。しかし、人を威嚇《いかく》するような目つきは相変わらずで、今もどこか殺伐とした空気を感じる。

まさか、こんな所で奴に再会することになるなんて……。

信じられない章弘は、しばらく硬直してしまっていた。

石本は生きていた。奴も生き延びたんだ……。

目が合いそうになり、章弘はとっさに顔を伏せる。奴はまだ、こちらに気づいていないようだ。

「それでは仕事開始！」

福田の合図で労働者は機械の前に散らばっていく。異動してきた四人は、福田から指示を受けたあと、指定された位置に向かう。帽子を目深にかぶり、気づかれないように様子をうかがっていた章弘はこのとき、やはりあれは石本だと確信した。

石本は足を引きずりながら機械に進んでいくのだ。

間違いない。あれは銃で撃たれたせいだ。

奴は今も、俺を憎んでいるかもしれない。だが俺だってそうだ。二〇年たった今もあのときの恨みは消えない。忘れられるわけがない。

石本の姿を見れば見るほど、我慢しきれないほどの怒りがこみ上げてきた。青筋を立てる章弘は、ドライバーを強く握りしめる。

どうしてお前みたいな奴が生きているんだ。お前がいなければ真由は目を失わなかったし、痛み苦しむこともなかった。それだけじゃない。お前は小渕さんと暮らした家まで燃やしたんだ！

章弘の瞳が、だんだんと鋭く変化していく。頭の中はもうまっ赤に染まっていた。

どうして生き延びたんだ！

お前みたいな奴、死ねばよかったのに……。

真由の泣き声が、叫びが、耳に何重にもなって響いてくる。

章弘は殺気に満ちていた。労働者全員が作業しているなか、章弘ただ一人、獰猛《どうもう》な犬のように、遠くで作業する石本を鋭くにらみつけていた。

「0031番！　何してる！」

上に注意され仕方なく仕事をするが、むろん、それどころじゃなかった。気がおかしくなりそうなほど、章弘は怒りに震えていた……。


四時間後、午前の仕事終了の合図が工場内に響き渡った。章弘はあえて、あれから一度も石本に視線は向けなかった。

気づかれたら面倒なことになる。

ただ、面倒というのはトラブルを避けたいからではない。むしろその逆……。

機械室を出る際、章弘は確認のため石本を一瞥《いちべつ》した。何も知らない石本は、グッタリと肩を落としながらこちらに向かってくる。

奴の顔を見るだけで狂いそうだが、この場は怒りを抑えた。章弘は工場を出て、いつものようにコンビニには向かわずに、アパートに戻ったのだった……。

古いアパートの階段を上り、二〇一号室の扉を開けた章弘は、静かに部屋に入り、抑えきれない感情を壁にぶつけた。

章弘の拳は壁を突き破り、足元には白い粉が落ちる。

めた。

「……石本！」

鋭い瞳に映っているのは、台所にある出刃包丁。章弘はそれを手に取り、尖《とが》った刃を見つめる。

小渕さんと暮らした家を燃やされたとき、逃げていく奴を殺したくても殺せなかったが、一九年後に復讐するチャンスがやってきたんだ。

これは偶然なんかじゃない。奴と再び会うのは運命だったんだ。

章弘の気持ちにためらいはなかった。

「……殺してやる」

生かしておくということは、許したことになる。

奴は死んで罪を償《つぐな》うべきだ。

「いいだろ……真由、章由」

分かってくれるよな……。

章弘は一時間がたっても工場には戻らなかった。部屋の中で〝その時〟をひたすら待った。

不気味なほど静かに。

章弘はずっとずっと包丁を見据えていた。その表情はあのころに戻っていた。人の肉を喰ったときの、獣のような表情に……。

2

腕時計の針は、午後五時を回ろうとしていた。

工場から二〇メートルほど離れた空き店舗の脇から、スーッと人間の影が現れた。

殺意に満ちた目は、工場の出入り口に向けられた。時間がたつにつれ、章弘の顔は不気味なほど青白く変色していく。脈の速さも、尋常ではない。しかし覚悟は決まっている。今日中に奴を始末する。

しかし石本は何をやっているのだ。工場から出てくるのは用のない他の労働者ばかりで、三〇分たっても石本は出てこない。見落としているなど絶対にありえない。石本はまだ中にいるはずだが。

紅く染まっていた空が、だんだんと薄暗くなり始める。沈む夕陽を一瞥した章弘は、腕時計を確認した。

五時四五分。

「……まだか」

苛立ちを露《あら》わにする章弘は、再び工場に目をやった。

そのときだ。章弘の目が鋭い光を放った。

白いTシャツに柄シャツを羽織った石本が出てきたのだ。

石本は、偶然にも自分の住むアパートと同じ方向に歩いていく。

章弘は、腰に忍ばせてある包丁を確かめ、気づかれないように石本のあとを追った……。

大通りを歩く石本を反対側の道路から尾行する章弘は思わず、

「……まさか」

とつぶやいていた。

どうやら本当に自分の住むアパートと奴の住む場所は近いようだ。

石本は、いつも自分が通る細道に入っていったのだ。一瞬、偶然が重なりすぎて戸惑ったが、好都合には変わりない。あの細道は住居が少なく、ほとんど人が通らない、実行に移すには最高の場所。やるなら今しかない。鬼のような表情と化した章弘は、猛然と走り出していた……。

少し遅れて細道に入った章弘は、すぐに石本をとらえた。当たり前だが奴は無警戒だ。自分が狙われているなんて考えてもいないだろう。

しばらく奴の後ろ姿を見据えていた章弘は、周りの様子を確認し、腰に忍ばせてあった包丁を取り出した。章弘の不気味な顔が、包丁の刃にぼやけて映る。

大きく息を吐いた章弘は、足音を立てないように石本に近づいていく。

そのとき、真由と章由の顔が脳裏をよぎった。

きっと二人は石本を殺すことなど望んでいないだろう。今にも、やめてと聞こえてきそうだ。しかし、これだけは我慢できない。自分を抑えられない。真由を傷つけ、苦しめた罪は許すことはできない。

ゴメンな、章由。でもこれは母さんのためでもあるんだ。許してくれ。

「石本！」

章弘は後ろから石本を羽交いじめにし、首元に包丁を突きつけた。

突然の出来事に石本はヒッと悲鳴を上げる。

「だ、誰だ……あんた」

興奮する章弘は、石本の耳元で声を荒らげた。

「俺が誰だか分かるか、石本！」

刃先を見ていた石本は、恐る恐るこちらに視線を向けた。その瞬間、石本の顔が凍りついた。

「ま、まさか……」

「分かったか。二〇年前、島でお前と同じグループだった広瀬章弘だよ」

「……章弘」

「気安く呼ぶな」

本当に殺されるかもしれないと危険を感じたのだろう。石本は急に抵抗し出した。しかし、そう簡単に逃がすはずがない。

「動くな！」

そう命令した章弘は、石本の首にスーッと刃を入れた。恐怖に怯《おび》える石本は、痛みの声すら出せない。章弘の腕に、生温い血が流れる。

「お前のせいで、真由は目を失った。それだけじゃない。俺たちの大事な家まで燃やしたんだ、お前は！」

石本は震えながら、

「わ、悪かった。悪かったよ」

と詫びてきた。が、それで章弘の怒りがおさまるはずがなかった。

「なんでお前が生きて、真由が死ななければならないんだ」

その言葉を聞き、石本は恐る恐るこう訊《き》いてきた。

「彼女……死んだのか」

「ああそうだ。全てお前のせいだ！」

「お、落ち着いてくれ。話し合おう」

「話し合うことなんてない。二〇年前の恨み、ここではらす」

そう言うと、石本はなぜか急にへへへっと笑い出した。

「何がおかしい」

「よ、よく言うぜ。お前だって、俺の足を奪ったじゃねえか。お前に撃たれた猪原があのあと、どうなったか知ってるか？　死んだんだぜ。お前だって、俺から仲間を奪ったんだ」

冷ややかな目で石本を見据える章弘は、抑揚のない口調で返した。

「そうか。俺はとっくに殺人者になっていたってわけか。だったら一人も二人も同じだろう」

章弘の目を見た石本の額から、ツーッと汗が流れた。

「お前……本気か」

「ああ」

「や、やめとけって。そんなことしたら、一生塀の中だぜ。分かってるのか？　俺たちは棄民だ。下手したら死刑だぜ。いや、また島に流されるかもしれない。それでもいいのかよ」

「そんなこと知るか」

「た、頼むよ。殺さないでくれ！　もう二〇年も前のことじゃねえか。これからは仲良く……」

石本の声は、最後は裏返っていた。章弘は力いっぱい、石本の首を包丁で切った。その瞬間、石本の金切り声が周囲に広がった。

「……頼む」

章弘は容赦しなかった。大量の血を噴き出しながら倒れた石本は、しばらく呻き声を洩らしていたが、章弘、とこちらに手を伸ばしたあと、力尽きた。

地面に、ジワジワと赤い血が広がる。うつ伏せに倒れる石本を見下ろす章弘は、こう言い放った。

「真由がどれだけ苦しんだか分かったろ。地獄へ行け」

手に持っていた包丁を石本の遺体に放った章弘は、天国にいる真由に言葉を送った。

「真由……見てるか。お前の仇《かたき》を取ったよ」

そのときだ。突然人の気配を感じた。

いつからいたのか、五〇メートルほど後ろに、中年の女性が立っていたのだ。章弘が目を向けた瞬間、その女性はフラリと崩れ落ちてしまった。放心状態とはいえ、意識はある。正気を取り戻せば、警察に連絡するだろう。

ここにいれば、捕まる……。

「ふざけるな」

　こいつは殺されて当たり前の人間なんだ。どうして俺が捕まらなければならないんだ。クズを処分しただけじゃないか……。

　しかし身体は正直だった。だんだんと震えがこみ上げてくる。

　自分のしたことを必死に正当化するが、ただ捕まるのが恐いだけだった。殺人は殺人だ。石本の言ったように、棄民である自分が捕まれば死刑だろう。

　死んだらもう二度と、章由を思い浮かべることもできなくなる……。

　モタモタしていられない。ここから逃げなければ……。

　章弘は、自分の手や服についた血を見て小さく舌打ちした。

　これではすぐに捕まる。着替えなければと判断した章弘は、自分のアパートに急いだ。石本を殺した場所とアパートが近かったのが幸いした。もう少し遅かったら警察に取り囲まれ、捕まっていたかもしれない。

　靴のまま部屋に駆け込んだ章弘は、台所で手を洗い、今着ている洋服を脱ぎ、クローゼットから黒いシャツと黒いズボンを取り出し、急いで着替えた。支度を整えた章弘は、窓に真由の顔を映し、こう告げた。

「俺は……後悔なんてしてないから」

章弘は家を飛び出した。そしてあてもなく、走り出したのだった……。

3

長い長い過去を全て振り返った章弘は、島にいたときからつけている腕時計を確認した。午後九時一五分。もうじき三月二八日も終わろうとしている。

明日は、章由の一九歳の誕生日。まさか、殺人者となって章由の誕生日を祝うことになるなんて、想像すらしていなかった。

「ゴメンな、章由」

でも仕方なかったんだ。石本だけはどうしても許せなかった……。

もちろん代償は大きい。これからどうやって生きていけばいいのか。住む場所も安らぐ場所もない。捕まりたくないのなら、時効になるまで逃亡生活を繰り返すしかない。それはある意味、島での生活より厳しいかもしれない。

はたして時効になるまで逃げ続けることができるのか。逃亡してから三日目でこれだけ体力的にも精神的にも辛いのだ。正直、無理なのではないか。現実はそう甘くはないと、章弘は弱気になっていた。

だから無意識のうちに、本木の住む横浜市青葉区の青葉台駅に来ていたのだ。

彼には迷惑はかけられないと、あえて電話はしなかった。けれどももし万が一捕まれば、もう二度と会えないだろう。それは悲しすぎる。

本木には今まで本当にいろいろ世話になった。せめて、礼だけは言わなければならない。会ったらすぐに彼の元から立ち去ろう。それなら本木にも迷惑はかからないだろう。

章弘は、古めかしい携帯を手に取り、クシャクシャになった紙に書かれてある番号に電話をかけた。

すると、コールしたと同時に本木の声が聞こえてきた。

「もしもし？　章ちゃん？」

ずっと連絡を待っていてくれたのだろう。章弘は沈んだ声で返した。

「……ああ」

「ずっと連絡してたのに。心配したよ。どうしてあんなこと！」

「……ゴメン」

「とにかく、今どこにいるの？」

章弘は正直に答えた。

「光彦の、アパートのすぐ近く」

そう言うと、本木はホッとした声を洩らした。

「そうか……だったら早く家へ来て。待ってるから。くれぐれも気をつけてね」

「……ああ」

電話を切った章弘は駅の階段を下り、人目を気にしながら本木の住むアパートに足を進めたのだった……。


住宅地の一角にある三階建てのアパートの三〇四号室の扉を叩くと、

「章ちゃん？」

と中から声が聞こえてきた。

「ああ」

力のない声で答えると、扉がそっと開かれた。本木は誰にも見られていないのを確認し、

「入って」

と言って章弘の手を引っぱった。しかし章弘は、靴を脱ごうとはしなかった。

「どうしたの？　さあ入って」

章弘はうつむき、首を横に振った。

「別にここに隠れるために来たわけじゃない。光彦に礼を言いに来たんだ」

「礼？」

「ああ。島で出会ってから今まで、俺が苦しいときはいつもお前が助けてくれただろ？　だからさ、最後に礼を言っておきたかったんだ」

本木は悲しげな表情を見せる。

「……章ちゃん」

「ありがとうな」

最後は明るい自分を見せようと、章弘は笑みを作って礼を言った。そして別れを告げた。

「じゃあ」

背中を向けドアノブに手を伸ばした瞬間、章弘は本木に服を摑《つか》まれ、

「いいから入って！」

と靴のまま部屋に引っぱり込まれた。

「な、何だよ」

部屋の中央まで来てようやく手を放した本木は、章弘に怒声を放った。

「親友に対してそれはないだろ！」

章弘はあくまで冷静に答えた。

「でも俺がいたらお前に迷惑がかかる。それだけは……」

本木は章弘の言葉を遮った。

「そんなの関係ないよ！」

「光彦……」

「章ちゃんを放っておくことなんてできないよ」

本木の気持ちに、熱いものがこみ上げた章弘は、うっすらと涙を浮かべた。

「ありがとう。でも……」

俺は行くよ、と言いかけたそのとき、本木は章弘の足を指さした。

「とりあえず靴脱いでよ」

「え？」

本木は顔を伏せてこう言った。

「部屋が汚れるじゃないか。早く脱いで」

拍子抜けしてしまった章弘は苦笑いを浮かべ、

「あ、ああ」

とうなずき、玄関に靴を置いて六畳の狭い部屋に戻った。

「とりあえず座っててて。お腹空いたろ？　今カップラーメン作るから。一緒に食べよう」

「ありがとう」

部屋を見渡す章弘は、

「相変わらずだな」

とつぶやいた。

ネットが繋がれたパソコンと、何かのアニメキャラクターのフィギュアがズラリと並べられている。その他にもコンピューター雑誌や漫画が数えきれないほど置かれている。もう四〇近いというのに、本木はいまだ少年のようだ。昔とまったく変わらない。

変わったといえば外見くらいか。

あれだけ長かった髪を一年前にバッサリと切り、メガネからコンタクトに変えた。それだけでずいぶんと若々しくなった。もともと本木は童顔だったので、まだ二〇代後半と言っても通るだろう。

それに比べ自分は、かなり歳を取った。近ごろ皺《しわ》も目立つし、この歳からすると白髪も多いほうだろう。仕事の疲れはもちろん、心労も原因の一つだと思う……。

数分後、本木がカップラーメンを両手に持って戻ってきた。

「はい、できたよ。まずはこれ食べて」

袋から割り箸《ばし》を抜き取った章弘は、勢い良くカップラーメンをすすった。腹が減っていたので、何を食ってもうまい。こうして二人で食事するのは一年ぶりだった。

アッという間にラーメンを平らげた章弘は、本木から何を言われるのかが恐かったので、逃げるようにして台所に空き容器を持っていった。

「ごちそうさま」

と何気ない顔で部屋に入ると、案の定、本木は事件のことについて触れてきた。

「驚いたよ。ニュース見て」

章弘は何も返せず、ただ絨毯《じゅうたん》に座る。

「どうしてあんなことしたの！　彼を恨んでいたのは知っているけど……どうして」

章弘の脳裏に、二〇年前の出来事が走馬灯《そうまとう》のように蘇る。恨みをはらしたとはいえ、奴の顔を思い出すだけで怒りがこみ上げる。

「我慢できなかったんだ。どうしても許せなかったんだよ」

「だからって」

「真由のためでもあるんだ。あのまま生かしておくなんて、納得がいかなかった。あいつは罪を償《つぐな》うべきなんだ」

「でも自分を犠牲にすることはなかったじゃないか。章ちゃん……捕まったら……」

章弘は自分を落ち着かせるように目を閉じ、小さく首を振った。

「いいんだ。やっちまったもんは、仕方ないよ」

そう言うと、本木は突然声を張り上げた。

「よくないよ！」

「光彦？」

「だって章由くんはどうなるんだよ。いつかきっと会えるって信じてたんだろ？」

今まであえて章由の名前を出してこなかった本木にそう言われると、胸に重く響く。しかし章弘ははっきりと言った。

「もちろん会いたいよ。でも、もう章由のことは諦めたよ。あれから一九年がたったんだぞ？　無理に決まってるよ」

本木は何を思ったのか、顔を伏せてしまった。重い沈黙が部屋を包む。

本木を見つめる章弘は、

「……光彦」

と声をかけた。本木が、震えながら涙を流しているからだ。

「どうして諦めるの？　どうして最後まで頑張ろうって思わないの？」

このとき、小渕や真由との会話が脳裏をよぎった。二人にも、同じことを何度も言われた。

「そんな簡単に言うけど、お前だって分かるだろ？　もう時間がたちすぎたよ。何か手掛かりがあればいいけど、何もないし」

すると本木は涙を拭《ぬぐ》い顔を上げ、断言した。

「だったら僕が見つけるよ。明日から章由くんを捜すよ」

それは思いもよらぬ言葉だった。

「……光彦」

「僕が二人を会わせてみせる。それでいいだろ？」

無理に決まっている。そう言おうとしたがやめた。

強気に言っているが、何一つ手掛かりがないことは分かっている。本木は自分を勇気づけようとしてくれているのだ。

章弘は本木のその優しさを受け止めた。

「ありがとう、光彦。嬉しいよ。でもお前には迷惑はかけられない。無理するな。俺とはもう関わらないほうがいい」

「何言ってんだよ。僕たち、死ぬまで親友だろ？」

その言葉にこみ上げる感情を抑えきれず、章弘は立ち上がり台所に走った。そして静かに涙を流した。

本木の優しさにどれだけ助けられてきたか。改めて思う。光彦が友達で本当に良かったと。

部屋から、本木の声が聞こえてきた。

「章ちゃん、疲れたろ？　シャワー浴びなよ。ここから出ていくなんて言わせないからね。しばらくここにいたらいいよ。大丈夫、絶対に見つからないから」

章弘は涙を拭い、礼を言った。

「……ありがとう」

洗面所で服を脱ぎ裸になった章弘は、シャワーの蛇口を捻《ひね》り、お湯に打たれた。

本木の優しさに、いつまでも涙が止まらなかった。

しかしずっとここにいるわけにはいかない。章弘は明日、本木と別れることを決めていた。

二人で章由の誕生日を祝ってやりたかったが、これ以上、本木を巻き込んではならない。

最後に彼に会えて良かったと、章弘は心からそう思った……。

4

三月二九日。

章由が一九歳となったこの日の朝、章弘は七時ちょうどに目を覚ました。

すでに本木は仕事に出かける準備をしており、章弘が布団から起き上がると、本木はアッと口を開けた。

「起こしちゃった？」

「いや……この時間に起きるのが癖になってるから」

「そっか。じゃあまだ寝てなよ」

本木は、自分がまだここにいると信じ込んでいる。

「あ、ああ」

「僕は仕事へ行ってくるから。お腹空いたら適当に何か食べてよ」

「ありがとう」

「それとくれぐれも外には出ないように。分かった？」

「分かってるって」

「じゃあ、そろそろ行こうかな」

本木はあえて章由の名は口にしなかった。昨夜、本木は自分が寝たのを確認し、パソコンを熱心にいじっていた。画面は見えなかったが、章由のことを考えていたに違いない。

あれだけ捜しても見つからなかったのだ。今さら居場所を特定できるはずがない。けれど章弘はずっと寝たふりをして声はかけなかった。彼の気持ちを踏みにじりたくはなかった。

玄関に向かう本木に、章弘は声をかけた。

「光彦」

「ん？」

章弘は最後にもう一度礼を言った。

「悪いな……ありがとう」

本木は照れを隠すようにこちらに背を向けた。

「な、何言ってんの。気にしないでよ」

靴を履いた本木はいつものように微笑み、手を上げた。

「じゃあ、行ってくるね」

「行ってらっしゃい」

扉が閉まったとたん、章弘の顔から笑みが消えた。

本木と一緒にいると、自分が殺人犯であることを忘れられるが、だからといって当然、罪が消えたわけじゃない。本木だって一緒にいれば罪になる。誤解を招く前に出て行かなければ……。

章弘は布団を丁寧にたたみ、本木から貸してもらったパジャマをその上に置き、自分が着ていた服に着替え、帽子をかぶった。

ふと、テレビのリモコンが目に入り、章弘は電源ボタンを押した。すると、タイミングが良いのか悪いのか、ちょうど自分のニュースが流れていた。

『石本達二さんを殺したとみられる広瀬章弘容疑者ですが、いまだ行方が分からず……』

画面に石本の顔写真が映った瞬間、章弘はテレビを消し、リモコンをベッドに投げつけた。

「クソ……」

奴らは朝から全力で俺を追っている。

章由の誕生日くらい、ゆっくり祝ってやりたかった……。

これから、どこへ行こうか。誰にも見つからない場所なんて、はたしてあるのだろうか……。

章弘はテーブルの上に置いてある部屋の鍵を取り、玄関に向かった。

扉を開ける際、本木の言葉が耳に響いた。

『しばらくここにいたらいいよ』

章弘は罪悪感でいっぱいになった。本木には嘘をついたことになるが、彼のためでもあるんだ。

部屋を出た章弘は扉を締めて、鍵をポストの中に入れた。そして、

「ゴメンな……光彦」

と心から詫びて、本木のアパートをあとにしたのだった……。

5

機械室内の時計の針が午後五時を示したと同時に、仕事終了の合図が工場内に響き渡った。一九年がたった今も、この鐘の音は変わらない。時代はどんどん進化しているのに、棄民である労働者が働く工場だけは老朽化する一方で、時の流れを感じない。仕事内容もその間何も変わらないし、国から、棄民は棄民のままと言われているような気がしてならない。

機械の動きが止まったとたん、労働者は一斉に作業をやめ、ほとんどの者が会話を交わすことなく機械室を出ていく。誰よりも先に機械室から出たのは光彦だった。光彦はロッカー室へ急ぎ、作業着から私服に着替え、横浜市青葉工場をあとにした。

しかし仕事が終わったとはいえ、まだアパートに帰るわけにはいかなかった。

章弘との約束がある。

今まで彼がどれだけ苦しんできたか。恋人を失ったとたん、子供を奪われ、その子供も結局見つけてやることができず、一九年間孤独に生きてきた。最後には殺人まで……。

そんな辛い人生があるだろうか……。

ずっとそばで見てきたから、章弘の気持ちは痛いほど分かる。

だから何とかしてやりたい。どうしても子供に会わせてやりたい。

この先、ずっと匿《かくま》ってあげられればいいが、殺人を犯してしまった章弘には、多くの時間は残されていない気がする。

捕まる前に……。

しかし気持ちばかりが先行しているのは事実だった。言うまでもなく、手掛かりなどない。昨夜、良い方法がないかとネットをいじったが、結局は無意味に終わった。

ほんの少しでもいい。情報があれば状況は変わってくるのだが……。

しかし短時間で良い方法など思いつくはずもなく、本木はあてもなく歩き続けるばかり。夕陽が沈み、あたりが暗くなっても、アパートには戻らなかった。いや、戻れなかった。そして気づけば、工場から五キロほど離れた『青葉区児童養護施設』にやってきていた。

一見、マンションと思うほど造りは綺麗で、到底施設には見えないのだが、ここに何人もの両親のいない子供たちがいる。

章弘が全国の児童養護施設を回ったのはもちろん知っている。だから意味のないことだとは分かっているが、知らず知らずのうちに足が施設へ向かっていたのだ。

「行ってみるか……」

訊かないよりはマシだと、本木は施設の中に入った。この行動が、二人の運命を変えることなど、つゆ知らず……。

「すみません。どなたかいらっしゃいますか？」

　玄関で声をかけると、五〇歳くらいの女性が姿を現した。

　光彦はその女性を見たとたん、違和感を覚えた。子供の面倒を見ているとは思えないほど、女性の表情には明るさがなく、特に人をにらみつけるような目が印象的だった。

「何か？」

　口調も刺々《とげとげ》しくて、どうしてこんな性格の悪そうな人が施設に勤めているのか、と疑問に思うくらいだった。

　しかし何も訊かないで帰るのは逆に不自然だと、光彦は一応のつもりで彼女に尋ねた。

「一九年前、全国のどこかの乳児院に、肩に赤い痣《あざ》のある赤ん坊が入れられたはずなんですが、そんな話、ご存知ではありませんか？」

　すると女性は、表情一つ変えず、こちらをしばらく見据えたあと、言った。

「知りませんね」

「そ、そうですよね」

　光彦は女性に深々と頭を下げ、

「失礼しました」

と言って逃げるようにして施設を出た。

息苦しい空気の漂う施設から少し離れた光彦は、大きく息を吐き出し、そっと後ろを振り返った。

すると、まだ女性はこちらを見ていたのだ。気味悪さを感じた光彦は、もう一度軽く頭を下げて、その場から足早に去った。

この直後、女性が小型携帯のリモコンを手にしたことなど、知る由もなかった……。

一方そのころ、東京都千代田区DEO本部の七階会議室には、銀バッジをつけた二〇人のスタッフが集められていた。彼らは皆、特別階級試験をパスした、要するにエリート集団で、各支部の指導を任されていた。葛飾区で起きた殺人事件の捜査に加わっていたが、事件から三日がたっても広瀬章弘を捕まえることができていないこの現状に、本部から招集がかかったのだ。

東京都全体の細かい地図と、広瀬章弘の写真が映し出されたモニターの前で、DEO最高責任者小野田貞蔵《おのださだぞう》は、人間とは思えないほど濁りきった瞳で二〇人を見据える。そして静かに口を開いた。

「事件発生から三日……いまだ広瀬章弘を捕まえられないとは、とんだ期待外れだな」

広瀬の写真を一瞥した小野田は、言葉を重ねる。

「君たちは将来、警察庁幹部になる人間だ。棄民一人捕まえられないでどうする」

二〇人の誰からも返事がない。皆、緊張していて声を発することができないのだ。

「とにかく、各支部の捜査を強化し、一刻も早く広瀬を捕まえるんだ。いいな？」

「……はい！」

力強い返事に、小野田は満足したようにうなずいた。しかしその直後、再び小野田の表情が凍りついた。

「おい、私の顔に何かついているか？」

小野田が指を差したのは、先頭の右端に立っている男だ。

目が合った瞬間、彼は怯えるように顔を伏せた。

「……いえ、何でもありません」

その彼をしばらくにらみつけていた小野田は、帽子を深くかぶり、眉のあたりにある〝古傷〟を隠した。

「まあいい」

と、そうつぶやいた、そのときだった。

小野田の携帯が着信を表示した。

ポケットの中にあるリモコンのボタンを押した小野田は、遠くのほうを見つめながら口を開く。

「どうした？」

耳につけているチップで相手の言葉を聞き取る小野田は、

「……ある男が？　施設に？　そうか……」

と返す。話を聞き終えた小野田は指示を出した。

「その男を追ってすぐに捕まえろ」

通話を終えた小野田は、全員に向かって、

「以上だ。解散！」

と告げた。集められた二〇人は会議室から出ていくが、小野田はその中で一番若い泉森《いずみもり》翔《しよう》を見据えていた。

「ある男が……」

そのときだ。小野田の脳に稲妻のような衝撃が走った。最高のシチュエーションが、閃《ひらめ》いたのだ。

もし頭に描いている映像が現実となれば、どれだけ面白いか……。

「……広瀬」

小野田は不気味に微笑んだ。

最高の形で終止符を打ってやる……。

6

結局、章由の手掛かりなど見つけることのできなかった光彦は、章弘の待つアパートの方向に歩みを進めていた。

諦めたくはないが、正直情報がなさすぎる。捜したくても捜しようがないのだ。自分の無力さにつくづく腹が立つ。

章弘には時間の余裕がないというのに。どうにかしてやりたいが……。

帰ったら何て言おう。章弘にどう振る舞ったらいいだろう。肩を落としながら夜道を歩く光彦は、前方から走ってくる車のライトを浴び、ハッと横道にそれた。そして再び考え事に没頭する。が、なぜか前方から走ってきた車が自分の真横に停車したのだ。

よく見るとその車は、DEO車両ということが分かり、一気に緊張が走る。

まさか、章弘を匿っていることがバレたのか……。

逃げようとも思った。しかし、それは逆に不自然だ。本木はあくまで冷静を保った。

車から降りてきた三人の男に、

「何ですか？」

と尋ねた。すると、一人がこう言ったのだ。

「ちょっと来てもらおうか」

「……え？」

言葉を返したときにはもう身体は押さえられており、光彦は強引に車に乗せられた。

「ちょ、ちょっと！　いったい何なんですか！」

理由を訊いても誰も口は開かない。運転席に座る男が車のナビに行き先を告げると、車はゆっくりと発進した。

「どこへ……行くんですか？」

恐る恐る訊くと、隣の男が言った。

「DEO本部へ向かう」

このとき、光彦は自分の人生はもう終わったんだと思い込んだ。

自分が連れて行かれるということは、章弘が捕まったからだ。

犯人隠匿《いんとく》とはいえ、棄民が罪を犯したのだ。もしかしたらもう二度と外の空気は吸えないかもしれない。

覚悟はしていたことだ。他の誰でもない、章弘のためだったんだ。後悔はしていない。
でも、子供に会わせてやれなかったのは一生悔いが残るだろう。一目だけでもいいから、
最後の最後に会わせてやりたかったのに。
ゴメン、章ちゃん。僕は、何もしてやれなかった……。

午後一一時四五分。

日付が変わろうとしているこの時間に、DEO文京区支部での捜査会議を終えた泉森翔は、自分のデスクでイスに深く腰を下ろし、大きく息を吐き出した。

「広瀬……どこに隠れてる」

初めて支部で指揮官を任されたんだ。自分にも責任者としてのプライドがある。他の支部に手柄は渡さない。自分の手で捕まえてみせる。

考えに没頭する翔は、自分よりも一回り歳上である部下の坂田に声をかけられた。

「泉森さん」

坂田の手には大量の資料。それを、坂田はデスクに置いた。

「先ほどの会議の資料です」

「ありがとうございます。ご苦労様」

坂田は頭を下げて、別室へ向かった。

翔は資料に手を伸ばす。が、スクリーンセイバーとなったパソコンの画面に自分の顔が映っていることを知り、動きを止めた。

マジマジと自分の顔を見つめる翔は、もう大人なんだ、と改めて実感した。そして無意識のうちに、過去を思い出していた。

棄て子である自分は、茨城県の施設で育てられた。幼いころから施設の人々に、DEOの責任者である小野田が後見人だと言い聞かされて成長したため、この仕事に就き、罪を犯した人間を捕まえるのが当たり前だと考えていた。小野田のはからいで、設立されたばかりの官僚養成学校に入れられた自分は、必死に勉強した。友達も作らず、勉強することだけを考えていた。そのおかげで高校一年のときには大学の単位を全て取得することができ、高校を卒業したと同時にDEOの特別階級試験を受け合格。今の地位を得たというわけだ。

一般の人からすれば、エリートとはいえ、つまらない人生かもしれない。一九歳といったら、友達と遊んだり、いろいろなことに挑戦したりと一番楽しい時期なのだろう。でもあえて自分はそれを捨ててきた。

幼いころから、DEO幹部になれと言い聞かされてきたからでもあるが、何より世間を見返したかった。親がいないというだけで、冷たい目で見る奴らが大勢いた。もちろん、温かく接してくれた人もいるが、ほとんどの人間が自分を下に見ていた。

それと、自分を棄てた両親も見返したいという気持ちも強かった。棄てたことを、後悔させてやると……。

でも年数がたつにつれ、両親に対する恨みは消えていった。ただ、虚《むな》しくなるだけだった。

もちろん、今さら会いたいとは思わない。けれど叶うなら、一つだけ訊きたいことがある。

どうして自分を棄てたのか……。

大人になっても、この疑問だけは残っている……。

突然、胸に振動を感じた翔は、小型携帯を取り、小さな液晶に目をやる。

メールが届いたのだ。

誰からだろうと翔はメールボックスを開く。すると、『本木光彦』という見知らぬ人物からだった。

何だろうとその文を読んでいく翔は、予測もしていなかったある箇所に過敏に反応した。

『あなたの父親に会わせたい』

翔は思わず声を洩らしていた。

「そんな……嘘だ」

いたずらに決まっている。今さら父親が姿を現すはずなんてないだろう。

しかしメールを削除することはできなかった。

信じない。父親が会いたがっているなんて絶対に。

そもそも、この『本木光彦』とはいったい誰なんだ。

嘘だ。嘘だ……。

自分にそう言い聞かせる翔だが、気づけば『本木光彦』という人物にメールを返信していた。

数分後、翔は返ってきたメールを読み上げた。

「明日の午前九時……横浜山下公園。フェリー乗り場」

本当なのか？

翔はしばらく頭の整理がつかなかった。動揺を隠せなかった。

「本当に、父親が？」

いや、やはり嘘に決まっている。騙されるな。

翔は、ためらいながらもメールを削除した……。

7

本木の家を出たあと、どこに身を隠そうかいろいろ考えたが、どこも危険な気がして、章弘は結局、昔働いていた八王子に来ていた。東京都とはいえ、ここなら人気《ひとけ》も少ない。DEOの奴らだって一人も見かけていない。下手に地方に行くよりは、良かったかもしれない。

時計の針は午前〇時一五分を回った。ひっそりとした夜道を適当に歩いていた章弘は、駅から少し離れた、明かりの消えたケーキ屋の中を見ていた。

辛うじて見えるケース棚には、当たり前だがケーキは一つも置いていない。

せめて、章由のためにケーキだけでも買ってやりたかったが……。

一年に一度の大事な日を、こんな形で終えてしまったことを息子に詫びた章弘は、ケーキ屋をあとにした。大通りから裏道に入り、さらに駅から離れていく。

そのときだ。静まり返った夜道に、携帯電話の着信音が響き渡った。

かけてくるのは一人しかいない。光彦だ。自分がアパートからいなくなったからだろう。

電話が来るのは予想していた。が、ずいぶんと遅い時間にかかってきたことを章弘は疑問に思う。

まさか本当に、章由を捜してくれていたのか。

もしそうだとしたら本当にありがたいが、章弘は出なかった。本木も諦めたのか、しばらくすると着信音は途切れた。

しかしすぐにまた本木から着信が入った。今度は、かなりたっても切れる気配がない。章弘は、出るべきなのか迷う。

彼の声を聞いてしまうと、また辛くなる。でも、何も言わずにアパートを出てきたのだ。本木も納得がいかないのだろう。

いまだ携帯は鳴り響いている。

章弘は、これが本当に最後だと自分に言い聞かせ、通話ボタンを押した。

「もしもし？　光彦？」

数秒の間が空き、本木の声が返ってきた。

「章ちゃん……今、どこ？」

激怒されると覚悟はしていたが、意外にも本木の声は静かで、どこか緊張している雰囲気も感じられる。

「どこにいるかは……教えられないよ」

そう答えると、本木は意味深なことを言ってきた。

「それより章ちゃん、落ち着いて聞いてほしいんだ」

本木の様子がおかしいのは明らかだ。やはり何かあったのかと、章弘は心配する。

「……どうした？」

するといえても、考えてもいなかった展開が待っていたのだ。


「章由くんの居所が……分かったんだ」

あまりに突然すぎて、本木の言ったことをうまく呑み込むことができない。

「え？」

「信じられないかもしれないけど、章由くんがどこにいるか、分かったんだよ」

章由の、居所……。

その瞬間、章弘の手から携帯のリモコンがスルリと落ちた。落ちた音でハッとなった章弘は慌てて拾い、屈んだまま本木に問う。

「嘘だろ？」

信じられない。どうして今になって。

でも、事実であってほしい。一目でいいから、章由に会いたい。

「本当だよ。今日、工場近くの児童養護施設を訪ねたんだ。そしたら、章由くんが育てられた施設を教えてくれて……どうやら、全国の施設の人たちとDEOの奴らはつながっていたらしくて、章ちゃんの行動も全て奴らに情報が入っていたらしい。施設の人は口止めされていたらしいんだけど、一九年もたったからってことで……教えてくれたんだよ」

やはり、裏でDEOが絡んでいたのか。でも今はそんなことどうでもいい。

章弘は本木の言葉を最後まで待てなかった。

「どこだ？　章由はどこで育ったんだ！」

「茨城だよ。実は今、僕は茨城にいる。章由くんが育った施設を訪ねたんだ」

「そ、それで！　それで章由はそこにいたのか？」

「残念だけど、そこにはいなかった」

気が気ではない章弘は、本木に怒りをぶつけるように声を張り上げた。

「じゃあどこに！」

本木は、言いづらそうにこう話した。

「皮肉なことに、今、章由くんはＤＥＯで働いているそうだ」

その言葉に、章弘はめまいを起こした。

ということは、章由は父親を追う立場なのか。犯人が父親とも知らず。

残酷すぎる……。

いや、それよりも肝心なことがある。

「光彦。本当に、本当にそれは章由なのか？　人違いってことは……」

「間違いないよ」

本木の声は確信に満ちていた。

ずっと消えていた希望の光が、一九年たって再び灯る。

緊張のピークに達したのは、次の質問を本木に投げかけたときだった。

「それで……会えるのか？」

しかし本木は曖昧《あいまい》な返事をしてきた。

「施設の責任者が章由くんのメールアドレスだけは教えてくれた。早速章由くんに、時間と場所を指定した。信じてくれれば、来てくれると思うけど」

「時間と……場所」

「明日の午前九時、横浜山下公園、フェリー乗り場」

「横浜、山下公園……」

「それともう一つ。章由くんの今の名前は〝泉森翔〟らしい」

「泉森……翔」

当然、章由であるわけがないのだが、名前が違うだけで、他人になってしまったような、複雑な気持ちになった。

「分かった。明日の午前九時、山下公園へ行く。行って、確かめる」

「……そうだね」

「光彦……何てお礼を言ったらいいか。この恩は一生忘れない」

本木は少し変な間を空けて、

「……気にしないで」

と言って電話を切ってしまった。

章由の居所を見つけることができたというのに、本木はなぜか最後まで暗く、様子がおかしかった。それが気がかりではあったが、今は章由のことで頭がいっぱいで、深くは考えられなかった。こみ上げてくる様々な感情を抑えられない。

あまりに突然すぎて、いまだ信じられないが、夢じゃない。これは現実だ。

本木の言うように、その彼が本当に章由であってほしい。

でも、会ってもいいのだろうかという気持ちも正直あった。

章由は今、DEOに勤務しているからだ。実の父親が、殺人犯と知ったらどうだろう。

それでも会いたい。ずっとずっと会いたかった一人息子をこの手で抱きしめたい。いや贅沢は言わない。一目だけでも……。

章弘は近くの公園に入り、ベンチに腰掛け、緊張を押し殺すように大きく息を吐く。

無意識のうちに、島から出たあとの一九年間の苦労を思い返していた。

もう会えないと思っていた。でも、会えるかもしれないのだ。それが現実となった瞬間、今までの苦労は全て忘れられるだろう。

このときをどれだけ待ったか。

神は、どうしてこんなにも長い試練を自分に与えたのだ。

「真由……やっとだよ」

真由が死んで、章由を奪われ、一時は死のうかとも考えた。でも、生きていて良かった……。

章弘は、はやる気持ちを抑え、夜空を見つめる。何て長い夜なんだ。約束の時間まで、あと九時間もある。待ち遠しくもあり、恐くもあった。

きっと会いに来てくれる。

もちろん多くは望まない。来てくれるだけでいい。

「……章由」

この日の夜、章弘は興奮と緊張で一睡もすることができず、一晩中、身体を震わせながら章由が来るのを願い続けた……。

8

落ち着かない気持ちとは裏腹に、静かに長い夜が明け、公園で朝を迎えた章弘は、決心してベンチから立ち上がった。

緊張の面もちで八王子駅に向かい、六時半にリニアモーターカーに乗って横浜駅に向かった章弘は、七時一五分、横浜駅で降り、人目を気にしながら約束場所である山下公園を目指す。一歩踏みしめるたび、心臓に大きな波が走る。朝の気温は低いというのに、額や背中や手には、すでにビッショリ汗をかいていた。無理もない。一九年ぶりに、我が子に会えるかもしれないのだから。平常心でいられるはずがない。

街の所々に立っている案内モニターで駅周辺の地図を検索していたので、スムーズに進んだが、思っていたよりも横浜駅から山下公園は距離があった。四〇歳近い章弘にはかなりこたえたが、すぐに着くよりは気持ちの整理や覚悟ができて、逆に良い時間だったのかもしれない。いまだ緊張を抑えることはできないが、八王子にいたときよりはずいぶんと落ち着いたと思う。が、山下公園が見えた瞬間、口から心臓が飛び出そうなほどのプレッシャーと不安、そして緊張が襲いかかってきた。それでも章弘は一度も立ち止まらなかった。大丈夫だと信じ、公園内に入ったのだった……。

生まれて初めて山下公園にやってきた章弘は、当然どこにフェリー乗り場があるのかも分からず、だからといって人に訊くわけにもいかず、だだっ広い公園を歩き回った。所々に咲いている色とりどりの花も、近くに広がる大きな海にも目をやる余裕はなく、章弘は無我夢中でフェリー乗り場を探す。しかし、焦る気持ちとは逆に、なかなかたどり着くことができず、気づけば三〇分近く歩いていた……。

もしや、と歩調が速まったのは、中型の観光船が止まっているのが見えたからだ。

最後はほとんど走っていた。

息を切らしながらそこへ向かう章弘は、

「……ここだ」

と足を止めた。

改札ゲートの横に、確かに『フェリー乗り場』とある。まだ時間が早いため、係の人間や通行人も誰もいないが、章弘にとっては好都合だ。すぐ近くにあるベンチに腰掛けた章弘は、腕時計を確かめた。

八時一五分。約束の時間まで、あと四五分。章弘は胸にそっと手を当て目を閉じ、静かに呼吸を繰り返した……。

約束の時間が近づくにつれ、緊張や興奮は増し、章弘は自分を止められなくなっていた。落ち着けと言い聞かせても身体が言うことを利かず、立ったり座ったりを繰り返し、しきりにあたりを確認する。数分に一度の割合で、ランニングする人や犬の散歩に来ている人に出会うが、そのたびに過敏に反応していた。

「……来てくれるよな」

この想いが届いていれば息子はここへ来る。章弘は冷静になれと胸を押さえ、ベンチに座り、キラキラと光る海を見つめた。

今、何時だ？

腕時計の針はもうじき八時四五分になろうとしている。

そのときだ。遠くのほうから、紺のスーツを着た、背の高い若者がこちらへやってきたのだ。

章弘は立ち上がっていた。瞬きするのも忘れるくらい、章弘の瞳は若者に吸い寄せられる。この時間に、スーツでここへやってくるということは、彼に間違いない。

二人の距離は徐々に狭《せば》まっていく。

「……章由？」

と章弘も一歩を踏み出していた。

しかし次の瞬間、彼の態度が急変した。驚いたように突然足を止めて、信じられないというようにこう洩らしたのだ。

「……広瀬！」

章弘は思わずビクリと立ち止まってしまったが、怯えることはない。血のつながった子供かもしれない彼に、章弘はうっすらと涙を浮かべて近づいていく。彼はあまりの驚きに金縛りにかかってしまったようだ。殺人犯を追う立場も忘れて……。

目の前までやってきた章弘は、彼の顔をマジマジと見つめ、問いかけた。

「章由……章由なのか？」

漆黒の髪に手を伸ばしても、彼は混乱していて微動だにできないようだった。

輝きを放つ大きな瞳と少し厚めの唇、そして薄めの眉毛は真由にそっくりだ。丸くて低い鼻は自分似だろうか。全体的には真由寄りだ。まだ一九歳だからだろうか、男の子だが、女の子っぽい顔をしている。争いなどしたことのないような、幼さが残る、優しそうな顔。

「章由……」

過去を想い出したとたん、涙が溢《あふ》れてきた。

一九年間の想いが、とうとう爆発してしまった。今にも崩れ落ちそうだった。そんな章弘とは裏腹に、泣きじゃくる〝殺人犯〟を、若者は複雑な表情で見つめる。

「章由！」

名を叫ぶ章弘は、肝心なことに気づく。章由と呼ばれても反応できるはずがない。彼は今、泉森翔なのだから。それに、本当に章由かを確認しなければならない。泣くのは、まだ早い。

「……泉森」

翔、と言いかけたそのとき、彼がようやく口を開いた。

「広瀬……どうして」

章弘は涙を拭い、しっかりとした口調で説明した。

「君と同じように、ここに来るよう、友人に言われたんだ」

そう言うと、彼は信じられないというように一歩後ろに下がり、現実を認めようとはしなかった。

「嘘だ……殺人犯のお前が父親だなんて……嘘だ！　何かの間違いだ！」

殺人犯という言葉が胸に強く突き刺さる。だがそう言われても仕方のないことだし、認めたくない気持ちは分かる。

だから、俺が父親だ、と言っても納得はしないだろうし、今の自分にそう言う資格はない。

ただ、彼が息子だということははっきりさせなければならない。

確認する方法はただ一つ。章弘は、意を決して尋ねた。

「右肩に……赤い痣があるんじゃないか？」

〝右肩の痣〟という言葉に、ずっとこちらをにらみつけていた彼は、心底驚いたようにハッとなった。

「どうして……それを」

「あるのか？　あるんだな……？　やっぱり、章由なんだな？」

自分の息子だと確信した章弘は、再び涙をこぼした。この一九年、どれだけ長かったか。

今ここに、最愛の息子がいるのだ。長い歳月がたってしまったが、章弘には関係なかった。

大人になっていようが、子供は子供。本当は今、どれだけ抱きしめたいか……。

しかし、章由の心は一瞬揺れたようだが、それでも必死に否定する。

「そうだ。誰かに聞いたんだろ。そうに決まってる！」

章弘は思わず声を張り上げていた。

「違う！　お前は、一九年前に俺と桜井真由という女性の間にできた子供なんだ。彼女のお腹の中から生まれたんだ！　取り出したのはこの俺だ！　信じられないかもしれないが、事実なんだ。その赤い痣が証拠なんだ！」

必死に訴えると、章由は首を横に振りながらうつむき、つぶやいた。

「俺は信じない。絶対に信じない。俺は泉森翔だ。お前の言うことは、嘘に決まっている！」

章由、と口を開こうとしたとき、章由は顔を上げて言った。

「それを今から確かめる。一緒に来い」

章由は背を向けて出口のほうへ歩いていってしまった。突然、来いと言われ章弘は戸惑うが、章由の後ろをついていく。

初めから感動の再会なんてありえない。それは覚悟していたことだ。でも実際、血のつながった息子に殺人犯と言われるのはものすごく辛かった。

しかしそれは今だけだ。あの子はきっと分かってくれる。そう信じたい。

公園から出ると、章由は近くに停めてあったカプセル型の乗用車にリモコンを向け、電動扉を開けた。

「乗れ」

章弘は言われたとおり助手席に座る。運転席に座った章由は、ナビゲーションに告げた。

「茨城県水戸市」

行き先を認知したナビは、

『かしこまりました』

と人工的な声を発し、間もなく、車は勝手に動き出した。

「茨城？　もしかして育った施設に……」

そう聞くと、章由はこう断言した。

「もしさっきの話が嘘なら、その場で逮捕する」

二人は、鋭い目つきでにらみ合う。章弘は深くうなずいた。

「分かった。好きにすればいい」

車は山下公園を抜け、高速道路に入った……。

真実

1

首都高から第七高速ルートに入った車は、一直線に続く道を時速二〇〇キロで走っていく。高速とはいえ、昔は二〇〇キロで走るなんてありえなかったが、今は当たり前のようだ。周りの車も同じスピードで走っている。この一九年間、監獄の中のような日々を送っていたせいか、こうして時代の流れを感じるたび、タイム・スリップしたような感覚に陥る。

それよりもっと混乱しているのは章由だろう。施設の人間にどう教えられて育ってきたかは分からないが、親がいない生活が当たり前だったはずなのに、急に父親と名乗る男が現れたのだから。しかも、その男が自分の追っている殺人者だったなんて、信じたくないに決まっている。でも児童養護施設に行くということは、調べなければ気がすまないからだ。もしかしたら、と思うからだ。

施設で証明できればいいのだが……。

それまでは、話しかけるのはやめようと章弘は決めていた。むろん、章由のほうも口は開かない。ただじっと前方を見据えている。車内は複雑な空気に包まれていた。その後も沈黙は続き、車は茨城県水戸インターを降り、東へ方向を変えた。しばらくすると、東京ではほとんど見かけなくなった商店街が見えてきた。時代は流れたとはいえ、この街はまだ昔の風景が残っているようだ。都会と比べるとかなりギャップを感じるが、心が落ち着くのはこっちだ。

過去の映像が蘇《よみがえ》ったのは、この直後だった。名前は憶《おぼ》えていないが、見覚えのある駅が見えてきたのだ。一六、七年前、確かにこの駅で降り、バスに乗って施設に向かった。道も何となくだが記憶に残っている。

もう少し走ると、畑に囲まれた小学校があるはずだが……。

やはりそうだ。小学校は建て直されたのか、ずいぶんと綺麗になったが、周りの風景はあまり変わらない。近くにコンビニができたくらいだろうか。畑のそばに咲くタンポポを見て、さらに懐かしく感じた。

そう、あのときもちょうど同じ時期にここへやってきたんだ。もう一度ここへ来ることになるなんて、思ってもみなかった。

施設はもうすぐのはず。

大きく息を吐いた章弘は、章由を一瞥《いちべつ》した。冷静になれと言い聞かせているのか、章由は目を閉じ、静かに呼吸を繰り返している。しかし緊張は隠しきれていない。章弘もそれは同じだった。

間もなく、花畑に囲まれた二階建ての白い建物が見えてきた。ペンキが塗り直されたせいか、前に来たときとは少し印象が変わったが、あそこに間違いない。

あの施設に章由はいたのか……。裏で仕組まれていなければ、もっともっと早く再会できていたはずなのに、何も知らず自分はここから去った……。

二人を乗せた車は、児童養護施設の目の前で停車した。

『和光寮』

章由はエンジンを切り、前を向いたまま命令した。

「ここで待っていろ」

章弘がうなずくと、章由はドアを開け、施設の中に入っていった。章弘はただ願うだけだった。真実を、知ってほしいと……。

今にも気がおかしくなりそうだった。

なぜだ。なぜ、よりによって殺人犯である広瀬章弘が……。

両親に棄てられて一九年。もう恨みは消えているし、会いたくなんてなかった。けれど、自分を棄てた理由を訊《き》きたかった。だから指定された場所に行ったのだ。なのにどうして。奴が父親なんて信じない。信じられるわけがない。何かの間違いに決まっている。

だったらなぜ奴をすぐに逮捕しない？　ここに来る必要なんてなかったではないか。

翔の中で引っかかっていたのは言うまでもなく、右肩の赤い痣《あざ》。この痣のことを知っているのは施設の人間だけだ。この痣がコンプレックスで、誰にも言わないでと皆と約束したのを今でも憶えている。だからと言って広瀬が知るわけがない、と考えるのは安易だが、確かめずにはいられなかった。今のままじゃ、奴を逮捕することなんてできない。頭の中を綺麗さっぱり整理して、逮捕する。

リノリウムの廊下を歩く翔は、施設の風景を懐かしんでいる余裕はなく、階段を上り、園長室に向かう。その途中、自分が中学生くらいのときからお世話になっていた小松貴子《こまつたかこ》と、この施設を出る一年前にここに入ってきた小学四年生の鈴木真之介《すずきしんのすけ》がプレイルームから出てきた。二人はアッと声を上げて、嬉しそうに駆け足でやってきた。しかし翔は、二人に気持ちを向けることができない。深刻な表情で小松に深々と頭を下げた。

「ご無沙汰しています」

今年でもう五〇歳になる小松は、翔の肩に手を置き、微笑んだ。

「少し見ないうちに立派になったわね。お仕事頑張ってる？」

翔は、小松の目を見られなかった。

「……はい」

「今日はどうしたの？」

「園長に用があって」

「そう。園長室にいるわよ。早く会いに行ってあげて」

「分かりました」

二人の会話を聞いていた真之介が、手を引っぱってきた。

「翔兄ちゃん！　あとで遊ぼうよ！」

翔は真之介の頭を優しく撫でて、うなずいた。

「そうだな」

「じゃあ、またあとでね、翔君」

「はい」

園長室に歩を進める翔は、立ち止まって二人を振り返った。すると真之介もちょうどこちらを振り返り、嬉しそうに微笑んだ。

真之介の無垢《むく》な瞳を見ていると、昔を想い出す。あのころの自分は、いつか両親が迎えに来てくれると信じていた。しかし純粋すぎたゆえ、心は深く傷ついた。それでも人前では決して悲しい顔は見せなかった。だからこそ今の自分がある。これまでの人生、誰が何と言おうと完璧だった。

翔は、広瀬章弘の顔を頭から強引に消し、園長室の扉を二度叩いた。少し間が空いてから、中から声が聞こえてきた。

「どうぞ」

扉を開いた翔は、園長である富田加寿子《とみたかずこ》に頭を下げた。会うのは一年ぶりのはずなのに、富田は一切懐かしむ表情は見せなかった。むしろその逆。来るのを知っていたかのような、そんなふうにも思える。

「……翔くん」

「ご無沙汰しています」

富田は顔を伏せて、心の揺れを隠すようにメガネの位置をしきりに直す。声をかけた瞬間、ヒッと驚いた声を上げるのではないかと思うくらい、富田は明らかに動揺している。

翔はなかなか声をかけられないでいた。

翔の目の端々に映るのは、園児たちが描いたいろいろな似顔絵や風景画。その中に自分が描いた絵も飾られている。両親を想像して描いたのだ。かなりの年数がたっているので色あせているが、あの日のことは鮮明に憶えている。

園長を描いている子もいる。白髪だらけの頭に、目元口元に集中した皺《しわ》はよく特徴をとらえており、表情も穏やかで上品そうだ。

しかし、今の富田は絵とは対照的で、まるで罪を犯してしまった人間のようにビクビクしている。

「な、何も連絡せずに来るなんて……どうしたの？」

無理して言葉を発しているのは明らかだった。翔は厳しい顔つきで答える。

「今日は、園長に訊きたいことがあって来ました」

富田の肩が、ビクリと跳ねた。

「な、何かしら……？」

翔は間を空けることなく、単刀直入に尋ねた。

「園長、今まで園長にはいろいろお世話になって、僕はすごく感謝しています。信用だってしています。それは分かってください。でも、僕に何か隠していることはありませんか？」

その瞬間、富田の目が泳ぐ。翔は重ねて訊いた。

「僕の……父親と母親は誰ですか？」

富田の顔がだんだんと引きつっていく。額には汗がにじんでいる。

「どうしたの……急に」

　富田は声が裏返るほど、焦りを感じている。

　翔は、意を決して広瀬の名前を出した。

「園長も知っているでしょう。今、殺人容疑で追われている広瀬章弘という男を。その広瀬が、僕の父親だと名乗り出てきたんです」

　広瀬の名前が出ると、富田は目をギュッと閉じ、大きく息を吐いた。

「園長、嘘ですよね？　何かの間違いですよね？」

　問い詰めても、富田は口を開こうとはしない。

「園長！　どうして黙ってるんです！　何か隠してるんだったら教えてください。お願いだから！」

　懇願すると、富田はもう逃げられないと悟ったのか、静かに目を開けて、先ほどとは一変、決心したようにゆっくりとイスから立ち上がった。

「……分かったわ」

　翔は富田の目を見つめ、固唾《かたず》を呑む。

「翔くん」

「……はい」

「どうかお願いだから、落ち着いて聞いてほしいの。そして私を許して……」

「許す？」

そう訊き返すと、富田は辛そうに目をそらした。

翔は、これから話される過去に不安を抱きながら、富田の次の言葉を待った。

「実はね……翔くん」

その先を聞いた翔は我を失い、しばらくその場から動くことができなかった……。

2

章由が施設に入ってから一時間以上が経過していた。今、中でどんな話がされているのか。
一六、七年前、ここへ来たとき、そんな子はいないと追い返された。当然、章由も父親が来たなんて知る由もないし、施設の人間は真実を隠した。DEOの奴らに、圧力をかけられていたのだろう。
一九年がたったとはいえ、章由に真実は語られるだろうか。もしかしたら、ありもしない話を聞かされているかもしれない。

そう考えると気が気ではないが、章弘は運命に任せるしかなかった。

「……真由」

天国で見守ってくれている真由に、章弘は祈りを捧げた。章由にせっかく会えたのに、このまま別れたくはない。せめて、自分が父親ということを章由には知ってほしい。一九年間も待ったんだ。それくらいはいいだろう……。

不安に押し潰《つぶ》されぬよう願い続ける章弘は、外から聞こえた音にハッと目を開けた。施設から、章由が出てきたのだ。ただ、先ほどとずいぶん様子が違う。放心しているような、遠くのほうをボーッと見つめながらこちらにやってくるのだ。

車の扉が開かれた瞬間、心臓が破裂しそうなほどの緊張が襲いかかる。章弘は、章由を見ることができず、ただじっとうつむいていた。

章由からどんな言葉が告げられるのか、章弘は恐くてたまらなかった。

沈黙はしばらく続いた。車内には異様な空気が流れていた。

章弘が、生唾をゴクリと呑み込んだそのとき、章由がとうとう口を開いたのだ。

「園長から……全て聞いた」

力のない、気の抜けきった声。章由はそう言ったあと、何かに取り憑かれたかのようにマジマジとこちらを見つめ、ポツリと洩《も》らした。

「あんたが……俺の」

ずっとうつむいていた章弘は顔を上げた。

「……え？」

そして章由に瞳を向けた。すると章由は我に返ったようにハッと視線をそらし、ためらいながらも、途切れ途切れにこう言ってきた。

「訊きたい、ことがある……一緒に、来てほしい」

章由の態度が変わったのは明らかだった。

章弘はこのとき確信していた。章由は過去を訊きたがっているのだと。

「分かった」

章弘がうなずくと、章由は弱々しい声でナビに行き先を告げた。間もなく、車は静かに発進した。章由は目的地に着くまでずっと口を開くことはなく、目を閉じて、気持ちを整理しているようだった。章弘も、一言も声を発しなかった。

車内には、施設に着くまでと同じように沈黙が流れる。ただ、二人の関係は大きく変わろうとしていた……。

水戸駅前にある一〇階建ての観光ホテルの地下駐車場に到着した二人は、全面ガラス張りのエレベーターに乗り、無言のままロビーに上がる。

一階に到着すると、章由が周りの目を気にしながらホテルの入り口でこう指示してきた。

「ここにいて。空き部屋を確認してくる」

抑揚のない口調だが、今は言葉に刺は含まれてはいない。

「……分かった」

了解すると、章由はロビーに向かい、係の人間を呼んだ。

数分後、章由がこちらを振り返り、大丈夫というようにうなずいた。章弘は顔を伏せながら章由の元へ行き、再びエレベーターに乗り、四階で降りた。

赤い絨毯《じゅうたん》が敷き詰められた廊下には誰もおらず、章弘はホッと息を吐き、章由の後ろをついていく。

部屋番号は四〇三号室。章由は扉を開けると、誰にも見られていないのを確認し、

「入って」

と、まず章弘を部屋に入れた。その後すぐに部屋に入った章由は、まず最初に窓のカーテンを全て閉め、明かりをつけた。そしてベッドに腰を下ろし、手と手を絡ませ前屈みになり、大きく息を吐き出した。

ずっと立っていた章弘も、隣のベッドに座り、章由の言葉を待った。しかし、一〇分以上が経過しても章由はまだ頭の整理がつかないのだろう。深く考え込んでいる様子だった。章

弘は、自分から話すことにした。

「どこから、話したらいいのか……」

するると、章由は言った。

「何も隠さず、過去を全て話してほしい」

ずっと下を向いている章由をしばらく見つめたあと、章弘はうなずいた。

「分かった」

章弘は記憶を巻き戻し、全てが始まった〝あの日〟から語った。

「今では考えられないかもしれないけど、昔の日本は、働かずに税金を払わない人間たちで溢《あふ》れていた。当時、俺もその一人だった。このままでは日本の将来が危ういと感じた政府は、ある法案を可決した。それが、ダスト法だ」

それを聞き、章由はつぶやくように返した。

「今だって棄民はいる。本当にごくわずかだけど、毎年、島に強制的に送られている」

「そうか……」

と返し、章弘は話を続けた。

「棄民となった俺は、強引に島に送られた。そこで出会ったのが、君の母親である桜井真由だ。ただ、良い出会いだけじゃなかった。グループの中に石本がいたんだ」

母親の名前よりも、石本の名前を耳にした瞬間、章由は強く反応を示した。

「石本……」

「最初は皆、力を合わせて暮らしていた。食糧にまだ余裕があったからだ。でも少しずつ食い物がなくなっていき、グループの和がだんだんと乱れていった。けれど、俺と真由と唯一の親友、本木光彦の三人の気持ちは通じ合っていた。そしてそのころからすでに、俺と真由はお互い、特別な気持ちを抱いていた」

「本木光彦……メールをくれた人だ」

「ああ。彼には本当にいろいろ助けてもらった。彼のおかげで、君にだって会えた」

「……それで？」

「事件が起きたのは島に送られてどれくらいがたったときか。石本が真由に乱暴したんだ。怯《おび》えた真由は俺に助けを求めてきた。けれど、俺と真由は石本たちに囲まれてしまって、そのときに真由は石本のせいで目を傷つけられ、右目の光を失ってしまったんだ」

自分の母親である女性がむごい目に遭ったのを知ったとたん、章由は辛そうに目を閉じた。

「俺と真由は何とかその場から逃げきったが、混乱していた俺は、どうしたらいいのか分からず、何もしてやることができなかった。たまたま逃げ込んだ家に、ある男性がいて、その人が真由の手当てをしてくれたんだけど、結局は治るはずもなく、しばらく真由は心をふさいでしまった」

「当たり前だよ……そんなの」

「俺と真由とその男性はしばらく同じ屋根の下で暮らした。でも、俺たちを助けてくれた男性は病気で死んでしまった。その日に、真由が初めてツワリを起こしたんだ。そう、すでに真由のお腹には君が宿っていたんだ」

「……俺が」

「島での生活は本当に苦しかった。そのころには米は尽きていたから、俺たちは果実、小魚や動物を食べて、一日一日を乗りきった。お腹に赤ん坊がいたから、頑張れたんだ。でも、そんな俺たちを石本はさらに苦しめた。二人で住んでいた家に、奴は放火したんだ」

章弘は、言葉に憎しみを込めた。

「何とか逃げきることはできたが、住む場所を失った俺たちは、雨宿りしていた場所で偶然、光彦と再会したんだ。光彦は、餓死寸前の俺たちを助けてくれた。彼がいなきゃ、お腹にいた君は流産していただろう。そのときだけじゃない。君が生まれるまで、光彦は俺たちに食糧を持ってきてくれたり、励ましてくれたり、彼のおかげで、出産の日を迎えることができた。でも……」

「でも？」

思い出すだけでも辛いが、ちゃんと話してやらなければならない。あの日のことを。

「あれは忘れもしない、三月二九日」

「三月、二九日……」

「そう、一九年前の昨日だよ。陣痛が起きたその日は本当に凍えそうなほど寒くて、大変だった。それでも真由は懸命に、君を産もうと頑張った。そして、君は元気に生まれてきたけれど、不幸な出来事が二度、同時に起きた。一つ目は……真由の死」

章由は思わず声を洩らした。

「……どうして？」

「彼女は心臓が悪かったんだ。体力がもたなかったんだろう」

そう答えると、なぜか章由は驚いた表情を見せた。

「心臓が？」

「どうした？」

「いや……何でもない。それで、もう一つの不幸なことは」

章弘は数秒の間を空けて、事実を告げた。

「ＤＥＯの奴らに、君を奪われたんだ」

その瞬間、章由は立ち上がってそれを否定した。

「嘘だ！」

「嘘なんかじゃない」

「だって、園長はそうは言わなかった。島ではとても育てられないからという理由で、俺は施設に預けられたと」

「表向きはそうだ。けれど、本当の理由はそうじゃない。あのころの日本は、様々な分野で発展を遂げようとしていた。そのためには労働力が必要だった。しかしあのころ、国は少子化に苦しんでいた。一人でも多くの人間をほしがっていた。奴らは言ってたよ。子供を施設に入れて、優秀な人材に育てると。そう言って、俺から君を奪っていったんだ」

「そんな……ひどすぎる」

事実を知った章由は、グッタリとベッドに崩れ落ちてしまった。

「大切な人を二人も同時に失った俺は、一時は死のうかとも考えた。でも、君を取り戻すために、懸命に生きた。どんなことをしても生きなきゃならなかった。そして俺は執念で島から出ることができた。でもそれで終わったわけじゃない。棄民の俺たちは、島を出てからも奴隷のように働かされた。ただ、当時は苦じゃなかった。もう少しで君に会えると信じていたから。俺は仕事が終わったあとや休みの日を使って、地道に全国の乳児園や児童養護施設を回った。右肩の痣だけを手掛かりに。けれど、結局は会えなかった。いくら月日がたっても手掛かりを得ることはできず、最終的には諦める形になってしまった」

「園長が……言ってた。あなたが、施設に来たって」

「DEOから圧力をかけられていたんだろう。本当は、もっと早く会えていたのに……」

しかし、今さらそんなことを言っても始まらない……。

「それから？」

「その先は想像がつくだろう。君に会えないまま十数年がたち、四日前、石本達二が俺の働く工場に異動してきたんだ」

「恨む気持ちは分かるけど、殺すことはなかったんじゃ」

「いや。俺はどうしても奴を許せなかった。自分を抑えられなかった。真由のために、やらなきゃならなかった。でも、もう少し早く君に会えていれば、殺すことはなかったかもしれない……」

章弘は、章由に深く頭を下げた。

「すまないと思っている。許してほしい」

すると、章由は拳を震わせながら洩らした。

「……そうだよ。どうして人殺しなんて」

「……すまない」

このまま部屋を出ていってしまうのではないか。そう思っていたが、章由の口から意外な言葉が告げられた。

「正直、今も混乱している。あまりに、突然すぎたから。でも、本当の過去を聞けて良かった。話してくれて……ありがとうございます」

章弘は顔を上げ、章由に恐る恐る訊いた。

「じゃあ、信じて……くれるのか？」

章由は、長い時間考えたあと、深くうなずいた。章弘の壮絶な半生に触れ、長い間心に巣食っていた不信感は、いつの間にか消えていた。

その瞬間、ずっと我慢していた様々な感情が溢れ、章弘は章由に抱きつき、子供のように泣きじゃくった。

「……章由！」

何度も何度も息子の名を呼び、そして真由や本木に感謝の気持ちを伝えた。

これ以上の幸せはない。章弘は一九年間の想いを込め、力強く章由を抱きしめた。言葉はいらない。ただ抱きしめるだけでいい。

「それで……これから、どうするつもり？」

耳元でそう訊かれ、章弘は身体を離し、寂しそうにこう答えた。

「もっといろいろ話したいし一緒にいたい。けど、せっかく会えたのに辛いけど、俺と一緒にいれば迷惑がかかってしまう。だから、自首しようかと思っている」

その言葉を聞き、章由は深く考え込む。葛藤しているようだった。

「確かに、あなたのしたことは許されることじゃない。でも、自首するのはもう少し待ってほしい。僕に……全て任せてくれないか」

優しい息子に甘えてはならない。分かっているのに、自分の弱さをつくづく感じた。このまま別れたくないという気持ちに嘘をつくことができなかった。

「……分かった。でも……」

「でも？」

事件に巻き込まれるようならすぐに俺をＤＥＯに突き出してくれとは、辛くて言えなかった。息子に迷惑がかかる前に、自首すればいいだけのこと……。

「いや、何でもない。ありがとう」

礼を言われた章由は、どう答えたらよいのか分からないというように戸惑いを見せ、

「そ、そうだ。お腹、減ってない？　何か、頼もうか？」

と言ってきた。まだ会話はぎこちないが、章由とまともに話せていることに章弘は嬉しさを感じる。章弘は小さくうなずいた。

章由は部屋の電話からフロントにかけ、メニューを見てパスタを二つ注文した。

「パスタで、いいよね」

「ああ、何でも」

それから注文した品が来るまで二人の間に会話はなかったが、一緒にいられるだけで章弘にとっては幸せな時間だった。

約三〇分後、部屋にパスタが届けられ、二人は二つのベッドに座って口にする。二人で食事するなんて、こんな日が来るのをどれだけ夢見たことか。ただ、喜びで胸がいっぱいでうまく喉を通らない。

食べている最中、章由がつぶやいた。

「俺の誕生日は、本当は三月二九日なんだね」

「ああ。毎年毎年、祝ってたよ」

「それに〝アキヨシ〟っていうのが、本当の名前なんだね」

当たり前だが、彼はずっと泉森翔として生きてきた。いきなり章由と言われても戸惑うのは当然だろう。

「名前の、由来は？」

「俺の『章』と、お母さんの『由』を取って、章由」

そう聞かせると、章由は顔を伏せ、声を震わせた。

「良い……名前だね」

章弘は嬉しさのあまり声が出なかった。

「まだ全然慣れないだろうけど……これからは、章由って言ってくれていいから」

息子のその優しい言葉に章弘は耐えきれず、再び涙をこぼした。

「……ありがとう」

章弘は、真由に改めて感謝した。思いやりのある子供を産んでくれてありがとうと。

「そうだ……僕のお母さんって、どんな人だった？」

章弘の目に、一番初めに会ったときの真由の姿が映る。

「お母さんは、かわいらしくて、上品で、優しくて、でも心は強くて……いつもいつも励まされていた。彼女がいなければ、俺はきっと島から出られなかったと思う。本当はずっと一緒にいたかったけど」

「……そうだね」

できるだけ明るく振る舞おうとしているのに、ついつい暗くなってしまう。章弘は優しい笑みを作り、

「真由と章由は目が似ているよ。パッチリとした目は、本当にそっくりだよ」

と教えてやった。すると章由は嬉しそうに言った。

「そっか。会ってみたかったな」

「きっと、天国で見てくれているから」

「そうだね」

そのときだ。章由の携帯電話が鳴り出した。

章由はリモコンを取り、液晶を確認する。

「支部からだ」

その言葉に章弘はビクつく。

「で、出ないのか？」

章由は首を横に振り、怒りを込めて言った。

「結局俺も騙されていたんだ。もうＤＥＯの命令には従わない」

「でも、それじゃあ……」

「いいんだ。いいんだよ」

決意に満ちた章由に、何を言っても無駄のようだった。

「なあ、章由？　俺も訊いていいかな」

「うん。何？」

訊きづらいことではあるが、知らなければならないと思った。

「章由は、施設でどう育ったんだ。言いたくないなら、無理には訊かないけど」

やはり訊いてはいけないことだったのか、章由の表情が沈む。ただ、章由は過去を隠すことはなく、語ってくれた。

「小さいころからずっと、俺は施設の人たちに、あなたの後見人はＤＥＯの責任者である小野田だと言い聞かされてきた。だから俺はＤＥＯ幹部になるのが当たり前だと思って、必死になって勉強した」

どうして、よりによって自分の敵であるＤＥＯに入れさせようとしたのだ。奴らの陰謀が見え隠れするのは気のせいか。

「学校ではあまり友達は作らなかった。いや、できなかった。両親がいないからと俺を見下す奴らがたくさんいたから」

独りぼっちにさせたのは自分のせいだと、章弘は胸を痛める。

「俺はそいつらを見返したかった。だから懸命に努力した。そのおかげでＤＥＯの特別階級試験に合格し、支部の指揮官にまで上りつめたけど……全部が無意味だった。俺はＤＥＯに操られていただけなんだ。父親が棄民だから、あえてＤＥＯスタッフにさせたんだ。俺は、機械のようにただ造られただけだった……」

章由も自分と同じく、一度も心は満たされていなかった。

そんな章由が可哀想で、章弘は何も言葉をかけてやれなかった。

それからお互い黙り込んでしまい、長い時間、沈黙が続いた。本当はもっといろいろな話をしたいのに、急に何を話したらよいのか分からなくなってしまい、ギクシャクとした空気が部屋を包む。

ただ会話はなくとも、章由との距離はだんだんと近くなっている感じはした。もっと溝が埋まれば、本来の親子のように接することができるはず。

それより、章弘には気がかりなことがあった。

章由に会えたことを伝えるために、仕事の終わる午後五時あたりから本木に連絡をしているのだが、いくら電話をしてもつながらない。最初のうちは、まだ仕事が続いているのかと思っていたが、九時を過ぎても本木は出る気配がなかった。

何かあったのだろうか。こんなときだから、余計心配になる。

結局、夜の一一時になっても、本木の声は聞けなかった……。

今日はもう出ないだろうと章弘が携帯のリモコンをしまうと、ベッドに仰向《あおむ》けで寝ていた章由が口を開いた。

「そういえば、気になることがあるんだ」

「どうした？」

「お母さんは、心臓が悪いって言っていたよね？」

「ああ」

「どうして、お母さんは棄民になってしまったの？　何か、事情があるの？」

章弘は深刻にうなずき、真由の幼いころを語った。

「俺も細かいところまでは聞かなかったけど、真由は棄て子だったんだ。章由と同じで、児童養護施設で育ったそうだ。誰も助けてくれなかったから、辛かったと思う。身内でもいれば、免罪金を払ってもらって、島に連れていかれることはなかったのに……」

どこまでも哀れな母に、章由の胸は痛む。

章弘も話せば話すだけ辛くなる。一番不幸だったのは、真由だった……。

再び黙り込んでしまった章由を見つめる章弘も、ベッドに座り込んだ。すると、章由がこう言ってきた。

「明日、ここを出よう。会わせたい人がいるんだ。会ってくれるよね？」

「会わせたい人？」

訊くと、章由は首を横に振った。

「明日教えるよ。今日はもう寝よう。疲れたでしょ」

気にはなるが、章由がそう言うのならと、章弘はそれ以上は訊かなかった。

「分かった」

部屋の明かりが消されると、暗闇から章由の声がした。

「おやすみ」

「ああ、おやすみ」

章弘は、しばらく目を閉じることができなかった。隣に章由が寝ているなんて、嘘のようだ。ただ、二人でいられる日があとどれくらい続くか、それが不安だった。しかしこの日の夜は、ホッとしたせいか、それとも昨夜からの疲れが溜まっていたからか、章弘はすぐに深い眠りに吸い込まれていった。

この夜、章弘は夢を見た。

自分と章由、そして今も変わらず若々しい真由の三人が狭い食卓を囲み、仲良く食事をしている。三人とも笑顔で、とても幸せそうだ。

こんな温かい時間がいつまでも続いてほしいと、章弘は強く願った……。

3

翌、三月三一日。

目を覚ました章弘は、夢が途切れてしまったことに落胆し、目に溜まっている涙を拭《ぬぐ》い、上半身を起こした。

実際には、青空を眺めるYシャツ姿の章由がいた。

夢から覚めても、章由はいる。その事実にホッとした。

「おはよう」

声をかけると、章由の肩が弾んだ。

「おはよう。よく眠ってたよ」

今何時なんだと、章弘は腕時計を確かめた。午前一〇時半。かなり長い時間眠っていたようだ。

「ちょっと、疲れていたから」

「それなら、もう少し寝てればいいのに」

「そういうわけにはいかないよ」

章由が昨夜言った〝会わせたい人〟が誰なのか、それを一刻も早く知りたい。

「行く場所があるんだろ？　だったら、早く行こう」

「そうだね。でもお腹が空いたから、何か食べて出よう」

言われてみれば腹が減った。昨夜、ほとんど何も食べていないからだ。

「分かった。そうしよう」

「じゃあ、またフロントに頼むから」

そう言って、章由は部屋の電話からフロントにかけ、適当に食事を注文した。

しばらくすると、係の人間が部屋に軽い食事を届けてくれた。二人は、テーブルに向かい合わせに座り、少し遅めの朝食を摂る。誰に会いに行くのかずっと気になっていたが、こちらからはあえて訊かなかった。章由も、その件には触れなかった。

食事を終えた二人は、ほんの少し食休みをしたあと、部屋を出た。そして章由がチェック・アウトをして、二人は地下の駐車場に行き、車に乗り込む。

エンジンをかけた章由は、ナビに行き先を告げた。

「茨城県つくば市……」

目的地を認識した車は、ゆっくりと発進する。

地下から出ると、眩しい光が二人に降り注がれた。

「良い天気だな」

晴れ晴れとした表情で章弘がそう言っても、章由から返事はない。なぜか、緊張した様子だ。

「どうした？」

と訊くと、章由は少しソワソワしながら口を開いた。

「会わせたい人がいるって、言ってたでしょ？」

ようやくその話になり、章弘も妙に緊張する。

「あ、ああ……誰なんだ？」

すると章由から、予想外の答えが返ってきた。

「実は、結婚しようと考えている人がいるんだ」

「……え？」

まさか結婚という言葉が出てくるなんて考えてもいなかったので、章弘は一瞬、混乱してしまった。しかし、こんなにも嬉しいことはない。

「そうか。そういう人がいるのか。どうしてもっと早く言ってくれないんだ」

章由は、途切れ途切れに言った。

「いや、なんか、照れくさかったからさ」

そんな章由に優しく微笑んだ章弘は、素直な気持ちを告げた。

「嬉しいよ。今までのことがあるから、章由には本当に幸せになってもらいたいんだ。その子はいくつなんだ？」

「俺と同じ、一九歳」

「どこで、知り合ったんだ？」

章由は、遠くのほうを見つめながら答えた。

「彼女も両親がいなくて、同じ施設で育ったんだ」

「そうか……そうだったのか」

その彼女に、これから会いに行く。

ただ、実際会いに行ってもいいものなのか。

俺は犯罪者だ。どういう女性かは分からないが、ショックを受けてしまうのではないか。

場合によっては、その彼女は章由から離れてしまうかもしれない。

「でも、俺なんかが会いに行ってもいいのか？　俺は、逃亡犯なんだぞ……」

章由は首を振り、断言するように言った。

「彼女はそんな目では見ない。きっと、事情を話せば分かってくれるから」

「……でも」

自分の子供がどのような女性と結婚するのか。それを聞いた瞬間、心底嬉しかったし、すごく会いたい。だが、会ってはいけないのではないか。章弘の心は複雑だった……。

飲食店がズラリと並ぶ国道を一直線に約一時間ほど走った車は、人通りの少ない住宅街に入り、右、左と忙《せわ》しなく道を曲がっていく。ナビを見ると、あと一分少々で目的地に着くようだ。なのに、まだ章弘は覚悟ができていない。会うのが、恐い……。

心の揺れを隠せない章弘とは裏腹に、章由は彼女を信じている。そんな目をしていた。施設で一緒に育ってきた二人は、相当強い絆で結ばれているのだろうが、だからこそ余計に心配なのだ。信じ込んでいた彼女がもし、離れていってしまったら……。

章弘の気持ちを無視するように、車は速度を緩めることはなく、気づけば有料パーキングに入っていた。

車が停まると、章由はエンジンを切り、ドアを開ける。が、章弘はどうしても降りられなかった。

「どうしたの？　さあ」

「やっぱり……」

ためらっていると、章由は心強い言葉をかけてくれた。

「大丈夫。彼女を信じてほしい。どうしても、会ってもらいたいんだ」

その気持ちはありがたいのだが……。

「行こう」

章由の目は、決意に満ちている。章弘は、息子の言うとおりにしようと決めた。親子なのだから、信じてやらなきゃいけない。

「分かった」

車から降りた章弘は、不安に押し潰されぬよう、しっかりとした足取りで章由についていく。駐車場から少々歩くと、章由は前方にあるレンガ模様のマンションを指さした。

「あそこだよ」

その瞬間、口から心臓が飛び出そうなほど、緊張はピークに達した。声を出すことができず、章弘はただうなずく。

「行こう」

マンション内に入った章由は、一階の三号室で足を止め、インターホンを押した。章弘は、魂まで抜けてしまうかのような深い息を吐き出した。

間もなく、インターホンからかわいらしい声が聞こえてきた。

「はい。どなた様ですか？」

章由は、深刻な口調で、

「俺だよ」

と答えた。すると、すぐに玄関の扉は開かれた。中から、赤いワンピースを着た、長い髪の女の子が出てきた。と同時に、章弘は顔を伏せる。

「翔……どうして？　そちらの方は？」

彼女の視線を感じ、章弘は少し顔を上げた。その瞬間、彼女の目がギョッとなった。そして怯えるように、

「……翔」

と声を洩らす。一瞬で逃亡犯と分かったのだ。テレビでも相当自分の顔が流れているのだろう。

「亜紀《あき》。話を聞いてくれ」

章由の言葉は彼女には届いていないようだった。こちらを見たまま、硬直してしまっている。章弘は、自分の存在を消したかった。

「亜紀。驚くかもしれないけど、落ち着いて聞いてくれ。実は……」

やはりその先は言わないほうがいい。章弘は、耳をふさぎたかった。

章由はためらうことなく真実を打ち明けた。

「この人が、俺の父親だってことが分かったんだ」

冷静さを失っている今の彼女には、あまりにも唐突で、耳を疑うような言葉だったに違いない。ただ、混乱はしているが、自分に対する恐れは一瞬で消えたようだった。

「どういう……こと？」

「話をすれば分かる。中に入れてくれ」

さすがにまだ戸惑ってはいるが、彼女は章由の言葉には逆らわなかった。

「……う、うん」

中に入った二人は靴を脱ぎ、小さなリビングに案内される。女の子らしく部屋中がピンクで彩られているが、章弘はそんなことに思いを巡らす余裕などなかった。三人は、黙ったまま絨毯に座る。しばらく緊迫した空気が流れるが、沈黙を破ったのは章由だった。

「紹介します。中野《なかの》亜紀さん」

章弘は、彼女の目を見られなかった。ただ頭を下げるだけだった。

「亜紀。突然ですまない。でもどうしても、父親であるこの人に会ってほしかったんだ。これから話すことは俺たちにはずっと隠されていた真実だ。どうかお願いだから、聞いてほしい」

真剣な目つきで章由がそう言うと、亜紀は深くうなずいた。

「じゃあ、話してくれる？」

章由に頼まれ、章弘は了解した。

章弘は昨日と同じように、二〇年前に自分が島に連れていかれたところから話し出した。

章由の母親である真由や、親友の本木との出会い、自分たちを苦しめた石本の存在、そして島で章由が生まれたこと、しかし産んだと同時に母親が死んだこと、それだけではなく、突然、ＤＥＯに章由を奪われてしまったところまでを細かく話した。

真剣に聞いていた彼女は、章由がＤＥＯに奪われたことを知ったとき、辛そうに洩らした。

「子供を奪っていくなんて……ひどい。許せない」

その後も、章弘は彼女に過去を話した。

島を出て、右肩の赤い痣だけを頼りに全国の乳児院と児童養護施設を回ったが、結果的に裏で仕組まれていたため、章由に会えなかったことや、一九年後に偶然再会した石本を殺してしまったことも、一切隠さず……。

章弘の話が終わると、章由が亜紀に昨日の出来事を伝えた。

「昨日、園長を問い詰めたら、事実を教えてくれたよ。最後は園長、泣いてた……」

「園長が……」

「なあ、亜紀。信じてくれるか？　真実を受け入れてくれるか？」

章由がそう訊くと、亜紀はこちらを見て、深くうなずいた。

「まだ頭の整理ができていないけど、本当なんだと思う。私は……信じる」

それを聞き、章弘はホッと息を吐き出し、

「ありがとう」

と深々と頭を下げた。

「まだ実感が湧かないけど、まさか翔のお父さんに会えるなんて思ってもみなかった。ずっと、辛かったんですね……」

彼女は、石本を殺したことについて責めることはせず、触れもしなかった。章由の父親として見てくれている。そんな彼女に章弘は言った。

「いや、一番辛かったのは私じゃない。彼ですよ」

本当は苦しかったはずなのに、章由は自分の弱さを見せなかった。

「俺は……別に」

「お義父《とう》さん？」

亜紀にそう言われた章弘は、慣れない呼ばれ方に戸惑う。

「お義父さんって呼んじゃ……ダメですか？」

「いや、そんなことは」

そう答えると、亜紀は章由を見つめて微笑んだ。

「彼はね、本当に優しい子だったんですよ。いつもいつも、私を助けてくれた」

よく意味が理解できず、章弘は章由に目を向ける。すると、章由から驚くべきことが告げられた。

「彼女、実は心臓があまりよくないんだ。そう。本当に偶然なんだけど、母さんと同じなんだよ。だから、いじめられることもあってね」

その事実を知り、章弘は亜紀と真由を重ねた。よく見ると、顔も似ている気がする。

そうか、だから昨日、真由の身体のことを知って、章由は驚いていたのか。

章弘は、これは偶然じゃないような気がした。真由が死んで一九年。彼女も今年で一九だ。

もしかしたら、真由の生まれ変わりなのではないか。そう思った。

「いじめっ子から守ってくれたり、外で遊べない私のそばにずっといてくれた。それに今だって、助けてもらってるんです」

「今も？」

「私、身体が弱いから、毎日働くことができなくて……今はお弁当屋でバイトをしているんですけど、彼は私のために毎月お金を送ってくれるんです。だから私もこうして生活できているんです」

章由の人を思いやる心に、章弘は心底感動し、嬉しさを感じた。

身寄りのない二人は、辛くて悲しい環境のなか、手と手を取り合って生きてきた。

まるで、自分と真由の姿を見ているようだった……。

「私は、翔に本当に感謝しているんです。彼の前でこんなこと言うのは恥ずかしいんですけど、どんなことがあっても、私は彼についていくって決めてるんです。選択した道が、どんなに苦しくても」

「そうですか。ありがとう」

「私は……何も」

「章由。本当に偉いよ」

褒めると、章由は照れていた。

「別に……」

「それより〝章由〟って？」

亜紀がその名前に疑問を感じるのは当たり前だった。

「私と彼の母親でつけた名前なんだ。そうだね、亜紀ちゃんからしたら〝翔〟が当たり前だもんね」

それを聞き、亜紀は章由に冗談交じりに言った。

「翔、二つの名前があってよかったじゃない？」

くだらないというように、章由はクスクスと笑った。章由の笑顔を見るのは、これが初めてだった。

三人の雰囲気が明るくなったのはそれからだった。亜紀が気をつかってくれて、二人の想い出を語ってくれたりしたおかげで、もっと章由のことを知ることができた。最初はどうなるかと心配したが、彼女が輪に加わり、さらに親子の溝は埋まっていき、楽しい時間を過ごすことができた。

章弘は、二人を見てホッとしていた。

章由はずっと辛い人生を歩んできたんだと思っていたし、そうに違いないが、彼女に出会えただけでも良かった。二人は、きっと幸せになる……。

楽しいときに限って、アッという間に時は流れてしまう。

亜紀にはまだまだ話したいことがあったようだが、気づけば夕方の五時を過ぎていた。

「もうこんな時間なんだ」

と立ち上がった亜紀は、章由の腕を引っぱった。

「ご飯作るから、翔、立って」

章弘と章由は深刻そうに顔を見合わせる。すると亜紀が当たり前のように言った。

「二人とも、泊まっていくでしょ？　ってゆうか、ずっとここにいてくれていいから」

「でも……」

心配する章弘に、亜紀は笑みを見せた。

「私も一緒にいたいから」

「亜紀ちゃん……」

もうそれ以上は暗くなるようなことは言わないでというふうに、亜紀はパンと手を叩き、章由を強引にキッチンに連れていった。

「おいおい、引っぱるなって！」

冷蔵庫から人参やジャガイモを取り出した亜紀は、それを章由に渡し、

「じゃあ、これを一口大に切って」

と指示した。

「何で俺が……」

「ブツブツ言わない。手伝うのが当たり前でしょう」

「はいはい、分かりましたよ」

二人のやりとりを見つめていた章弘は、心の奥に引っかかっているあることを思い出し、携帯のリモコンを手にした。そして、本木に連絡を入れた。が、どうしたというのか、やはり出ない。それから何度もかけたのだが、結果は同じだった。

「……光彦」

この妙な胸騒ぎは何だ。何事もなければいいのだが……。

結局、一時間以上がたっても彼から連絡が来ることはなかった。

心配する章弘は、突然亜紀に声をかけられた。

「お義父さん？　どうしました？」

ハッとなった章弘は、カレーの匂いに気づく。

「良い匂いだね」

そう言うと、亜紀は満面の笑みを見せた。

「特製カレーですからね！　もうすぐできますから」

「楽しみだな」

数分後、ほんのり甘い香りのする、具だくさんのカレーライスとサラダが運ばれた。

「じゃあ、食べようか。いただきます」

亜紀の合図で、三人はスプーンを手に取り、カレーライスを口に運ぶ。章弘は、カレーの味に〝愛〟を感じた。ジンと心が温まる。息子だけではなく、将来、章由と結婚する女性と食事ができるなんて夢みたいだ。

いや、夢を見ているのだ。自分は現実から逃げている。二人に甘えている。

「これから、どうしよう」

章弘はつい、不安を口に出してしまった。二人はしばらく考え込んでしまったが、亜紀が明るく言った。

「大丈夫。さっきも言ったように、ずっとここにいればいいじゃないですか」

「ありがとうね、亜紀ちゃん。でもやっぱり、そういうわけにはいかないよ。私は、二人の幸せを壊したくない」

すると章由がこちらをキッとにらみつけた。

「変なこと考えてないよな」

章弘は、答えられない。

「俺たちの敵にわざわざ自首することなんてないよ。絶対に俺が守るから。俺に任せてくれるって言ったじゃないか」

「……ありがとう」

「もうその話はやめよう」

「そうよね」

せっかく明るい雰囲気になったというのに、部屋の空気は再び暗くなってしまった。しかし章弘にとってはこれは何よりも重大なこと。自分は父親なのだ。章由と亜紀の人生のほうが、大事に決まっている。章由だって、今ならまだ間に合うのだから……。

その後、亜紀が明るく努めてくれたおかげで、章弘に笑顔が戻った。が、章弘自身、相当無理をしていた。章由もそうだろう。空気を重くさせないために笑っていただけで、こちらを気にしていたに違いない。

だからどこかギクシャクとしており、時間がたっても、自然な明るさに戻ることはなく、心に疑問を残したまま、夜を迎えた……。

亜紀がリビングの明かりを消した瞬間、部屋はシンと静まり返る。

章弘は布団の上で仰向けになり、暗い天井を見つめていた。横にいる章由と亜紀も、まだ目は閉じていないだろう。明日からのことを考えているに違いない。

章弘もそうだった。

亜紀は、ずっとここにいろと言ってくれている。章由も一緒にいようと。

その気持ちは本当に嬉しい。二人の言葉を思い出すだけで、涙が出てくるほどだ。

章由が自分を父親と認めてくれたとき、俺に任せろと言ってくれた。あのときは、息子に全てを委ねようと思った。しかし今日彼女に出会い、考えが変わった。二人の笑顔を見ていたら、やはり自分は一緒にいてはならない存在だと痛感した。本音を言えば、三人で暮らしていきたい。でも自分は罪を犯した。いずれは捕まるだろう。もしそのとき、章由と亜紀がそばにいたら、二人まで罪を問われてしまう。それだけは決して許されない。二人には心から幸せになってもらいたい。親が、それを壊してどうするんだ……。

初めから心に決めていたではないか。

多くは望まない。章由に会えるだけでいいと。たった二日間だけだったが、それで十分。

真由が、最後にこの時間を与えてくれたんだ。

二人に別れを告げよう。章弘は、そう決断していた。隣で眠る章由の顔はほとんど見えないが、章弘はずっと、章由に身体を向けていた。この目にしっかりと息子の姿を焼きつける。自然と涙が溢れ、視界がぼやけるが、章弘は決して声は洩らさなかった。別れのときを、静かに待った……。

そして、そのときはやってきた。時計の針は、朝の四時を指し示していた。

二人は深い眠りについている。章弘は掛け布団を静かにはいで、暗闇の中、そっと立ち上がる。そして、ハンガーにかけてある自分の服を手に取り、涙をこぼしながら着替えていく。

気持ちが鈍らないうちに、ここを出ていこう。二人には嘘をつくことになるが、許してほしい。仕方のないことなんだ。

着替え終えた章弘は、章由と亜紀の寝顔をしばらく見つめた。

そして心の中で、感謝の気持ちを伝え、別れを告げた。

二人に背を向けるとき、どれだけ勇気がいったか。振り返るな。章弘は自分に強く言い聞かせ、玄関に一歩踏み出した。

そのときだ。

「どこへ行くの⁉」

不意に章由から声をかけられた章弘は、ビクリと振り返った。

上半身を起こしていたのは章由だけじゃない。亜紀も、眠ってはいなかったのだ。

「こんなことだろうと思ったよ」

章弘はその場に立ち尽くし、ただ動揺する。

「俺は……二人のことを考えて」

「一緒にいてくださいよ！」

亜紀に大きな声で言われ、章弘はスッと顔を上げた。

「今までずっと離れ離れだったんじゃないですか。どうして一緒にいたらいけないの？」

「私だって、二人といたい。でも、私は犯罪者なんだよ」

「……そんなの」

急に章由の身体が震え出す。そして、章由は立ち上がり声を張り上げた。

「そんなの関係ないって言ったろ！　どうして俺の気持ちを分かってくれないんだよ！　また離れ離れになるなんて……辛いよ」

　最後は涙声だった。

「……章由」

「俺は、あなたがどこへ行ってもついていく。何て言われようと、ついていくから。そう決めたんだ。だから頼むよ。もうどこにも行かないで」

　こんな優しい息子を持ち、何て自分は幸せ者なんだと感じた瞬間、章弘はその場に崩れ落ち、泣きじゃくった。

　そして初めて、罪を犯したことを心の底から後悔した。

「ゴメンな章由……ゴメン」

　もう何も考えるな。自分の息子が、ここまで言ってくれているんだ。捕まってしまう日が来るまで、一緒にいればいいじゃないか。

　亜紀は、うずくまる章弘を優しく抱きしめた。

「これからは三人で、力を合わせてやっていきましょう。私の心も、固まってますから」

　大声を上げて泣く章弘は、しばらくその場から立ち上がれなかった。こんなにも涙が出てきたのは生まれて初めてだった。それくらい、二人の気持ちが嬉しかった。生きていて良かったと、改めて実感した瞬間だった。涙が枯れても、夜が明けてもなお、章弘はうずくまったまま、身体を震わせていた……。

4

昨夜、二人に真の気持ちをぶつけられた章弘は、心に抱いていた迷いを全て消し、今度こそ二人に自分の運命を委ねようと決意した。偽りのない、本当の想いをお互いが分かり合った瞬間、これまでにあった壁はなくなり、この短時間で章弘と章由、いや亜紀も含めた三人は、長年一緒にいる親子のような、自然な形で接することができるようになった……。

時計の針が午前一一時になったのを確認した亜紀は、手提げカバンを持ち、

「そろそろ行こうかな」

と立ち上がった。

この日、彼女はお弁当屋のバイトがあるらしく、一〇時半くらいから出かける仕度をしていた。

「せっかく三人でいられるんだ。今日くらいは休んでもいいんじゃないの？」

章由がそう言うと、亜紀は首を横に振った。

「そういうわけにはいかないよ。三人が暮らしていくためにはお金が必要でしょ」

章弘は責任を感じ、頭を下げた。

「ゴメンね、亜紀ちゃん。本当は、俺が働かなきゃいけないのに……」

亜紀は、落ち込む章弘に優しく微笑んだ。

「気にしないで。今は二人がいてくれてすごい嬉しいから、働くのが全然苦にならないの」

その言葉がどれだけ心を楽にさせてくれたか。

「じゃあ、行ってくるね」

章弘は玄関まで亜紀を見送り、リビングに戻った。

「彼女、すごく良い子でしょ？」

章由にそう言われ章弘は、

「ああ。とっても」

と気持ちを込めて返した。

「あの子を見ていると、真由を想い出すんだ」

「母さんを？」

「身体が弱くても、一生懸命、強く生きようとしている姿が、似てるんだ」

「……そっか」

「章由。大事にしてやれよ。あんな素敵な子、なかなかいないぞ」

「わ、分かってるって」

照れる章由は、

「さて……シャワーでも浴びようかな」

と言って立ち上がり、その場から逃げるようにして風呂場へ向かっていった。

何だかんだ言ってもまだまだ子供だな、と章弘は章由の背中を見つめながらクスッと笑った。

リビングに一人になった章弘は、部屋から見える外の景色を眺めながら、ささやかな夢を抱いた。

今は下手な行動はできないが、いつの日か三人で、動物園や遊園地ではしゃいだり、ポカポカとした日曜日に公園に行って、お弁当を食べたり、章由とキャッチボールとかしたりして、のんびりと過ごしてみたい。罪を犯した自分にはあまりに淡い夢かもしれないが……。

その後、章弘と章由はお腹が空いたので、お互い照れながらも一緒に台所に立ち、昨日の残り物であるカレーを温めて、他愛もない会話をしながら昼食を摂った。その最中、章弘は章由にこう尋ねた。

「なあ、章由？」

「うん？」

「お前は、これからをどう考えているんだ？　今の仕事は、辞めるんだろ？」

章由は、悩むことなく平然と答えた。

「ああ」

「……そうか」

「探せばすぐに次が見つかるさ」

「そうだな。お前は、優秀だからな」

「まあね。勉強ばかりしてきたから」

裏を返せば、国に造られた章由を、哀れに思う。

「それより、俺はどうしたらいいんだろうか」

章弘がそうつぶやくと、章由の手がピタリと止まった。

「とりあえず、もう少しここで様子を見ればいいよ。そんなに焦らないでさ。ゆっくり考えていこうよ。DEOの奴らだって、ここにいるとは思わないさ」

「……そうだな」

「ごちそうさま」

章由は、これ以上はその件については触れたくないというように台所に行ってしまった。

「食べたら持ってきて。俺が洗うから」

「あ、ああ」

部屋には、水が弾《はじ》ける音が妙に大きく響いていた……。


それから二人は、部屋や風呂の掃除、洗濯物の取り込みなどして昼を過ごした。お互い一人暮らしには慣れているとはいえ、女性の部屋なので、気をつかう部分も多く、思った以上に時間を使ってしまった。といっても、他にやることがないので、時間を気にすることはないのだが、気づけば午後の三時半を回っていた。

部屋の中でただボーッと座っていた章弘と章由は、偶然にも同じことを考えていた。

「今日の夕飯は、どうしたらいいんだ？　亜紀ちゃん、まだ当分帰ってこないだろ？」

「俺も、そう思ってたんだ」

「二人で何か作るか？　亜紀ちゃんが帰ってきてから作るんじゃ遅いだろ」

「確かに……」

「冷蔵庫に何か入ってないのかな」

と章弘が立ち上がったそのときだった。

突然、章弘の携帯が鳴り響いた。その瞬間、章弘は飛びつくようにしてリモコンを取り、液晶を確認する。

『本木光彦』

やっぱりそうだと、章弘は通話ボタンを押した。

「もしもし？　光彦？」

そう問いかけると、受話器の向こうから小さな声が聞こえてきた。

「ああ」

本木の声に、章弘はようやくホッとすることができた。

「どうしたんだよ。ずっと連絡してたのに出ないから心配したよ。何かあったのか？」

「いや、別に」

というわりには、声のトーンが低い感じがするが気のせいか。

「そうか。それなら良かった」

「それより……章ちゃん？」

本木の声が、急に緊張をはらむ。

「章由くんと、会えたかい？」

章弘は章由を一瞥し、喜びの表情を浮かべた。

「ああ。会えたよ。全て光彦のおかげだ。本当に感謝している」

「そうか。それは……良かったね」

「ありがとな、光彦」

「ねえ、章ちゃん。今、どこにいるのかな」

「今は、茨城だよ。章由が今、付き合っている女性のマンションにいるんだ」

そう言うと、妙な間が空いた。

「……あのさ」

「うん？」

本木は、抑揚のない口調で、こう言ってきた。

「今から、会えないかな。僕もこの一九年間、章ちゃんと同じように章由くんのことを心配してきたから……僕も会いたいんだ」

そのとおりだと思った。これまで数えきれないほど光彦には助けられてきた。章由が真由のお腹から生まれてこられたのも光彦がそばにいたからだ。

章由がここまで成長したのを親友にもぜひ見てもらいたい。

「でも光彦は今、どこにいるんだ？」

「横浜だよ」

「横浜か……それより、今日仕事は？」

「今日は、早退したんだ。体調が悪いって言って、嘘ついて」

「そっか……」

どうしようかと迷っていると、本木はこう言ってきた。

「できれば、こっちで会えないかな」

「今から、そっちへ？」

章弘と章由の目が合う。

「ああ」

ここから横浜までは二時間くらいはかかるか。

「でも、けっこう時間かかるけど、それでもいいのか？」

「いいよ。待ってる」

かなり急だったので迷ったが、章弘は了解することにした。光彦の頼みは、絶対に断れなかった。

「分かった。行くよ。それで、横浜のどこへ行けばいい？　光彦のアパートか？」

「いや。もっと人気《ひとけ》のない場所にしよう。横浜埠頭なんてどうかな。そこなら、誰もこないだろうし、章ちゃんも安心だろ」

「そうだね。分かった。じゃあ、近くなったらもう一度連絡する」

「うん……待ってるから」

通話を切った章弘は章由に、

「章由、行こう」

と、事情を説明することなく、そう言って立ち上がった。

「ちょっと待ってよ。今から横浜に？　危険だよ。あまり外に出ないほうが……」

「それは分かってる。でも、光彦にお前を会わせたいんだ。光彦がいなければ、俺は死んでいたし、お前は生まれてこなかった。彼は命の恩人なんだ。光彦のおかげで、俺たちはこうして会うことができたんだ。だからどうしても、光彦にはお前が大きくなった姿を見てもらいたいんだよ」

「……でも」

章弘は、心配する章由の肩に力強く手を置いた。

「大丈夫。会ったらすぐにここに戻ってこよう」

章弘が説得しても、章由はなかなか首を縦には動かさなかった。

「そんな心配することじゃないさ。さあ行こう」

手を差し出すと、渋々ではあったが、章由はようやく立ち上がった。

「……分かったよ」

 家を出る前に、章由は亜紀の携帯に連絡を入れた。が、彼女は電話に出られないようだった。

「亜紀にメモを置いておく。心配するからね」

「そうだな」

『夜には戻ります』

　章由はメモ用紙にそう書いて、車のキーを手にした。

「じゃあ……行こうか」

　章由は最後まで不安を抱いているようだったが、章弘は何も心配していなかった。むしろ、早く章由を光彦に会わせたい気持ちでいっぱいだった。

　マンションを出た二人は、有料パーキングへ向かい、車に乗り込んだ。章由はエンジンをかけ、ナビゲーションに行き先を告げる。目的地を認識した車は、ゆっくりと動き出した。

「きっと喜んでくれるぞ、光彦。三人で力を合わせてお前を産んだんだ」

　空を見つめる章由は、章弘の言葉には返さず、ボソリとつぶやいた。

「……曇ってきたな」

　しかし雨が降るわけでもない。あれだけ晴れていたのに、妙な天気だ。

国道をしばらく走った車は、高速道路に入った……。

5

高速道路を一直線に走る車は茨城を越え、埼玉県に入っていた。

時刻は午後四時三〇分。思ったよりも道が空いているので、この調子でいけば六時前に横浜に着くことができるのではないか。

一時、空模様が心配だったが、今は綺麗な夕陽が大空や街を紅《あか》く染めている。

外の景色を眺めていた章弘は、ふと章由を一瞥した。

あれから、章由は一言も口を開いていない。腕を組み、目を閉じたまま、呼吸を繰り返しているだけ。不安を押し殺しているのか、こちらに不満を抱いているのか、それとも何か考えに没頭しているのか、表情からは読み取れない。

章弘は声をかけようとしたがやめた。今は話す気分ではなさそうだ。

そう思っていたのだが、突然章由がパッと目を開き、こう言ってきた。

「本木さんに会ったら、亜紀と三人で、もっと、どこか遠くへ行かないか」

「遠くへ？」

「たとえば、海外とかさ」

ずっとこれからのことを考えてくれていたのか……。

でも、そんなに上手くいくのか。あまり自信はないが、何より自分のことを一番に考えてくれている章由の気持ちが嬉しくて、章弘は迷いを見せず、うなずいた。

「分かった。章由に任せる」

「海外に逃げられれば、周りの目を気にすることなく、きっと自由に生活できるよ」

「……そうだな」

「日本から出る方法はいくらでもある。心配はいらないよ」

すぐに実行するとなると、本木に会うのは今日で最後になるかもしれない。そんなこと考えていなかっただけに、ショックは大きかった。

二〇年間、本木はずっと自分のそばにいてくれた。そして、幾度となく助けてくれた。なのに、自分はまだ彼に恩返しをしていない……。

それでも光彦はこう言うだろう。章由と一緒にいてやってくれと。

「なあ、章由」

「何？」

「光彦に会ったら、ちゃんとお礼を言うんだぞ。何度も言うけど、彼は俺たちの命の恩人なんだ」

章由はこちらの目を見てしっかりとうなずいた。

「分かってる」

章弘は、その言葉を聞き、安心した。あとは、横浜に着くのを待つだけだ。

その後、東京都に入った車は順調に高速を走っていく。

目的地である横浜埠頭まで残り二〇分。章弘は携帯のリモコンを取り、本木に連絡を入れた。数十秒後、本木の声が聞こえてきた。

「もしもし？　章ちゃん？」

「光彦、もう少しで着くよ」

「そう……僕も、今向かってる。あと五分くらいで着く」

「分かった。じゃあ急いで行く。章由も、会えるのを楽しみにしてるから」

数秒の空白のあと、本木は短く返事した。

「ああ……」

章弘は目的地に着くまでずっと、光彦との想い出を振り返っていた。

今日、親友に別れを告げなければならない。

そう思うと、自然と涙がこぼれてきた……。

6

あれだけ綺麗に紅く染まっていた大空も、夕陽が沈みはじめると色を失ったかのように暮れなずみ、やがて横浜の街は、ビルの明かりやネオンで煌々《こうこう》と輝き出す。

一方、高速を降りた車は、約束場所である横浜埠頭に進んでいく。国道は少し混雑していたが、一般道に入ると渋滞もなくなり、残り二キロ地点で、まっ暗な夜空を映し出す、広大な海が見えてきた。

きっと、本木はすでに着いているだろう。ナビも残り五分以内と表示している。

海沿いを走る車は、確実に埠頭に近づいている。その証拠に、前方にいくつもの白い倉庫が見えてきた。

恐らく、あのあたりが横浜埠頭。確かに倉庫の周辺なら人気もなさそうなので、安心して本木と会うことができそうだ。

間もなく、車は一直線に続く道から左にそれ、海方向へ進んでいく。とたんに車も人の姿も見えなくなった。奥へ進めば進むほど雑音は小さくなり、最後は車のかすかなエンジン音以外、何も聞こえなくなった。

『残り三〇〇メートルで目的地周辺です』

機械がそう発したと同時に速度は弱まり、車は白い倉庫の近くで停車した。

「着いたよ」

そう言って章由はエンジンを切って外に出た。章弘も、少し遅れて車から降りる。

目の前には、波の音一つしない穏やかな海。あまりに静かすぎるので、不気味なくらいだ。

遠くに赤い光が点滅しているが、あれは船だろうか。さらにその先には、灯台の回転灯が周辺を照らしている。

「本木さん、まだ着いてないのかな」

章由に声をかけられ、章弘はあたりを見渡す。だが、人の気配はまったくない。

「おかしいな。もう着いてるはずなんだけど」

章弘はズボンから携帯のリモコンを取り出し、通話ボタンを押した、ちょうどそのときだった。

章由が、アッと小さな声を上げて倉庫のほうを指さした。人影が、こちらに近づいてくるのだ。

「光彦？」

恐る恐る声をかけると、本木の声が返ってきた。

わせた。

どうしたというのだ。本木の声はかすかに震えている。章弘と章由は怪訝《けげん》そうに顔を見合わせた。

ようやく、本木の顔がはっきりと見えてきた、と思いきや、なぜか本木は足を止めてしまった。まだ一〇メートルは離れているというのに、彼は近づいてこようとしない。

「どうしたんだよ。光彦」

心配そうに声をかけると、本木は表情を強張らせ、洩らした。

「そこにいるのが……章由くんか。章ちゃんと真由ちゃんにそっくりだね。本当に大きくなったんだね。章ちゃん、会えて良かったね」

今にも泣きそうな声。明らかに本木の様子はおかしかった。

「いったい、どうしたっていうんだよ光彦」

一歩足を進めると、本木は近くで会うのを拒むように後ずさる。

「光彦？」

章由が耳元で囁いた。

「何か、変だよ」

「……章ちゃん」

しかし章弘は安堵することができなかった。

もう一度足を進めると、突然本木は人が変わったように、

「来るな！」

と叫んだ。

章弘はビクリと動きを止め、本木に問いかける。

「おい光彦……何があったんだよ」

すると、本木は涙を流しながら理解しがたい言葉を発した。

「ゴメン、章ちゃん……こうするしかなかったんだ。章由くんのためにも……」

「え？」

本木は、か細い声で言った。

「僕を……許して」

そのときだ。今まで穏やかだった埠頭に突風が吹き、海が大きな音を立てながら揺れた。

章弘はこの瞬間、妙な胸騒ぎを感じた。章由も嫌な何かを感じたのだろう。

「まずいよ」

そう言って車に戻ろうとした。

しかし、もう遅かった。

「動くな！」

遠くから男の声が聞こえたと同時に、章弘と章由は、ＤＥＯの奴らに囲まれ、銃を向けられた。八方ふさがりとなった二人は、ただただその場に立ち尽くした。本木は、まるで気絶するようにその場に崩れ落ちた。

「光彦……これはいったい」

本木はもうしゃべれる状態じゃなかった。その代わりに、一人の男がこちらに向いて言った。

「もう終わりにしよう、広瀬章弘」

輪の中から出てきたのは、五〇代くらいの男。この部隊の指揮官か。帽子をかぶっていて、あたりが暗いのであまりよく見えないが、この声、どこかで……。

章弘が男に目を凝らしていると、章由は拳を力強く握り、

「……小野田」

と、怒りに満ちた声を洩らした。

小野田は、章弘と章由に近づき、愉快そうに言った。

「広瀬章弘。どうだった？　実の息子との再会は。最後に良い思い出が作れて満足したろう」

「どういうことだ！」

「まだ分からないか？　ここにいるお前の親友が、お前をハメたんだ」

「……光彦」

放心状態の本木は顔を伏せ、泣きながら事情を説明した。

「章ちゃん……許して。命令に逆らえば、章由くんを殺すと言われたんだ。章ちゃんを匿《かくま》った僕も……」

小野田はフッと笑い、

「裏切った理由はそれだけじゃないだろう」

と口を挟み、話を続けた。

「三日前、横浜の児童養護施設から一本の連絡が入った。ある男が、右肩に赤い痣のある子供が一九年前にここに預けられなかったかと訪ねてきたと。私はその情報を耳にしてピンときたよ。その男は広瀬章弘と通じている。広瀬章弘の子供を捜しているに違いないと。そしてその瞬間、私は最高のシチュエーションを思い浮かべた。それをぜひ実行したいと思ったんだよ」

最後のほうはよく分からず、章弘は男の言葉を復唱する。

「ある……シチュエーション」

「私は本木に選択をさせた。今すぐ私に、お前と広瀬と、広瀬の息子を殺されるか、私の言うとおりに動くか、どちらかを選べと。命令に従えば、棄民から解放するという条件つきでな。そしたらこいつは、悩みもせずに後者を選んだよ」

本木はたまらず声を張り上げた。

「違う！　そうじゃない！」

「私は、この男にお前たちを再会させるよう仕組ませた。ただその日に全てを終わらせては面白くない。私も鬼ではないからな。お前たちには三日間の時間を与えることにした。今日がその三日目だ」

そういうことだったのか。またしてもＤＥＯの奴らが裏で動いていたのか。冷静に考えれば、確かに上手くいきすぎていた。でも章由の居所を教えてくれたのは他の誰でもない、光彦だったし、あのとき、自分は息子に会えるという想いで頭がいっぱいだった……。

「この野郎！　俺たちを裏切りやがって！」

本木に向かっていく章由に章弘は、

「やめろ、章由！」

と叫んだ。

「だってハメられたんだぞ！　許せるのかよ！」

章弘はあくまで冷静に、言い聞かせた。

「仕方なかったんだよ。光彦は俺たちのことを思って、こうするしかなかったんだ。もし光彦が命令に背けば、俺たちは会えなかったし、章由、お前だって殺されていたかもしれないんだぞ」

「でも……」

「そのとおりだよ、広瀬。裏切られても、お前は親友に感謝するべきだ」

「俺は裏切られたなんて思っていない。だから光彦、自分を責めないでくれ」

「章ちゃん……」

小野田は嫌みたらしく言った。

「なかなか泣かせるじゃないか、広瀬」

「うらやましいか？」

「何？」

「お前には、信頼できる親友なんていないだろうからな」

一瞬、小野田の表情が凍りつくが、フッと鼻で笑い、もう一歩こちらに近づいてきた。

「今のうちだよ広瀬。余裕でいられるのは」

奴はいったい何を考えている……？

「お前と話していても時間の無駄だ。私が最高の形で、このドラマを終わらせてやろう」

章弘は、両腕を小野田に突き出した。

「別に抵抗する気はない。いつか捕まるのは分かっていたことだ」

小野田は、小バカにするように再び笑った。

「手錠をかけるのは私ではない」

小野田は、章由を指さした。

「お前の息子だよ」

その瞬間、章弘は愕然《がくぜん》とし、章由は啞然《あぜん》となった。それが、小野田の企み……。

「どうだ？　このシチュエーション。息子が親父を逮捕するシーンなんて、ドラマでも観《み》られんぞ？」

章由の表情が怒りに満ちる。

「小野田！　汚いぞ……」

「一九年前、お前から子供を奪い、ＤＥＯのエリートに造り上げた甲斐があったよ」

「何？」

「この顔に、見覚えがあるだろう？」

小野田はそう言って、深々とかぶっていた帽子を取った。

章弘は、小野田の顔を見てハッとなった。

「お前……まさか」

冷酷な瞳。そして何より印象深かった、眉のあたりにある大きな古傷……。

「お互い歳を取ったな、広瀬」

間違いない。あの日、章由を奪っていった男だ。

そう確信した瞬間、頭の中の線がプチッと切れ、カーッと視界がまっ赤に染まった。章弘の表情が、みるみる鬼と化していく。

章由を奪った男が、目の前にいる。こいつのせいで、全てが狂ったんだ！

「……小野田！」

怒りを抑えられず、章弘は叫び声を上げながら小野田に殴りかかった。しかし、夜空に銃弾が放たれ、章弘は我を取り戻す。

「無駄な抵抗はよせ。死ぬだけだ」

殺されてでも、奴を殺したい。そう思うのに、足が動かない。心のどこかが、死ぬのを恐れている。自分が、情けなかった……。

小野田はジャケットの内ポケットから、液晶画面のついたダイヤルロック式の電子手錠を取り出し、それを章由に見せた。

「さあ、取りに来い。そして父親に手錠をはめてやれ」

章由は、小野田をキッとにらみつける。

「おいおい、そんな目で見るなよ。犯罪者を捕まえるのが君の仕事だろう。それに自ら奴に手錠をかければ、この三日間の罪は忘れてやろう。それだけじゃない。君の将来は約束しよう」

奴は絶対に許せない。今だって殺したいと思う。でも、章由の将来が約束されるのであれば話は別だ。自分はどうなったっていい。章由と亜紀が幸せに暮らすことができるのであれば、何も望むことはない。

「本当に……本当に章由に罪はないんだな？」

「ああ。それは約束しよう」

それを聞き安心した章弘は、章由に歩み寄り、優しく声をかけた。

「章由、俺のことはいいから。さあ、手錠をかけてくれ。俺は罪を犯したんだ。償《つぐな》わなければならない。それはお前だって分かるだろう」

しかし、章由はうつむいたまま動こうとしない。

「この三日間、俺は本当に幸せだった。本音を言えば、お前と亜紀ちゃんとずっといたかった。でも、それはやっぱり許されないことなんだよ」

いくら言葉をかけても、章由は顔を見せてはくれない。

「俺はホッとしてるんだ。お前が、立派な大人になってくれていたから。もう……思い残すことはないよ。だから、さあ、章由」

もう一度両手を差し出すと、章由はスーッと顔を上げ、無表情のまま、

「分かったよ」

と口を動かした。

決断するのにどれだけ勇気がいったことか。章弘の声が震える。

「ありがとう」

感情のない瞳でこちらをしばらく見据えた章由は、小野田のほうにフラリフラリと、まるで何かに取り憑かれているかのように進んでいく。

小野田は、満足そうに手錠を差し出した。

「さあ、手錠をかけてやれ。親父を捕まえてやれ」

挑発されても章由は感情を表には出さず、黙ったまま手錠を受け取り、こちらに戻ってきた。

「……章由」

心配している章弘に、章由はボソリと言った。

「手……出して」

章弘は、言われたとおりに両手を差し出す。章由は両手を見つめたあと、ゆっくりと手錠をかけた。

その瞬間、本木の泣き声と、小野田の笑い声が重なった。

「どうだ、広瀬！　息子に手錠をかけられた感想は！　最高じゃないか！」

よほど愉快なのだろう。小野田はパンパンと手を叩いた。

「良いモノを見せてもらったよ、広瀬！　感動の幕切れだな！」

章弘は、小野田を鋭くにらみつける。その目が気に入らなかったのか、小野田は笑みを消し、部下に命令を下した。

「連れていけ」

章弘の元に、三人の男が駆け寄ってくる。

「さあ来い！」

章弘は、男たちに強く引っぱられていく。

「章ちゃん！」

弱々しく立ち上がった本木が、最後に声をかけてくれた。章弘は、ありがとう、というように本木に優しくうなずいた。

「章ちゃん……ゴメン！」

赤い回転灯のついた車両の後ろのドアが開かれた。章弘は乗る前に、章由に視線を向けた。

章由は、こちらを見てはいなかった。放心状態の章由は、ポツリと立ち尽くしている。

「さあ乗れ！」

章弘は後部座席に座らされた。運転席と、隣に男が座ると、車はサイレンを鳴らしながら動き出した。

章弘は、窓から見える海をボーッと眺めていた。徐々に、章由との距離が離れていく。

「……章由」

本木の叫び声もだんだんと小さくなっていき、やがて何も聞こえなくなった。

章弘はずっと、章由の姿を思い浮かべていた……。

エピローグ

横浜の街の明かりを顔に浴びる小野田は、本部へ向かう途中、携帯電話で警察庁長官に連絡を入れた。

「もしもし。小野田です。先ほど、広瀬章弘を逮捕しました」

小野田は、上唇をニヤリと浮かせた。

「ええ。横浜支部に連行させました。すぐに取り調べをさせます。それと……」

小野田は、横浜ランドマークタワーを眺めながら、言った。

「広瀬章弘の息子、泉森翔ですが……彼は懲戒免職とします。殺人犯と関わりのある人間をDEOには置いておくわけにはいきませんからね。では、失礼します」

電話を切った小野田は、フッと鼻を鳴らした。

今夜は最高に良い気分だ。

あの親子、存分に楽しませてくれた。

欲を言えば、泉森が広瀬を逮捕するとき、もう少し親子愛を見たかったのだが、あれはあれでいいだろう。親子とはいえ、泉森からしてみれば一九年後に初めて会う父親だ。さほど、感情も湧かなかったのだろう。

両腕に手錠がかかる瞬間、興奮は最高潮に達した。あんなにゾクゾクしたのは何年ぶりだ。もう二度と、あんな場面を見ることはできないだろうな……。

広瀬はこれからどうなるか。

奴は棄民だ。恐らく、死刑だろうな。私に騙されたまま死ぬなんて、さぞかし無念だろう。とにかくこれで全てが終わった。もう少し楽しんでもよかったが、これ以上時間をかければ私の出世に響く。この程度がちょうどいいだろう……。

小野田は、窓ガラスに映る自分の顔を見て、ふとつぶやいた。

「あれから一九年か……」

広瀬から子供を奪ったあの日のことは、今も鮮明に憶えている。奴の叫びと泣き声を思い出すと、今でも快感を得ることができる。あのころの広瀬は……。

突然、自分の携帯が鳴り響いた。

想い出に浸っているときに誰だと、小野田は舌打ちして携帯リモコンの通話ボタンを押す。

「何だ」

耳につけられたチップから、男の慌《あわただ》しい声が聞こえてきた。

『泉森翔が、捜査員から銃を奪い逃走！　三人の捜査員が撃たれました！』

「何だと！　一刻も早く奴を捕まえろ！　絶対に逃がすな！」

通話を切った小野田は、耳につけられたチップを外し足元に投げつけた。

「どういうことだ！」

なぜ、わざわざ自ら罪を犯した。

「泉森……血迷ったか」

小野田を乗せた車はUターンし、今来た道を飛ばしたのだった……。


横浜市山下公園沿いの人気のない歩道の陰に、章由はいた。息を荒らげながら、右手にある銃を左手に持ち替え、右ポケットにある携帯のリモコンを取り出し、時間を調べた。

そのときだ。前方から、一台の車がやってきた。ＤＥＯ車両だ。

章由は警戒し、歩道の脇に植えてある木の陰に身を隠す。

車は道の真ん中でゆっくりと停車した。

数秒後、ドアが開かれた。

中から出てきたのは、章弘だった。それを確認した章由は、陰から姿を現した。

「……章由」

まさか、もう一度会えるなんて。あれが最後のはずだったのに……。

「来てくれると思った」

章弘の服には、所々血がついており、争った跡が見える。

両手の手錠は、外れている……。

「よくやってくれたね。俺もここに来るのに相当手こずったよ」

「まさか章由……捜査員を殺したんじゃ」

「そこまではしてない。脚を撃っただけさ」

それでも、息子の手を汚させてしまったのは事実だ。

「こうするしかなかったんだ。俺たちが逃げるには」

章弘は、章由に手錠をかけられたときの映像を脳裏に蘇《よみがえ》らせる。

「小野田は、俺に手錠をかけさせることばかりに頭がいっていて、平凡なミスを犯したんだ。バカな奴だ。俺は本部の人間なんだ。奴は基本を忘れていたのさ。今ごろ、必死になって俺たちを捜してるぜ」

手錠をかけられた直後、章由は周りには聞こえないくらい小さな声で、六桁の番号を口にした。それを、何度も何度も。

あのとき、章弘には意味が理解できなかったのだが、車に乗せられる直前、章由が言った数字が手錠を解く番号だと理解した。

そのときにはもう、章弘は決意していた。

そこまでして自分を助けようとしてくれている息子の気持ちを、無視することはできなかった。

連行される章弘の表情はみるみる決意に満ちていった。章弘は捜査員に気づかれぬよう、上手く指を使って暗証番号を押し、手錠を外した。そして、油断している捜査員の銃を抜き取った……。

脳裏がまっ赤に染まり、章弘はハッと我に返る。

「章由、後悔……していないのか」

章由は首を横に振った。

「まさか。してるわけないだろ。言ったじゃないか。何が何でも俺が守るって」

「ありがとう、章由」

「いいよ。礼なんて」

「とにかく、ここにいるのは危険だ。早く逃げよう」

章弘はそう言って、車に向かう。しかし、章由はその場から動こうとはしない。

「どうした？」

すると、章由が言ったのだ。

「亜紀を連れて、海外へ行こうって言ってたろ？」

「ああ」

「それよりもまず、母さんのお墓参りに行かないか？」

まさかそんな言葉が出てくるとは思わず、章弘はどう答えたらよいのか迷う。

「墓参りって言ったって……」

「母さんの亡骸《なきがら》は、島に埋められているんだろ？」

「そうだけど」

「だったら、島へ行こう」

「それは無理だよ。島に行くには船が必要だ。港にはＤＥＯの奴らがウジャウジャいるだろ」

「簡単に行けないのは分かっている。でも、どうしても母さんと話がしたいんだ」

その気持ちは嬉しい。しかし……。

「俺たちなら何とかなるよ。行けない場所はない。ほら、武器だってこうして」

章由の腰にも、三丁の銃が隠されている。それでも、上手くいく自信はない。

けれど俺は決めたじゃないか。章由に全て任せると。俺だって、島に行けるなら行きたい。

そして、章由に会えたことを直接、真由に報告したい。

「分かった。やるだけやってみよう。ただ、そのあとはどうする？」

「そのあとは……ダスト法をぶっ潰《つぶ》すために闘うんだ。今はまだどうすればいいか分からないけど、俺たちが力を合わせれば何とかなるはずさ」

「えっ⁉」

「気づいたんだ。本当に悪いのは石本でも小野田でもない。自分たちの幸せのためには、弱者の犠牲はしょうがないという、皆のエゴなんだよ。その心がダスト法を作らせた。だからぶっ潰すことで、小野田への復讐になるし、母さんへのなによりの供養になるんじゃないか？」

「…………」

「もうこんな悲しい人たちを作っちゃいけないんだ」

章弘はしばらく章由の顔を見つめていたが、そっとつぶやいた。

「そうだな、そのとおりだ。章由がそう言ってくれて、嬉しいよ」

章弘が了承すると、章由は嬉しそうに微笑んだ。

「章由。行こう」

二人は車に乗り込み、まずは亜紀のアパートの住所をナビに告げた。行き先を確認した車は、東京方面に走り出す。

　そのときだった。

「父さん」

　初めてそう呼ばれた章弘は驚きを隠せず、まじまじと章由の顔を見つめる。

「今……〝父さん〟って」

　章由は恥ずかしそうに顔を伏せ、ポツポツと言った。

「これからはそう呼ぶよ」

「章由」

　章弘は声を震わせながら、

「ありがとう」

　と章由に伝えた。

「別に当たり前のことなんだからさ。泣くなって」

　章弘は思う。

　自分のせいで、章由も逃亡犯となってしまったのだ。今度は、自分が章由を助けてやらなければならない。自分の命を犠牲にしてでも……。

　真由、天国で見てるか。

これから、俺と章由と亜紀の三人で、島に行く。だから、見守っていてくれ……。

そのとき、真由の声が聞こえたような気がした。

章弘は空に映る真由に強くうなずいた。

章由も、同じように母の姿を見ているようだった。

逃亡犯の俺たちにとって、本当の闘いはこれからなのだろう。でも絶対に負けない。最後まで諦めない。希望の光は少ないかもしれないが、それでも強く生きる。三人で、力を合わせて。

「母さん、今行くからね」

二人を乗せた車は、今年もまっ赤な彼岸花が咲き乱れるだろう島を目指して、暗闇へと消えたのだった……。

解説

苫米地英人

ストーリーを未来側から作っていく作家だと読了して思った。冒頭の『流刑』の終わりで「この島で二人は愛し合うことになる。だが二人の前に、幾たびの障害が立ちはだかるのだった……」、とこれからの出来事を先に明かしているところなどはまさにそれを示唆している。

批判的に言っているのではない。もちろん、この2行は、最初に触れたときに、チクチクとした違和感を生じさせた。小説時間の時空で、未来の方向を冒頭で一つに閉じてしまっていいのかと。同時に一つの期待も高まった。その期待は小説を最後まで読んで現実のものとして実感された。

私自身、あらゆる著書で「時間は未来から過去に流れている」と主張している。また、実際そういう生き方をしている。この作者も、そういう生き方を実践し、自らの小説でも読者をそういう生き方に導きたい人なのだと読ませてもらった。27歳の若さで著書は25作品を超えるということだから、明けても暮れても小説を書き続ける日々を、文字通り、毎日、毎日繰り返しているのだろう。本小説の棄民の工場労働者並みの生活をしているに違いない。一日単位でのミクロでは、ただの単調な意味のない繰り返しに観ぜられる。

ところが、本小説の主人公の章弘で言えば、最後に本人も全く予期しなかった大きな出来事が19年間の単調な工場労働の末に訪れる。その瞬間に、19年間の単調な日々が一気に異なるものとなる。これは、時間が未来から過去に流れるという感覚が身についていないと、単なるあり得ない偶然の所作として片付けられてしまうだろう。また、主人公の息子の婚約者が、息子の母と同じように心臓を患っている偶然も同じだ。未来側から見ると、これらは偶然ではなく必然だ。

著者山田悠介君は、進人類だ。進化した人類という意味だ。時間が未来から過去に流れるという感覚を生まれながらに持っている。この感覚を読者に共有させるのにも成功している。若者に圧倒的な支持者がいるということだから、少なくとも日本では人類の進化はすでに始まっているのではないかと期待させられる。文壇での評価はこれからという話だが、それは、文壇が前世代の人類から成るためだろう。

現実とは何かと考えてみる。今日の現実は昨日までの記憶で成り立っている。私たちの脳は消化器の進化に比べて急速に進化しすぎた器官である。エネルギーの消費量が圧倒的に多い。人間の脳神経の細胞レベルの電気性向を計算機でシミュレーションするとなると、脳神経細胞全ての数のシミュレーションをすれば、原子力発電所一つ分ぐらいの電気を食う。バイオコンピュータとしての省エネクロックサイクルまで落として計算しても、大きな変電所一つ分ぐらいの電気を消費する計算となる。

もちろん私たちは毎日それだけのエネルギーを摂取できない。結果、私たちの脳は、潜在能力の2万分の1ぐらいしか計算能力を発揮できない。万が一発揮できたらあっという間に餓死するだろう。

それを避けるためにも、脳は徹底的に手抜きをする。昨日見たモノは、今日見たとしても、わざわざ見ないのだ。見たことにするだけだ。

この文章を読んでいるあなたの目に入っている全ての風景もそうだ。すでに見たことのあるものを寄せ集めて、今見たことにしているだけだ。脳はそういう手抜きをすることで生き延びているのだ。今日の風景は昨日までの記憶で成り立っている。明日の風景は今日までの記憶だ。そう、私たちの毎日は、棄民の強制労働工場の風景と同様なのだ。昨日までで、今日が成り立っている。

そうは言っても、私は、自由に好きなところに行けるし、仕事も自由に選択できるとあなたは言うかもしれない。しかしその自由なところの風景も、自由に選択した仕事の内容も、全ては、昨日までの記憶の合成で成り立っている。これが脳のカラクリだ。

第一、私たちは知らないものは認識できない。ある著書で書いたが、日本に初めて来たフランス人の写真家は、個室和食レストランで、目の前にぶら下がって音を立てていた風鈴の存在に気がつかなかった。見たことが全くなかったものなので、認識に上らなかったのだ。結果、その音を聞くこともなかった。私たちの世界は、見たことがあるものだけで成り立っている。さらにその中でも、生存に重要なことしか認識できないのが脳のカラクリだ。

このように脳は手抜きしているので我々は餓死しないのだ。試しに、今、あなたがいるところから見回せる空間に色が赤いものがいくつあるか数えて欲しい。実際にちょっと目を本から離して、数えて欲しい。

赤いものは、いくつあっただろうか。数えてみると、気がついていなかった赤いものが結構あったのではないだろうか？　それは赤い色を数えるという行為をするまでは、その赤い色もしくは、赤い色をした存在はあなたに重要ではなかったからだ。これをスコトーマという。

私たちの認識は重要なものだけを認識する。それ以外はスコトーマに隠れて見えなくなる。これも脳のカラクリである。そして、私たちにとって何が重要かは、昨日までの自分が決めている。過去においしかった、嬉しかった、もしくは、嫌だったので避けたい。もしくは、これが重要だ、あれが重要だと誰かから言われた、本で読んだ。これらの昨日までの記憶が重要性を決める。

私たちは昨日までの自我が重要だと選び出した事柄だけを、現在の現実として認識する。それ以外は、存在しても認知のスコトーマに隠れて見えない。そして、認識される現実は全て昨日までの記憶を利用して、合成して作られる。私たちは、昨日までの世界の中に、今日生きているのだ。これが脳のカラクリだ。

だから、潜在能力の2万分の1で脳は動いているのだ。

日常という檻《おり》に閉じ込められているということだ。

この日常という檻からどうやって抜け出せばいいのか？　日常から如何にして覚醒すべき

か？　答えはたった一つである。未来に強烈なゴールを設定するのだ。

子供の頃にコーヒーを飲んでまずかったのか、あるいは親からコーヒーはカラダに悪いと言われてコーヒーを嫌いな人がいるとする。この人が、スターバックスに就職してトップになりたいというゴールを設定したらどうだろう。コーヒーを飲むことが当たり前になるだろう。これは昨日までの重要性とは異なる重要性の尺度を導入したことになる。結果、スコトーマがずれて、これまで見えないものが見えてくる。

サトリとは全てのスコトーマが外れた状態である。昨日までの自我の作った重要性関数が消えてなくなった状態だ。古《いにしえ》のこれを目指した修行僧は、極めて強烈なゴールを設定した。

本小説の主人公の章弘で言えば、息子に会うということがそれだった。その一点において、日本中の乳児院や児童養護施設を渡り歩いたときには、章弘の日々は毎日が新しいものだったはずだ。息子に会うことを一度あきらめてからは、日常の檻に閉じ込められ、他の棄民強制労働者と同じ奴隷と化した。そして、また息子に会うことによって、日常から再度覚醒した。次は、棄民制度の破壊、国家奴隷制度の破壊という強烈なゴールを設定して。

私も「世界の戦争と差別をなくす」という強烈なゴールを持って、日々他者から見れば過酷といわれる日々を送っている。本小説も海外出張中の飛行機の中で読ませてもらい、また、この文章も出張先のホテルでスケジュールの合間に書いている。著者山田悠介君もそんな日々を送っていることだろう。一見すると棄民強制労働者のような日々。

ただ、実際には、私たちには強烈なゴールがある。そうすると日常の奴隷になっている人には見えないものが見えるのだ。時間が未来から過去に流れる実感もその一つだ。もちろん、本小説での奇妙な特別法第001条通称「ダスト法」を立法した政権も、著者の代表作『リアル鬼ごっこ』における国王も、現代の日本社会を示唆しているのは全ての読者が感じることだろう。

そう、私たちは、日常という強固な檻に閉じ込められている。それから覚醒しようとするものは潰される。というよりはお互いが潰し合う。ただ、少しずつとはいえ、覚醒に向かう進人類は増えている。山田悠介君の小説で更に増大するだろう。

ただ、読むだけでは足りない。本書を読み終わった読者の皆さんには、是非、それぞれの人生に、他人の想像を超えた強烈なゴールを設定してもらって、日常から一気に覚醒してもらいたい。山田悠介君の小説は、それを促す媒体になり得ると一読して確信した。

――脳機能学者

この作品は二〇〇六年十二月文芸社より刊行されたものです。

幻冬舎文庫

●好評既刊
リアル鬼ごっこ
山田悠介

〈佐藤〉姓を皆殺しにせよ！　西暦3000年、国王は7日間にわたる大量虐殺を決行。佐藤翼は妹を救うため、死の競走路を疾走する。若い世代を熱狂させた大ベストセラーの〈改訂版〉。

●好評既刊
親指さがし
山田悠介

「親指さがしって知ってる？」由美が聞きつけてきた噂話をもとに、武たち5人の小学生が遊び半分で始めた死のゲーム。女性のバラバラ殺人事件に端を発した呪いと恐怖のノンストップ・ホラー。

●好評既刊
あそこの席
山田悠介

転入生の瀬戸加奈が座ったのは〈呪いの席〉だった。かつて、その席にいた三人の生徒は学校を去っている。無言電話に始まり、激しさを増す嫌がらせの果てに、加奈が辿り着いた狂気の犯人は？

●好評既刊
×《バツ》ゲーム
山田悠介

小久保英明は小学校の頃に「×ゲーム」と称し、仲間4人で蕪木毬子をいじめ続けていた。あれから12年、突然、彼らの前に現れた蕪木は、積年の怨みを晴らすために壮絶な復讐を始める……。

●好評既刊
レンタル・チルドレン
山田悠介

愛する息子を亡くした夫婦が、子供のレンタルと売買をしている会社で、死んだ息子と瓜二つの子供を購入。だが、子供は急速に老化し、顔が溶けていく……。裏に潜む戦慄の事実とは!?

特《とく》別《べつ》法《ほう》第《だい》001条《じょう》DUST〈ダスト〉

山《やま》田《だ》悠《ゆう》介《すけ》

平成21年4月10日　初版発行
平成29年9月20日　22版発行

発行人――石原正康
編集人――菊地朱雅子
発行所――株式会社幻冬舎
〒151-0051東京都渋谷区千駄ヶ谷4-9-7
電話　03(5411)6222(営業)
　　　03(5411)6211(編集)
振替00120-8-767643
印刷・製本―中央精版印刷株式会社
装丁者――高橋雅之

検印廃止

幻冬舎文庫

ISBN978-4-344-41297-2　C0193　や-13-8